시의 의식현상

-김소월 · 윤동주의 시

국학자료원

이 도서의 국립중앙도서관 출판시도서목록(CIP)은 서지정보유통지원시스템 홈페이지(http://seoji.nl.go.kr)와 국가자료공동목록시스템(http://www.nl.go.kr/kolisnet)에서 이용하실 수 있습니다. (CIP제어번호: CIP2014008681)

우리의 현대시는 우리 역사의 가장 암울하고 어두운 시대의 기후와 토양에 뿌리를 내리고 생장해 왔다. 그러나 어두울수록 별빛은 더욱 빛나는 것이고 척박한 토양에서 피어난 꽃은 더없이 아름다울 수 있는 것이다.

우리 현대 시문학사에서 빛나는 별들은 많다. 그렇지만 많은 국민들이 사랑하여 애송하고 기억하면서 흔히 국민시인이라고 일컫는 시인은 그리 많지 않다. 더구나 우리 역사의 아픈 상처와 함께 마음 깊이 공감하며 떠올리는 시인은 아주 제한적일 수밖에 없다.

여러 조사 자료를 종합해 보건대 조금씩 들쑥날쑥하기는 하지만 위에서 이야기한 그런 국민시인에 해당하는 시인들은 얼른 헤아려서 대체로 만해 한용운, 이육사, 김소월, 윤동주 등이 아닌가 한다.

그런데 이들을 보면 대개 짐작이 되겠지만 이 네 사람의 시인은 그들의 시세계에 있어서나 삶의 궤적에 있어서 뚜렷한 차이를 보이고 있다. 만해와 육사는 서로 다른 점을 무시하고 공통되는 면만 본다면 역사적 지평에서 실천적 행동을 통해 시와 삶을 치열하게 전개한 시인들이고, 김소월과 윤동주는 그들과 대척적인 지점의 의식공간에서 시와 삶의 궤적을 남긴 시인들이다.

　나는 이 책에서 우선 김소월과 윤동주의 의식현상을 중심으로 그들의
시세계를 살펴보고자 했다. 암울한 시대적 중압에 대응하고 있는 두 시
인의 시와 삶이 동시대적 공분모 위에서 매우 의미 깊은 대조를 이루고
있기 때문이다. 또 대조적인 의식현상을 중심으로 두 시인을 살펴본다는
것은, 근본적으로 의식은 행동과 맞닿아 있는 것이고 행동은 선택일 수
밖에 없으며, 또한 선택은 결국 지각과 동일한 것이기 때문이기도 하다.

　김소월은 32세의 젊은 나이에 고향의 자기 집에서 자살로 삶을 마감하
고, 윤동주는 이역의 감옥에서 불가항력적인 일제의 교묘한 타살에 의해
29세의 짧은 삶을 마감한다. 그런데, 김소월은 "그러나 집 잃은 내 몸이
여 / 바라건대는 우리에게 우리의 보섭 대일 땅이 있었더면" 하고 잃어버
린 고향과 집을 노래하고, 윤동주는 "고향에 돌아온 날 밤에 / 내 백골이
따라와 한 방에 누웠다"고 고향과 자기 실존을 현재화한다.

　다시 말하면 김소월은 잃어버린 집과 고향의 과거에 사로잡혀 현재지
평이 사라졌기 때문에 현실적 동력을 상실한 반면에, 윤동주는 현재지평
에서 한없이 맴돌고 멈칫거리지만 조금씩 윤리적 행동을 향하여 힘겹게
앞으로 나아간다. 의식과 지각과 행동이 맞물리면서 드러내는 두 시인의
상이한 의식현상과 시의 양상은 오늘을 살고 있는 우리에게 시사하는 바
가 적지 않다.

　나는 대조적인 두 시인의 의식현상을 직접적으로 비교하지는 않았다.
다만 두 시인의 의식현상의 특징을 가능한 자세히 드러내고자 했다. 그
러나 돌아보니 여러 가지로 불만스러운 것이 한두 가지가 아니다. 다만
김소월의 시에서 현재 지각의 부재 때문에 '하염없음'이라는 특이한 의
식현상이 발생하고, 그것이 결국 그의 시를 넋두리로 만들면서 민속적
상상력과 민요의 전통을 친족관계로 귀결시키고 있다는 점, 윤동주의 시

에서 두드러지게 보이는 실존적 내면 의식이 끝내는 현재지평 위에서 촉발되는 윤리적 행동을 더디지만 끈질기게 겨누고 있었다는 점을 밝힌 것이 성과라면 그런대로 성과일 것이다.

끝으로 이 책의 글들은 내가 쓴 것 중에서 주제에 맞는 두 시인에 대한 것을 부분적으로 수정하여 편성한 것임을 밝혀 둔다.

2013.12.9
능가산 세설헌洗雪軒에서
하인何人 김 영 석

◆차 례

제2부 _ 윤동주의 시

모순의 인식과 내면화 157

제1부

김소월의 시

넋두리와 지각현상

1. 한과 시간의 관계

김소월(1902~1934)은 국민시인이라고 일컬어질 만큼 한국 현대시문학사에서 가장 널리 읽혀지고 두루 연구된 대표적 시인이다. 그동안 많은 연구자들의 다양한 방법론에 의하여 그의 시세계의 특질과 문학사적 가치에 대한 탐구의 업적이 괄목할 만큼 축적되었음에도 불구하고 아직도 그의 시문학이 연구의 대상으로 주목되는 까닭은 대체로 다음과 같은 두 가지 이유에서 기인한다고 볼 수 있다.

첫째, 그가 활동하던 1920년대는 정치사회사적 측면에서뿐만 아니라 한국 현대시문학사의 흐름에 있어서도 대단히 중요한 시기라는 점이다. 다시 말하면 이 시기가 명실공히 본격적인 한국 현대시문학사의 기점이 될 수 있다는 점에서 1920년대의 시문학적 특성을 파악한다는 것은 바로

한국 현대시문학사가 어떻게 출발했느냐 하는 것을 이해하는 길잡이가
될 수 있다는 것이다.

둘째, 1920년대는 서구문예의 유입과 충격에 의해서 한국문학의 전통
성 단절이라는 문제가 심각하게 대두된 시기였는데 그러한 문제가 매우
성공적이고 모범적으로 극복된 하나의 사례를 김소월의 창조적 노력에
서 찾아볼 수 있다는 점이다. 따라서 한국시문학의 전통성을 모색하고자
할 때 언제나 그의 작품은 회피할 수 없는 관심의 초점이 될 수밖에 없다.

김소월이 차지하는 위와 같은 문학사적 중요성 때문에 그에 대한 연구
는 지속적으로 이루어졌는데 현재까지 이룩된 업적들은 크게 보아서 두
가지의 방향으로 진행되었다. 첫째는 소월 시의 의미구조를 해명함으로
써 그 시의 끈질긴 대중적 생명력을 이해하려는 방향이고,[1] 둘째는 소월
시의 율격의 정체가 무엇인가 하는 형식상의 특질을 밝혀 보려는 방향이
다.[2] 이러한 두 가지 방향의 연구 결과는 다음의 인용문에서 보는 바와
같이 간명하게 요약할 수 있다.

　　　시가 시인 이상, 정서는 결코 배제할 수 없다는 이런 범박한 기본명
　　제를 받아들일 때, 그 서정주의의 대표적 시인으로서 우리는 손쉽게 소

---

[1] 이의 대표적인 업적들로는 다음과 같은 것들이 있다. 김동리, 「청산과의 거리」, 『문학과
인간』(백민문화사, 1948); 원형갑, 「소월과 시의 서정성」, ≪현대문학≫(1960.12); 유종
호, 「임과 집과 길」, ≪세계의 문학≫(1977, 봄); 김우창, 「한국시와 형이상」, 『궁핍한 시
대의 시인』(민음사, 1977); 서정주, 「김소월과 그의 시」, 『한국의 현대시』(일지사, 1969);
오세영, 『한국 낭만주의 시 연구』(일지사, 1980).

[2] 이의 업적들로는 다음과 같은 것들이 있다. 김춘수, 「소월시의 행과 연」, ≪현대문학≫
(1960.12); 김석연, 「소월시의 운율분석」, 『인문과학』(서울대 교양과정부, 1969); 김수
업, 「소월시의 율적 파악」, 『상산 이재수박사 환력기념 논문집』(형설출판사, 1972); 김
대행, 『한국시가구조연구』(삼영사, 1976); 조동일, 「현대시에 나타난 전통적 율격의 계승」,
≪아세아 연구≫(1976); 성기옥, 「소월시의 율격적 위상」(서울대학원 석사학위 논문,
1980).

월을 상기할 수 있다. 실상 그에 대한 기왕의 연구나 비평은 긍정적이든 부정적이든 대부분 그가 제시한 서정성으로 집약되고 있다. 어느 평자가 '시란 본래 서정의 문제라는 것을 소월처럼 몸으로 믿은 시인도 드물다'고 지적한 것처럼 소월의 시적 자아는 자기 정서에 사로잡혀 있는 감정의 인간이다. 그는 민요라는 재래적 서민 가락과 민족의 보편적 정서인 한으로서 이 감정의 인간을 분장시켜 현대 최초의 전통시인으로, 서정주의의 전형적 시인으로 문학사적 대접을 받고 있다.[3]

소월 시에 대한 대부분의 연구가 긍정적이든 부정적이든 그 서정성에 집약되어 있으며, 그 정서는 민족의 보편적 정서인 한이고, 그 한을 전통적인 가락으로 표현했기 때문에 그는 문학사적 대접을 받는다는 말이다. 흔히 소월을 가리켜 국민시인이라 규정짓는 근거도 따지고 보면 결국 이 한의 정서와 전통적 운율 때문이라고 할 수 있다.[4]

그러나 소월 시에 대한 대중적 공감대의 핵심에 자리 잡고 있는 것이 한이라는 정서라고 지적하는 것만으로 문학의 연구가 끝나는 것은 아니다. 오히려 그것은 문학연구를 위한 단초적 발견에 불과하다고 할 수 있다. 한이라는 개념 자체는 너무 포괄적이고 추상적이다.[5] 고려가요, 시조, 가사, 민요, 현대시 등등의 각 장르 속에 한이라는 정서로 포괄할 수 있는 것이 있다고 해서 그것 모두를 동질적인 가치로 평가할 수는 없는 것이다.

---

3) 김준오, 「소월 시정과 원초적 인간」, 『김소월연구』, 김열규, 신동욱 편(새문사, 1982), 2부, 34~35쪽.

4) 오세영은 르네 웰렉의 국민성(nationality)이라는 개념을 들어 소월을 국민시인이라고 부를 수 있음을 말한 바 있다. 오세영, 앞의 책, 330~331쪽.

5) 오세영은 한이 프로이트의 비애(mourning)와 유사하다고 분석한 김종은의 논문 「소월의 병적」을 토대로 해서 한의 의미와 갈등구조를 탁월하게 밝힌 바 있다. 그에 의하면 한이란 제1차적 갈등으로서 좌절과 미련이라는 서로 모순되는 감정의 충돌이며, 제2차적인 갈등으로서 원망과 자책이라는 상반된 감정의 충돌이라는 것이다. 오세영, 앞의 책, 333쪽.

문제는 한이라는 핵심적인 정서가 작가와 작품에 따라서 특정적으로 표출되고 있는 양상과 그 논리적 구조의 의미를 밝히는 데에 있다. 그렇다면 소월 시에 표현된 한의 정서는 어떠한 논리와 양상으로 표출되고 있는가. 소월 시의 핵심적 본질을 겨냥하는 이 물음에 대한 모색의 발판도 그동안 많은 연구자들의 공통된 지적에 의하여 상당한 정도로 다져졌다고 볼 수 있다. 가령 다음과 같은 진술에서 우리는 여러 논자들이 동의하고 있는 그와 같은 모색의 현 단계의 합의점을 확인할 수 있다.

> 소월시의 주된 특징의 하나는 그의 내면공간에 현재시제가 추방되어 있다는 점이다. 그의 어떤 시를 읽어도 쉽게 공감되는 터이지만 소월의 의식에 있어서 시간은 항상 과거, 아니면 미래를 지향한다. 그는 결코 현재를 현재로 살지 못한 사람이었다. 아니, 그의 경우 현재란 무시간 혹은 비실체적 시간이기도 하였다. 가령 우리가 소월을 한의 시인이라고 말하고 소월의 님이 과거적인 님(조동일)이라고 말할 때도, 그것은 소월의 시간적 불연속성을 지칭하는 것에 지나지 않음을 알아야한다. 왜냐하면, 한이란 현재가 추방된 사람의 과거지향적 감정이며, 님과 함께 살지 못하는 현실적 삶은 무의미한 것이기 때문이다. 따라서 무의미한 현실, 즉 님이 부재한 현실은 시인에 있어서 현실이 아니다. 그것은 한낱 공백일 따름이다.6)

요약하건대 소월의 의식에 있어서 시간은 항상 과거나 미래를 지향하고 있을 뿐이며, 한이란 현재가 추방된 사람의 과거지향적 감정이라는 것이다. 다시 말하면 소월 시의 핵심적 본질은 그의 의식과 시간이 맺고 있는 관계양상에서 밝혀질 수 있다는 말이다.

그렇다면 소월 시에 나타난 의식과 시간현상의 문제가 남김없이 다 밝

---

6) 오세영, 앞의 책, 307쪽.

혀졌다는 말인가. 소월 시에는 과거와 미래만 있다고 하는데, 현재가 없는 미래는 가능한 것인가. 이 글은 바로 이와 같은 물음에서 출발하여 현 단계의 논의의 수준으로부터 한 걸음 더 나아가고자 한다. 따라서 논의의 범위는 의식과 시간현상의 관계를 토대로 하여 특징적인 지각현상과 정서적 반응을 살펴보면서 소월 시의 본질의 한 모서리를 밝혀 보고자 하는 데에 한정될 것이다.

2. 의식과 시간현상

우주宇宙라는 말은 공간과 시간을 뜻하는 글자로 구성된 낱말이다. 그 것은 바로 온갖 존재의 근원적 존재조건이 공간과 시간이라는 말과 같다. 공간과 시간을 떠나서는 아무것도 존재할 수 없을 뿐만 아니라 공간과 시간에 대한 의식조차 성립할 수가 없다.

그런데 한편으로 이러한 근원적 존재조건인 무한한 공간과 시간에 대하여 유한한 존재인 인간은 특히 시간에 대하여 민감하게 반응한다. 왜 냐하면 연장성延長性으로 규정되는 공간은 의식을 지닌 인간과 더불어 의식이 없는 물질적 존재도 다 함께 점유하고 있는 것이지만, 시간은 오직 인간의 의식에 의하여 보다 직접적으로 산출되고 문제되는 것이기도 하기 때문이다. 칸트가 감성의 순수직관 형식에 있어서 공간을 외감형식外感形式이라고 한 반면에, 시간을 내감형식內感形式이라고 표현한 것은 바로 시간이 인간의 의식과 맺고 있는 그와 같은 근원적인 관계를 전제한 것이라고 볼 수 있다.[7]

---

7) 김규영, 『시간론』(서강대학교출판부, 1980), 55~57쪽 참조.

다시 말하면, 엄밀한 의미에서 우주에 인간이 없다면 시간도 성립할수 없다는 말이다. 인간은 단적으로 의식이라 할 수 있고, 베르그송적인의미에 있어서 그 의식의 흐름은 공간적인 표상으로 외화되면서 수량적가분성을 지닌 물리적 시간의 원천이 되는 것이라고 할 수 있기 때문이다.[8] 널리 알려진 대로 하이데거가 그 유명한 저술『존재와 시간』에서,존재의 탐구를 위하여 존재란 무엇인가 하고 묻고 있는 인간존재, 즉 현존재를 먼저 분석하고, 그렇게 묻고 있는 현존재의 의식이 원천적으로시간성을 드러내고 있기 때문에 인간존재를 근원적으로 시간적 존재라고 규정한 것도 결국은 인간의 의식과 시간의 원천적 관계를 극명하게밝혀주고 있는 예라고 할 수 있을 것이다.[9]

이와 같은 인간의 의식과 시간현상의 관계에 주목하여 맨 처음 그 문제를 자신의 독창적인 철학적 주제로 삼았던 사람은 다 알다시피 아우구스티누스이다. 그는, 천체의 운동이 시간의 기체基體이며 앞과 뒤를 고려한 운동의 수가 시간이라고 하면서 시간을 자연화의 방향으로 해석했던아리스토텔레스의 객관적 시간론과는 달리, 시간을 인간의 의식(anima)으로 불러들여서 내재화하였다. 놀랄 만한 섬세함과 치밀함을 가지고 전개하고 있는 그의 시간론을 우선 살펴보기로 하자.

> 오직 현재만이 있습니다. 왜냐하면 과거와 미래가 어디 있든 내가
> 알 수 있는 것은 다음과 같은 것, 즉 과거와 미래가 어디 있든, 거기에
> 있어서 그것은 미래도 아니요 과거도 아니며 현재라는 것입니다. 사실
> 거기에 있어서도 미래라고 한다면 그것은 거기에 아직 없고, 또 만일

---

8) 김형효,『베르그송의 철학』(민음사, 1991), 109쪽 참조.
9) 김규영, 앞의 책, 283~294쪽. 현존재를 뜻하는 Dasein이란 단어의 Da가 현시와 현장을
   동시에 의미하는 부사어라는 것을 생각한다면 현(現)이라는 시간적 개념이 본질적임을
   쉽게 알 수 있다.

거기에 있어서도 과거라고 한다면 그것은 거기에 이미 없기 때문입니다.10) 그러므로 어디에 있든 무릇 있는 것은 오직 현재로서만 있습니다.10)

그런데 이 두 개의 시간, 과거와 미래란 어떻게 있습니까? 과거는 '이미 없고' 미래는 '아직 없는'데도 현재가 언제나 있어서 과거로 이행하지 않는다면 이미 시간이 아니라 영원일 것입니다. 그러므로 만일 현재가 시간인 까닭을 과거로 이행하기 때문이라고 한다면 '현재가 있다'는 것은 어떻게 말할 수 있습니까? 현재가 '있다'고 말할 수 있는 까닭은 그것이 '없게 될' 터이기 때문입니다. 즉 내가 참된 의미에서 '시간이 있다'고 말할 수 있음은 그것이 바로 '없는 방향에 향하고 있기' 때문입니다.11)

시간은 오직 현재만 있는 것이라고 할 수 있는데 그것이 시간인 까닭은 언제나 과거로 이행되어 없어지기 때문이다. 즉 시간은 끊임없이 흘러가는 것이다. 그러므로 그 시간의 흐름이 시작되는 근원은 분명히 현재라고밖에 말할 수 없는 것이다. 그렇다면 그 시간의 흐름은 어떻게 발생하는 것이며 과거와 현재와 미래라는 시간양상은 어떻게 구성되는 것일까. 다음의 인용문은 시간을 논할 때마다 널리 인용되는 유명한 구절인데, 이 점에 대한 아우구스티누스의 핵심적인 사상이 아주 잘 드러나 있다.

엄밀한 의미에 있어서는 과거, 현재, 미래라는 세 시간이 있는 게 아닙니다. 엄밀하게 세 개의 시간은 과거의 것에 관한 현재, 현재의 것에 관한 현재, 미래의 것에 관한 현재인 것입니다. 사실 이 세 가지는 의식 (anima) 속에 있으며 의식 이외에서는 찾아 볼 수 없습니다. 과거의 것

---

10) 소광희, 『시간과 시간의식』(서울대학교 대학원, 1977), 13쪽에서 재인용.
11) 위의 글, 같은 쪽에서 재인용.

에 관한 현재는 기억이며, 현재의 것에 관한 현재는 직관이며, 미래의 것에 관한 현재는 기대인 것입니다.[12]

아우구스티누스의 시간의 본질규정에 있어서 세 시간양상은 단순히 과거, 현재, 미래가 아니라 현재의 과거, 현재의 현재, 현재의 미래인 것이다. 그리고 그 시간양상은 인간의 의식현상에 의해서 구성되고 있다. 그러므로 만일 시간이 흐름의 양상으로 파악된다면 그것은 명백하게 의식의 지속현상에 근거를 두고 있는 것이라고 볼 수 있을 것이다. 그리고 앞에서도 잠시 이야기한 바 있지만 이 아우구스티누스의 시간론에서 주목해야 할 것은 시간존재가 전적으로 현재에 집중되어 있다는 사실이다. 그 까닭은 무엇보다도 지각의 명증성 때문이다. 우리가 무엇을 안다는 것은 의식의 빛에 의해서 밝게 드러난 것을 말하는 것이다. 의식의 빛에 비쳐지지 않은, 즉 규정되지 않은 암흑의 것은 알 수가 없다. 그런데 현재의 의식의 빛에 의해 드러나고 규정되기까지 과거와 미래는 본질적으로 무규정적이고 무의식적인 것이다. 그러므로 오직 현재의 직관에 의해 성립되는 지각만이 반성 이전의 명증성을 지닌 것이라고 할 수 있다.[13]

아우구스티누스의 시간론에서 우리가 단적으로 알 수 있는 것은 시간이 의식현상에 의해서 구성된다는 사실이다. 의식은 인간만이 지니고 있는 것이고, 시간이란 근본적으로 시간의식을 전제하는 것이며, 이 글이 객관적 시간, 즉 자연시간을 자연과학의 입장에서 논의하는 것이 아니

---

12) 위의 글, 14쪽에서 재인용.
13) 지각(perception)이란 감성과정을 통하여 직접 외계의 사물이나 상태를 아는 것을 말하며, 감관의 자극에 대응하는 요소적인 감성경험으로서의 감각에 대하여 구체적인 전체적 감성경험을 가리키는 것이다. 판단, 사고, 감정, 기억 등 중추과정과 긴밀한 관계를 가지면서도 어디까지나 현재의 감성경험이라는 점에서 그것들과는 구별된다. 그리고 지각이란 말이 넓은 의미에서는 반성적이거나 상상적인 표상의 현재성도 뜻하는 것이지만 이 글에서는 좁은 의미로 사용한다.

라, 인간의 체험과 삶을 이야기하기 위하여 인간적 시간 혹은 내적시간을 논의하는 것이므로, 시간이 의식현상에 의해서 구성된다는 사실을 지적한다는 것은 일견 공허한 동어반복으로 들릴지 모른다. 그러나 경험주의가 맹목적으로 전제하고 있는 객관적 존재가 이른바 초월화적 전제이기 때문에 과학적 이론이 소박하다고 하면서 의식에 직접적으로 소여된 현상의 분석을 통해서만 절대적이고 근원적인 인식에 도달할 수 있다고 주장한 후서얼을 상기한다면 시간이 의식현상이라는 지적은 오히려 새로운 문제의 출발점이 된다.

이제 시간의 본질은 현재의 지각과 지각하는 의식의 차원으로 환원되었다. 그렇다면 의식이란 무엇인가. 인간의 의식은 언제나 그 자체로서 독자적으로 성립되거나 의식되지 않는다. 의식은 반드시 무엇에 대한 의식이요 일정한 의식내용을 지닌 의식이다. 의식의 이러한 특징을 후서얼은 의식의 지향성이라는 말로 표현한다. 베르그송처럼 단적으로 말해서 인간이 의식이라면 인간의 모든 체험은 바로 이 의식의 지향성에 의해서 의미 있는 질서와 형식을 부여받는다고 볼 수 있다.[14]

지향성을 지닌 의식은 그 지향성으로 인해서 근본적으로 흐름의 성격을 가질 수밖에 없고, 바로 이 의식의 흐름이 근원적 시간성을 드러내는 것이라고 할 수 있는데, 이러한 의식의 흐름은 어떻게 알 수 있으며 그 흐름은 어떻게 시간양상으로 드러나게 되는가.

앞에서도 잠깐 언급한 바 있지만 시간을 구성하는 의식의 흐름은 현재의 지각현상에서부터 발원하게 된다. 후서얼에 의하면 '지금'이라고 하는 현재의 시점을 낳는 지각은 세 부분으로 나누어진다.[15] '지금'의 순수

---

14) 의식의 지향성에 의해서 구성되는 체험은 개별적인 것이므로 그 체험을 구성하는 선험적 의식은 결국 자아 혹은 순수자아와 같은 것이라고 할 수 있다. 선험적 환원을 자아론적 환원이라고 부르는 까닭은 바로 이러한 이유에서다. 소광희, 위의 글, 35~36쪽 참조.
15) 이하 후서얼의 견해는 주로 소광희의 위의 글을 참조한 것이다.

한 지각을 근원인상(urimpression)이라 하고, 이 근원인상이 과거의 방향으로 침하하면서 낮게 되는 현재의 잔영을 파지(retention)라 하고, 근원인상에 붙어 있는 현재의 기대를 예지(protention)라 한다. 가령 우리가 무슨 말을 할 때, 방금 말한 것을 현재의 의식 속에 지니면서 다음에 말할 것을 또한 현재의 의식 속에 지니게 되는데, 바로 이렇게 현재의 의식 속에 지니게 되는 과거적 의식이 파지요, 현재의 의식 속에 지니게 되는 미래적 의식이 예지인 셈이다. 이와 같은 지각의 근원적 시간성 때문에 우리는 현재의 발화에 주의하면서도 사고의 연속성을 얻을 수 있게 되는 것이다.

다시 말하면 지각은 그 파지적 영역과 예지적 영역을 가지고 있기 때문에 현재지평을 형성하게 된다는 말이다. 이 현재지평의 구성 자체가 하나의 흐름을 드러내고 있으며, 이것이 결국은 과거와 현재와 미래라는 시간양상을 만드는 바탕임을 알 수 있다.16)

그래서 후서얼은 근원인상과 파지와 예지를 제1차적 시간양상을 만드는 현재태現在態라 하고, 그 현재태 위에서 구성되는 제2차적 시간양상, 즉 과거와 현재와 미래를 의식태意識態라고 불렀던 것이다.

'지금'의 지각이 드러내는 시간현상을 알기 쉽게 도표로 나타내면 다음과 같다.

---

16) 후서얼은 지각의 이러한 성격에 관하여 의식의 흐름을 파악하면서 다음과 같이 말하고 있다. "흐름이란 하나의 상속관계가 아닐까? 실로 그 흐름은 하나의 지금, 즉 하나의 현재적(顯在的) 위상과 과거의 한 연속을 파지한 가운데 현재에 의식하여 가지고 있는 것이 아닐까?" 김규영, 앞의 책, 212쪽에서 재인용.

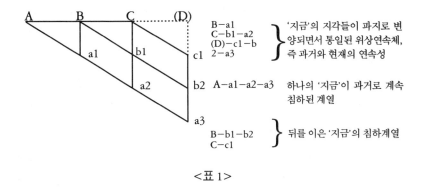

<표 1>

위의 도표에서 알 수 있듯이 A, B, C 등 현재의 지각들은 계속 과거로 침하되면서 각기 현재의 시점에서 B−a1, C−b1−a2, (D)−c1−b2−a3 등 통일된 의식의 지속적 흐름을 만들고 있다. 이 수직적 지속의 흐름이 이른바 자아동일성의 근원이라고 할 수 있는 것인데, 그것을 후서얼의 용어로 말한다면 '근원적 시간 영역'이고, 베르그송의 용어로 말한다면 참된 시간으로서의 '순수지속'이다.

좀 더 분석적으로 본다면 c1−b2−a3는 과거의 기억으로서 회상이 발생하는 영역이고, c1에서 (D)로 나아가는 방향은 기대로 선취되는 미래의 영역이라고 할 수 있다. 또 A, B, C 등으로 계속 이어지는 현재의 지각 계열의 수평적 움직임이 수직적 지속의 흐름에 자신을 비치면서 나아가는 것을 기준으로 본다면, B는 a1의 과거 위에 쌓이는 b1이라는 파지와 (C)[17]라는 예지로 현재재평을 이루면서 C로 나아가고, C도 마찬가지로 a2, b1 등의 과거 위에 쌓이는 c1이라는 파지와 (D)라는 예지로 현재지평을 이루면서 D로 나아간다고 할 수 있을 것이다. 여기서도 A, B, C 등의

---

17) C를 괄호로 묶은 까닭은 B라는 현재시점을 기준으로 볼 때, 아직 현실적으로 채워지지 않은 현재임을 표시하기 위한 것이다.

공간적 수평의 계열을 수직적 시간의 흐름으로 번역한다면, 역시 A—B—C는 기억으로서의 과거라 할 수 있고, C에서 (D)로 나아가는 방향은 기대로 구성되는 미래의 영역이라 할 수 있을 것이다.

여기에서 A, B, C 등을 '과거—현재—미래'라는 지속적 시간의 흐름 위에서 파악하지 않고 무수한 현재 시점의 계열로 파악하는 까닭은 그것이 공간화된 객관적 시간임을 말하기 위한 것이다. 우리는 이러한 객관적 시간의 지평 위에서 현실적 경험과 더불어 현실에 대한 전망을 가지게 된다. 우리는 수평적 객관의 현실로 지향할 수도 있고 수직적 흐름의 내면공간으로 지향할 수도 있다. 의식이 지닌 이러한 이중의 지향성을 후서얼은 다음과 같이 말하고 있다.

> 우리의 의식류(意識流) 속에는 이중의 지향성이 있다. 우리는 흐름의 형식을 가진 흐름의 내용(즉 지각들의 위상)을 고찰하기도 하고 우리의 시향(視向)을 지향적 통일체로 향하기도 한다. 전자의 경우에 우리는 지향적인 여러 체험계열인 근원적 체험계열, 즉 '…에 대한 의식'을 고찰한다. 그리고 후자의 경우에 우리의 시향은 흐름이 흘러갈 때 통일적인 것으로서 지향적으로 의식하게 하는 것으로 향한다. 이제 우리에게는 객관적 시간에 내재하는 객관성, 즉 체험류(體驗流)의 시간역(時間域)에 대립하는 본래적 시간역이 현존한다.[18]

여기서 '근원적 체험계열'이라고 하는 것은 지각의 근원인상으로부터 구성되는 지각체험들을 말하는 것이고, 이러한 근원적 체험은 '체험류의 시간역' 즉 객관적 시간의 지평 위에서 이루어진다. 이에 비하여 '지향적 통일체'라고 하는 것은 지각체험들이 과거와 현재의 연속성을 이루고 있는 의식의 지속적 흐름에 침하되어 이른바 현재태와 의식태를 이룬 그

---

18) 소광희, 앞의 글, 48쪽에서 재인용.

의식의 통일성을 말하는 것이다. 그리고 이 후자를 가리켜 근원적 시간의 영역, 즉 '본래적 시간역'이라고 말하고 있다.[19]

지금까지 주로 아우구스티누스와 후서얼에 기대어 객관적인 자연시간의 체계와 양립하고 있는 인간의 의식내재적 시간양상에 관하여 살펴보았다. 이 내적시간이야말로 인간의 가장 특수한 경험양식이라고 할 수 있는 것으로서 개인의 생활과 체험에 있어서는 오히려 객관적인 시간보다 일반적이고 직접적이라고 할 수 있다. 객관적인 시간은 공적인 사회생활의 질서와 물질적인 생활의 편의를 위한 다분히 외면적인 것이라 할 수 있지만, 내적시간은 자아동일성과 인격에 직접 작용하면서 삶의 계획에 실존적인 질서와 동력을 제공하는 것이기 때문이다. 내적시간의 참다운 의의는 바로 이러한 체험의 관련성이라고 할 수 있다.

그런데 보다 구체적인 삶의 체험에 관련하여 시간현상을 살펴볼 때 우리는 시간에 대한 우리의 상식이 얼마나 고정관념에 사로잡혀 있는가 하는 것을 깨닫고 새삼 놀라게 된다. 상식적이고 일반적인 의미에서 우리는 시간이 '과거-현재-미래'의 방향으로 흘러가고 있다고 생각한다. 이러한 시간의 흐름은 매우 일방적이고 평면적이어서 그 세 개의 시간영역은 아주 쉽게 준별되는 것으로 여겨진다. 그리고 그 흐름은 절대로 거꾸로는 흐를 수 없는 것으로 생각된다. 이러한 일반적인 시간관념이 결코

---

19) 지향적 통일체란 결국 개별적으로는 자아동일성을 이루는 자아의식이라고도 할 수 있는데 이 자아의식 자체가 근본적으로 시간성을 드러내고 있다는 것에 주목해야 한다. 의식의 지향성에 의해서 반성은 필연적이므로 자아는 언제나 지각하고 반성하는 자아(cogito)와 지각되고 반성되는 자아(cogitatum)로 구별되기 마련이다. 이러한 두 자아의 거리에 의해서 근원적인 시간성이 드러난다. 다시 말하면 반성은 자아의 자기시간화에 다름 아닌 것이다. 바로 여기에서 의식의 흐름이 지닌 본질적 속성이 드러난다. 반성의 시간성 때문에 자아의 자기동일성이 지양되지 않을 수 없는 반면에, 또 이 반성에 의해서 언제나 진정한 자아가 가장 내적으로 확립될 수 있는 것이므로, 의식의 흐름이란 변화를 통한 지속임을 알 수 있다. 바꾸어 말해서 그 흐름이란 부단한 변화를 통해 새롭게 조정되면서 유기체적 통일성을 이루어 나가는 것이라고 할 수 있을 것이다.

그르다고는 할 수 없지만 본질적인 삶의 체험과 관련해 볼 때 그것이 부차적인 의미밖에 가질 수 없다는 것은 금방 알 수 있는 일이다.

실존적인 삶의 체험이 드러내는 시간현상을 분석하기 전에 우선 '과거—현재—미래'의 흐름으로 표현되는 일반적인 시간관념의 형성배경을 살펴볼 필요가 있다. 이 시간관념이 구성된 근저에는 인간의 의식이 마치 거울과 같이 외부에 있는 어떤 대상을 완전히 수동적으로 반영하고 있다는 생각이 전제되어 있다. 그리고 이러한 상식적인 생각을 더욱 공고하게 한 것은 자연과학적 인식론의 토대라 할 수 있는 경험주의와 합리주의의 영향이다.

사물에 대한 앎은 경험을 통해서 가능하다고 믿는 경험주의나, 선험적으로 지니고 있는 이성의 빛으로 사물에 대한 앎을 확장할 수 있다고 주장하는 합리주의는 모두 의식의 수동성을 암암리에 전제하고 있다. 이들은 모두 의식의 주관성이나 능동성을 과소평가하거나 완전히 배제할 수 있는 것이라고 믿었다. 그러한 믿음 위에서 비로소 사물에 대한 객관적 관찰과 인식을 성립시킬 수 있었다. 그리고 완전히 수동적인 의식에 반영된 사물의 운동과 변화를 인과론에 의해서 설명하고 예측하게 되었다. 사물에 대한 인과론적 설명과 예측은 측정가능한 객관적 자연시간에 의지할 수밖에 없는데 물질의 운동과 변화에 상응하는 이 자연시간의 속성은 '과거—현재—미래'라는 일방적 흐름을 보이는 지극히 기계적인 것이다. 이와 같은 시간관념이 과학이 발전하면 할수록 사람의 사고와 생활에 영향을 끼치는 것은 당연하다.

그러나 물질에 적용되는 이와 같은 일반적 시간관념이 의식을 지닌 인간의 삶과 체험을 이해하는 데 있어서는 크게 소용될 바 없다는 것이 쉽게 밝혀진다. 우선 무엇보다도 인간의 체험은 의식의 지향성에 의해서 이루어진다는 사실이다. 경험주의자들이 생각하는 것처럼 의식은 거울과 같은 수동성을 지닌 것이 아니다. 지향성이라는 말 자체가 암시하고 있듯이 의식은 항시 역동적이고 능동적인 것이다. 언제나 의식은 '…을' 지향하여 움직인다. 그리고 그 지향은 아무 원칙이나 질서 없이 움직이는 것이 아니라 주체의 관심에 상응하여 움직이는 것이다. 다음의 인용문은 시간구성의 발원지가 되는 지각을, 그리고 그 지각으로부터 형성되는 체험을 낳는 지향성의 본질을 아주 간략하게 잘 설명하고 있는 예다.

> 지향적 대상이란 단순히 주어진 것이 아니라 통각(統覺) 안에서 의식의 지향적인 관심에 의해서 영향을 받는다는 말이다. 후서얼은 이런 의미구조를 의식의 지향적인 활동의 성취(Leistung)라 부른다. 그는 또 표현하기를 의식의 상이한 국면이 중복되어 종합됨으로써 지향적 대상이 규정된다고 했다.[20]

지향적 대상은 단순히 몰가치적으로 혹은 무선택적으로 주어지는 것이 아니라 주체의 일정한 관심에 의해서 가치선택적으로 얻어지는 것이다. 그리고 가치선택적인 만큼 지향적 대상은 의식의 상이한 국면, 즉 의지, 감정, 이성, 욕망 등이 종합된 관심에 의해서 이미 규정된 것이다.[21] 그렇기 때문에 지각현상 자체가 지향성 혹은 관심의 현상이며, 지각된 대상은 가치중립적인 원초적 소여가 아니라 일정한 의미로 성취된 것이라고 할 수 있는 것이다. 다시 말하면 지각은 관심의 성취라 할 수 있고, 관심의 성취인 만큼 지각대상은 관심이 성취한 의미라고 할 수 있다.

결국 의식의 지향성이라는 매우 현학적인 냄새를 풍기는 용어는 관심

---

20) C. A. 반 퍼어슨, 『현상학과 분석철학』(손봉호 역, 탑출판사, 1980), 89쪽.
21) C. A. 반 퍼어슨은 이렇게 지향적 대상이 규정되는 것을 일정한 의미로 이해되는 것으로 파악하면서 다음과 같이 말하고 있다. "지향적 대상은 원초적인 소여가 아님이 분명하다. 현상학적 분석은 더 깊이 파고 들어가 모든 지향적 소여는 어떤 일정한 의미로 이해되어야 비로소 존재하게 된다는 것을 밝혀 준다." 위의 책, 89쪽.

이라는 좀 더 상식적이고 평이한 말과 동일한 의미임이 밝혀졌다. 이제 관심의 현상이 지각현상이고 지각현상은 관심이 성취한 의미라고 한다면, 시간의 흐름은 어떤 방향을 취하게 되는가. 놀랍게도 그것은 상식적인 시간관념과는 달리 미래로부터 현재를 거쳐 과거로 흘러가는 양상을 보이고 있다. 왜냐하면 관심이란 본래 미래를 향한 의식이요 성취라는 것도 미래를 향한 실천적 결과임이 분명하기 때문이다. 다시 말해서 본질상 미래를 겨누는 관심에 의해서 지각현상이 성취되고, 성취는 미래를 향한 실천의 결과로서 현재화된 것이라는 말이다. 그리고 현재에 성취된 그 지각은 파지로 변양되면서 과거로 흘러간다. 결국 시간은 언제나 현재의 지각에서 발원하지만, 그 지각현상은 미래적 관심의 동력에 의해서 드러나는 것이므로 인간의 체험적 시간의 흐름은 물질적 자연시간의 흐름과는 달리 '미래-현재-과거'의 흐름을 보여주는 것이다.

인간의 실존적 체험이 보여주고 있는 특이한 내재적 시간현상은 사람만이 가지고 있는 의식에서 비롯된다. 의식의 지향성 즉 관심에 의해서 사람은 의욕을 갖게 되고 미래를 향하여 삶을 계획한다. 삶의 세계는 사람의 삶의 계획에 의하여 형성된 것이다. 삶이란 행동의 연속이고 행동은 의식의 능동성이 만든 관심을 전제하는 것이다. 미래를 겨누고 있는 현재적 관심에 의해서 삶은 계획된다. 삶의 이러한 역동성 때문에 인간을 가능존재라고 부를 수 있고, 하이데거의 말대로 선구적 결의先驅的 決意에 의해서 사람은 부단히 형성되어 가는 것이라고 할 수 있는 것이다. 하이데거는 필경 관심의 내포와 흡사한 염려(sorge)의 구조로 실존적 삶이 드러내고 있는 시간현상을 이렇게 말하고 있다.

나의 실존 전체는 그 성격이 행동적이거나 또는 능동적이다. 현실의 인간생활에는 능동적이 아닌 사건은 하나도 없다. 나의 활동은 언제나 미래를 향하고 있다. 미래는 오성과 기분에 의해서 내가 나 자신보다 앞질러서 계획한 것이다. 인간존재는 언제나 자기자신보다 앞에 나가 있다. 그리고 이와 같은 계획적인 면이 기본적이고 근원적이다. 나의 생활은 과거에서 미래로 평탄하게 흘러가는 것이라기보다도 미래에서 부터 과거와 현재 속으로 뚫고 들어가는 것이라고 할 수 있다. 그뿐만 아니라 과거와 미래는 정확한 현재로 인해서 서로 분리되어 있는 것이 아니다. 과거와 현재는 어떤 통일 속에 서로 결합되어 있다. 이 통일은 염려의 구조 속에서 명백히 볼 수 있다. 염려는 언제나 그 자신보다 앞서 있다. 그리고 결코 현재에 국한되어 있는 것이 아니다. 나의 주요한 관심은 미래, 즉 내가 이해하는 한 가능성에 있다.[22]

　인간은 근본적으로 염려의 구조 속에서 살아간다. 미래를 계획하는 염려에 의해서 사람은 언제나 그 자신보다 앞서 있는 존재다. 경향성, 충동, 욕망, 희망, 의지, 사고 등등 사람이 지닌 의식의 다양한 국면들도 궁극적으로 따지고 보면 동일한 계획적 구조, 즉 염려의 징조를 드러내고 있으므로 사람은 필시 미래를 앞당겨 현재화하면서 살아나가는 존재인 것이다. 가능한 미래를 향하여 기투企投하고 그 기투에 의하여 현재를 살아나가는 모습이 숨길 수 없는 인간실존의 현상이다. 의식이 본질적으로 지니고 있는 능동적인 지향성과 염려의 구조로 인해서 사람의 삶은 행동이 되고 그 행동에 의해서 인간적 시간현상은 특이한 빛을 발하게 된다. 그것은 객관적 시간구조 안에서 주어진 존재를 지속하는 사물적 대상과는 판이하게 다르다.

---

22) 존 와일드, 『실존주의 철학』, 안병욱 역(탐구당, 1958), 132~133쪽에서 재인용.

3. 꿈의 형식과 한의 발생구조

1) 주술적 의례구조와 반조된 회상의 미래

사람은 살아나가는 존재, 즉 생활하는 존재다. 생활하기 위하여 환경과 물질과의 교섭을 부단히 유지해 나가야 한다. 그 교섭 속에서 행동하고 적응하고 선택하며 미래를 설계해야만 한다. 세계 내 존재로서의 사람의 삶은 그와 같은 세계와의 끊임없는 교섭의 과정 외에 다른 것이 아니다. 주체와 세계와의 관계가 동질적인 이념이나 가치의 토대 위에서 이루어질 경우 그 교섭은 매우 조화로운 융화감과 일체감을 드러낼 터이지만, 그 관계가 동질적인 토대 위에서 이루어지지 않을 경우는 대립적인 갈등양상을 드러내거나 더 나아가서는 복원불능의 파탄과 단절을 드러내게 될 것이다.

사람의 삶이란 그것이 의식의 능동성에 의해서 현재화되는 과정이라고 말할 수 있는 한, 기실 주체와 세계의 행복한 일체성을 지향하는 것이라고 할 수 있다. 그러나 주체와 세계의 일체성이란 하나의 이상적인 지향점일 뿐 현실에 있어서 그 관계는 작거나 크거나 간에 언제나 갈등관계에 놓여 있다. 그리고 그 갈등의 정도와 양상에 따라서 그것을 해결하려는 주체의 태도와 방식은 다양한 편차를 보이면서 결정될 것이다.

범박하게 말해서 시가 서정적 주체 혹은 화자의 태도와 정서적 반응을 통해서 의의있는 삶의 체험을 형상화한 것이라고 한다면, 그리고 더욱이 시인의 생애가 특수한 시대와 환경 속에서 영위된 것이라고 한다면, 주체와 세계의 관계양상은 무엇보다도 기본적인 참조의 틀이 된다고 볼 수 있다. 그리고 지금까지 여러 연구자들에 의하여 지적되었던 소월 시의 특질들도 대부분 바로 위와 같은 참조의 틀을 크게 벗어나지 않은 것들이었다고 할 수 있다. 소월이 살았던 식민시대의 상황에 대해서는 굳이 중언부언할 필요가 없거니와 그것에 대해서는 소월 자신이 토로하고 있는 다음의 말로써 아주 간명하게 요약된다.

> 제가 구성(龜城)에 와서 명년이면 십 년이옵니다. 십 년도 이럭저럭 짧은 세월이 아닌 모양이옵니다. 산촌에 와서 십 년 있는 동안에 산천은 별로 변함이 없어 보여도 인사는 아주 글러진 듯하옵니다. 세기는 저를 버리고 혼자 앞서서 달아난 것 같으옵니다. 독서도 아니하고 습작도 아니하고 사업도 아니하고 그저 다시 잡기 힘드는 돈만 좀 놓아 보낸 모양이옵니다. 인제는 또 돈이 없으니 무엇을 하여야 좋겠느냐 하옵니다.[23]

위의 글은 안서에게 보낸 서신의 일절이다. 현실적인 삶의 전망을 찾아볼 수 없는 상황이 아주 잘 드러나 있다. 산천은 별로 변함이 없어도 인사는 아주 글러진 듯하다는 말이나, 무엇을 해야 좋을지 모르겠다는 말은 단적으로 그가 처해 있던 폐쇄적이고 단절적인 삶의 상황을 나타내고 있다. 이런 상황에서 삶의 전망, 즉 미래적인 삶의 계획이란 생길 수가 없는 일이다. 더구나 '세기는 저를 버리고 혼자 앞서서 달아난 것' 같다고 한다면 객관적 시간과 의식 내재적인 시간은 이미 회복할 수 없을 정도로 어긋나 있다는 뜻이다. 다시 말하면 미래적 삶의 계획이 불가능하고 그것이 불가능하기 때문에 수평적인 객관적 시간의 진행과 수직적인 내재적 시간의 흐름은 정상적으로 맞물리지 못하고 크게 어긋난 채 헛돌고 있다는 말이다. 소월 시의 모든 특질은 바로 여기서부터 비롯된다. 소월은 그와 같은 상황을 다음과 같이 형상화하고 있다.

---

23) 김억, 『소월시초』(박문출판사, 1939), 12쪽.

그러나 집 잃은 내 몸이여
바라건대는 우리에게 우리의 보섭 대일 땅이 있었더면!
이처럼 떠돌으랴, 아침에 저물 손에
새라새롭은 탄식을 얻으면서

동이랴, 남북이랴.
내 몸은 떠나가니, 볼지어다.
희망의 반짝임은, 별빛이 아득함은.
물결뿐 떠올라라, 가슴에 팔다리에.

위는 「바라건대는 우리에게 우리의 보섭 대일 땅이 있었더면」의 2, 3
연이다. 화자는 현실생활의 거점이라 할 수 있는 집과 땅이 없다고 한다.
그래서 희망은 별빛처럼 아득하기만 하다. 따라서 별빛의 아득한 거리는
희망의 그것이 아니라 차라리 좌절의 크기와 깊이를 말하는 것에 다름
아니다. 삶의 미래적 전망이 확보되지 않는 곳에서는 당연히 위의 시 구
절의 표현처럼 물결치는 대로 떠다닐 수밖에 없을 것이다.

앞에서 이미 이야기한 바 있지만 사람의 삶이란 의식의 능동성에 의해
서 미래를 현재화하는 과정이다. 그러므로 미래가 없다면 그것이 현재화
될 수 있는 거점으로서의 현재도 당연히 없을 수밖에 없다. 왜냐하면 의
식의 지향성이 만드는 실존적 체험의 시간은 미래로부터 현재로 뚫고 들
어오는 것이기 때문이다. 바꾸어 말해서 현재의 기반이 없다면 미래가
생길 수 없고 또한 미래가 없다면 역시 현재도 있을 수 없는 것이다.[24] 혼

---

[24] 이미 제2장에서 자세히 살펴본 것처럼 시간은 현재의 지각으로부터 구성되지만 그 지
각 자체는 의식의 지향성과 염려의 구조에 의해서, 즉 미래적 계획에 의해서 일정하게
규정되어 현재화한다. 마찬가지로 과거도 그와 같은 지향성의 구조에 영향 받아 현재의
과거로서 드러나는 것이다. 그러므로 실제에 있어서는 미래가 없다면 현재도 과거도 구
성될 수가 없다고 보아야 한다. 그런데 이와 같은 정상적이고 필연적인 시간현상이 주
체와 세계가 맺고 있는 관계의 파탄과 갈등의 정도에 따라서 왜곡 훼손되기 마련이고,

히 소월 시에서 과거와 미래만 있고 현재는 추방되어 있다고 말하지만 그것은 문면에 나타난 시제만을 고려한 피상적인 관찰이다. 가령 소월 시의 미래를 이야기할 때 흔히 예로 드는 「먼 후일」을 보자.

먼 훗날 당신이 찾으시면
그때에 내 말이 「잊었노라」

당신이 속으로 나무리면
「무척 그리다가 잊었노라」

그래도 당신이 나무리면
「믿기지 않아서 잊었노라」

오늘도 어제도 아니 잊고
먼 훗날 그때에 「잊었노라」

이 작품은 설명적인 진술과 그 진술이 뜻하는 정보의 단순함에도 불구하고 교묘한 두 가지의 역설적 표현에 의해서 일시에 시적 성취를 보이고 있는 예다. 우선 함축된 의미는, 먼 훗날에 님이 찾아온다면 그때는 이미 님을 잊어버린 뒤인지라 아무 소용없으니 찾아오려면 당장 빨리 오라는 뜻이다. 그리고 화자의 그러한 언사는 다분히 위협적이다. 이와 같은 위협은 흔히 소원을 성취하려는 주술적 가요나 의례에서 발견되는 표현인데,25) 모든 주술이 그렇듯이 그 성취하려는 내용이 현실적으로 불가능

이 왜곡과 훼손의 정도에 따라서 개별적인 시간양상이 결정되는 것이다. 정상적인 시간현상이 완전히 훼손된 경우는 아마도 정신병 환자일 것이다. 개인의 의식이 입은 충격과 외상(trauma)에 따라 기묘하게 구성되는 시간현상이 발생하리라고 보는데, 소월 시에서 과거만 있다던가 현재만 없다던가 하는 시간현상도 이와 같이 정상적인 궤도를 벗어난 현상을 말하는 것이다.

하면 할수록 역설적으로 주술적 의례의 존재가치와 효과는 돋보이게 된다는 것에 주목해야 한다. 다시 말하면 성취하고자 하는 소원이 현실적으로 불가능하기 때문에, 그리고 그 불가능성을 자인하고 있기 때문에 오히려 그만큼 더 주술을 요구하게 된다는 말이다.

이 시의 역설은 바로 여기서부터 시작된다. 화자는 이별한 님이 다시는 찾아올 수 없음을 너무나 잘 알고 있다. 그러나 한편으로 그것을 스스로 인정하고 깨끗이 체념하여 잊어버린다는 것은 감당할 수 없는 고통일 뿐만 아니라 자신의 생존의미조차 잃어버리는 일이 된다. 또 각성된 의식의 차원에서는 몇 번이고 그것을 인정하고 잊어버리려 하지만 무의식의 차원에서는 끈질긴 미련이 남아 있어서 그렇게 쉽게 잊을 수도 없는 것이다. 그런데 이 시에서는 교묘하게도 미래에 님과의 재회가 이루어질 수 없다는 사실과, 그리고 재회에 대한 끈질긴 미련이라는 이 두 상반된 갈등을 예측 불가능한 먼 미래의 불특정의 어느 날, 즉 '먼 후일'이라는 모호한 시점에 의해서 해소시키고 있다. 예측 가능한 미래의 재회를 설정하는 것은 재회의 불가능성을 잘 알고 있다는 사실과 자기모순의 관계가 되는 것이므로, 화자는 자기책임과 예측 가능성으로부터 벗어나 버린 비실체적 시점인 '먼 후일'에 님과의 재회를 가정하고 있는 것이다. 또 가정법이라는 상상적 문맥은 언제나 실현 불가능한 사실을 전제할수록 극대화된 효과와 명료성이 발생되는 논리를 지니고 있다는 사실에 주목해야 한다.

이 시는 결국 주술적 색채의 언사와 '먼 후일'이라는 비실체적 시점과, 그리고 이것들을 지탱하고 있는 가정법에 의해서 미래의 부재를 미래의

---

25) 이런 예로서 대표적인 것은 「구지가」를 들 수 있다. 거북에게 목을 내놓지 않으면 구워서 먹어버리겠다고 위협하는 것이 바로 그런 예다. 제액(除厄)을 하는 굿을 할 때에도 이와 같은 위협적인 언사는 많이 쓰인다.

가능성으로 드러내는 역설을 보여 주고 있다. 이 역설 위에서 또 하나의 역설이 발생한다. 님을 향하여 회유하고 위협하는 언사인 '잊었노라'가 이 시의 점층적 구성에 의해서 거듭 반복 강조되고 있는데, 미래의 부재를 미래의 가능성으로 가장하여 드러낼 수밖에 없었던 그 역설적 논리에 따라서, 이 말은 죽어도 잊을 수 없다는 뜻으로 읽혀지게 된다. 잊을 수 없음이 잊을 수 있음을 가장하여 드러난 역설이다.

여러 논자들이 공통적으로 지적한 바 있지만 소월의 시에 지속적으로 표현되고 있는 것은 님과 집이 없다는 사실, 그리고 그 님과 집으로 가는 길이 없다는 사실이다. 그 님과 집의 내포는 크게 말해서 시적 자아가 세계와 합일 융화되어 행복한 일체성을 드러낼 수 있는 조건을 뜻한다고 볼 수 있을 터인데 '현재'에 있어서 언제나 화자는 그것들의 결여를 호소하고 있다. 그것들은 과거의 추억으로만 나타난다. 미래가 없다면 일단 현재도 있을 수 없으므로 그것은 당연한 논리의 귀결이다.[26] 그런데 소월의 전작품을 통해서 유일한 예외의 현상을 보이는 작품 한 편이 있다. 널리 애송되는 「진달래꽃」이 그것이다.

이 「진달래꽃」의 표면적 진술은 화자가 현재에 님과 함께 있는 것으로 나타나 있다. '나 보기가 역겨워 / 가실 때에는 / 말없이 고이 보내드리우리다'에 표현되어 있듯이, 미래의 어느 시점에서 님을 보내드리기 위해서는 현재의 님의 존재를 전제해야만 그 말이 성립될 수 있기 때문이다. 그렇다면 소월 시의 전편에서 유일하게 나타난 이 님의 현재성을 어

---

26) 이미 앞에서 미래가 없다면 과거도 현재도 있을 수 없다고 말한 바 있다. 실상 세 시간 양상은 구분할 수 없는 유기적 구조를 지닌 것이다. 그러나 소월 시에서 미래가 없으니 현재도 없다고 하는 것은 과거와 미래가 현재화될 수 있는 현재시간 자체가 없다는 뜻이 아니라, 미래시간을 채우는 참다운 미래적 내용과 현재시간을 채우는 지각의 구체성이 결여되어 있다는 뜻이다. 즉 소월 시의 현재는 발화 자체의 현재성이라는 의미에서만 존재하는 것이다.

떻게 보아야 할 것인가. 먼저 주목되는 것은 님이 나로부터 떠나는 이유와 시기가 전적으로 님에게 달려있다는 사실이다. 즉 님에게 있어서 나 보기가 역겹다는 주관적인 감정은 어느 면에서 나의 희망이나 의지와는 상관없는 불가항력적인 것이라는 말이다. 그것은 온전히 님의 소관일 수밖에 없다. 그리고 역겨워질 그때를 예측할 수는 없지만, 그때가 온다면 언제든지 님은 자유롭게 떠날 수 있다는 것이다. 다시 말하면 님의 완전한 자유를 보장하고 있다는 말이다. 그리고 님이 가시는 길에 꽃을 뿌리는 행위와 죽어도 눈물을 흘리지 않겠다는 다짐, 즉 님의 떠남에 대한 완전한 나의 수동성에 의해서 그 님의 자유는 극대화되고 있다.

비정상적이라고밖에는 할 수 없는 이 완전한 수동성과 극대화된 님의 자유는 4연을 통해서 거듭거듭 점층적으로 강조되고 있는데, 차마 뿌리칠 수 없을 정도의 이 치렁치렁한 여성적 하소연은 과연 무엇을 목표로 하고 있는 것인가. 님의 자유에 대한 다짐의 하소연이 표면의 진술대로 단순히 님의 떠나감을 보장하는 뜻일까. 결코 그럴 수는 없는 일이다. 죽어도 눈물을 흘리지 않겠다는 안간힘의 강박성을 가지고서 반복적으로 님을 고이 보내드리겠다고 말하고 있는데, 이 말은 기실 문맥적 의미로 볼 때 반어적인 표현으로서, 화자의 등가물로 형상화된 밟히는 꽃의 의미와 함께, 죽어도 님을 잊을 수 없으며 절대로 님을 고이 보낼 수 없다는 뜻을 나타내고 있다. 그러므로 님의 자유에 대한 다짐과 하소연이 바람직하지 못한 님의 떠나감을 향하고 있다고 볼 수는 없는 것이다. 이 다짐과 하소연이 성취하고자 하는 소원은 이 시의 진술 밖에 참으로 교묘하게 생략되어 있다. 부정탈까 보아 상서로운 일이나 이름을 함부로 입 밖에 내지 않는 것처럼, 그 소원은 간절한 기원으로 감추어져 있는 것이다. 단적으로 말해서 그 소원은 '님은 오거나 가거나 완전한 자유이니 굳이 못 올 것도 없습니다. 나는 조금도 괘념하지 말고 부디 지금 나에게 오소서'라는 내용이다.

이 시에서도 표면적 진술과는 달리 님은 현재에 부재하는 것이다. 극대화된 님의 자유와 완전한 나의 수동성이 목표로 하고 있는 것은 미래의 바람직하지 못한 님의 떠나감에 있는 것이 아니라 님의 도래를 향하고 있는 것이다. 따라서 이 시를 그 중첩된 역설과 함축의 깊이를 뚫고 해석한다면 현재도 미래도 정당한 의미에서 드러나 있지 않다고 보아야 한다. 마치 현재와 미래를 이야기하고 있는 것처럼 보이는 것은 반복되는 가정법의 비실체적 미래와 그 미래에 의해서 현상된 현재의 환영에 의해서인 것이다. 현재에 님이 없으니 그 반복되는 가정법에도 불구하고 미래에 떠나갈 님도 없는 것은 당연한 이치다. 그러므로 이 현재와 미래의 중복 심화된 부재현상을 타개할 수 있는 방법은 오직 「먼 후일」에서처럼 주술적 의례일 수밖에 없는 일이다. 실현 불가능한 소원일수록 그 주술적 가치는 빛나게 된다.

주술적 의례구조의 함의는 먼저 꽃을 뿌리는 행위에 나타나 있다. 나 보기가 역겨워 님이 떠나가는데, 그 길 위에 꽃을 뿌린다는 것은 범상한 행위라고 볼 수가 없다. 님과의 이별을 스스로 바라고 축복하는 것이 아니라면, 그 꽃을 뿌리는 행위는 소원성취를 향한 주술적 의례의 형식에 가까운 것이라고 보아야 할 것이다. 의례구조의 문맥으로 볼 때, 님이 꽃을 밟는 행위, 즉 님과 꽃과의 접촉은 새로운 상황 혹은 새로운 님의 탄생을 촉구하는 상징적 의미를 띠고 있다. 즉 님과 행복하게 합일된 상황을, 그리고 내가 역겨워서 떠나려는 마음으로부터 나와 함께하려는 마음으로 돌아선 님을 부르는 의례의 뜻을 지니고 있다는 말이다. 널리 알려진 대로 꽃은 의례구조 안에서 신생력 혹은 재생력을 지닌 통합 상징으로 기능하기 때문이다.

다음으로 의례구조의 함의를 드러내고 있는 것은 화자의 다짐과 하소연이 간절한 기원의 형식을 띠고 있다는 것이다. 앞에서도 이야기한 바 있지만 님의 자유를 보장하는 언사가 진술 자체의 표면적 의미에 초점이 있는 것이 아니라 바람직한 소원의 성취에 있는 것이라면, 그 소원의 성취를 향한 기원은 바로 의례적 행위를 구성하는 것이 된다. 그리고 그 기원을 말하는 방식, 즉 거듭되는 가정법에 의해서 의례가 갖는 주술성은 배가된다. 왜냐하면 가정법이란 없는 현실을 있는 현실로 상상하는 어법으로서 모든 의례적 행위의 핵심에 있는 모방성, 즉 이른바 공감주술(sympathetic magic)의 형식과 본질적으로 같은 것이기 때문이다.27) 「먼 후일」과 「진달래꽃」의 분석에서 알 수 있듯이, 소월 시에 나타난 미래는 참다운 미래가 아니라 비실체적인 미래라고 할 수 있는데, 그 비실체적인 미래도 강력한 주술성을 띠고 있는 의례구조의 공간 속에서만 나타난다는 사실이 주목된다. 그것은 그만큼 미래적 전망이 단절된 삶의 폐쇄성을 드러내고 있는 것이라고 말할 수 있는 것이지만, 한편으로 그 의례구조의 공간에 나타난 미래의 의미가 새롭게 구성되는 선험성을 띠기보다는 언제나 경험적 과거 자체를 지향하고 있다는 것은 무엇을 뜻하는 것일까. 물론 기대로 선취되는 미래는 기본적으로 과거에 의해서 규정된다. 즉 미지성未知性은 언제나 기지성旣知性의 한 양상이라 할 수 있는 것이다. 다시 말하면 경험 속에 들어오는 모든 실재적인 것은 세계지평 속에 있다는 의미에서, 새로 만나는 모든 것은 과거에 의해서 미리 윤곽이 잡혀진 것, 즉 기지성의 유형의 지평 속에 있는 것이며, 이 지평 안에서 모든 미지적인 것은 파악될 수 있다는 말이다. 그러므로 과거는 선험적

---

27) 공감주술은 동종주술(homoeopathic magic), 즉 모방주술과 전파주술(contagious magic)을 모두 포괄하는 용어다. 동종주술은 유사에 의한 관념의 연합 위에서 이루어지는 것이고, 전파주술은 연속에 의한 관념의 연합 위에서 이루어지는 것이다. 그러므로 가정법은 좀 더 정확하게 말해서 동종주술의 형식과 같은 것이라고 할 수 있다. 프레이저, 『황금의 가지』, 김상일 역(을유문화사, 1975), 42~81쪽 참조.

미래를 구성하는 통각의 기초가 된다.

그러나 미지성이 기지성에 의해서 규정되고 과거가 미래의 통각의 기초가 된다는 것과, 미래의 공간 속에 과거 자체를 복원한다는 것은 대단히 중요한 차이가 있다. 전자는 의식의 능동성을 전제하는 것이지만, 후자는 의식의 수동성이 드러내는 자기반복적 순환성을 뜻하기 때문이다. 이런 의미에서 소월 시에 나타난 기대로서의 미래는 미래의 공간에 정확하게 반조된 과거의 회상이 된다. 그리고 같은 의미에서 과거의 회상은 과거의 공간에 정확하게 반조된 미래의 기대가 된다. 반조된 회상의 미래와 반조된 기대의 과거라는 기묘한 폐쇄적 순환성이 바로 소월 시의 특질을 나타내는 시간현상인 것이다. 이 시간의 자기반복적인 폐쇄적 순환성을 간략하게 도표로 보이면 다음과 같다.

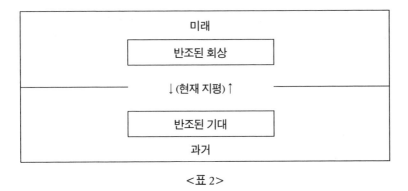

<표 2>

2) 순수지각의 부재와 하염없음

소월 시에서 반조된 회상의 미래와 반조된 기대의 과거, 그리고 그것들을 드러내는 발화의 현재성만 존재하고 있다면, 그것은 본질적으로 온통 과거만을 이야기하고 있다는 말이 된다. 이 기묘한 현상은 앞에서 이미 설명한 바와 같이 의식의 지향적 관심, 즉 의식의 능동성의 결여에서 기인하는 것이다. 미래가 반조된 회상에 불과하기 때문에 미래부재로 파악된다면, 현재는 어떤 현상을 보이기에 발화의 현재성만 있을 뿐 참된 현재가 없다고 말할 수 있는가. 다시 말해서 미래가 없다면 현재도 없다는 것은 당연한 논리의 귀결이지만, 그 현재의 부재가 시에서 어떤 양상으로 나타나고 있는가 하는 말이다.

현재시간은 지각으로부터 발원한다. 그러므로 현재의 부재는 지각의 부재와 동일하다. 시에서 지각은 대상의 구체성을 나타내는 감각적 언어 혹은 심상과 은유를 말하는 것이다. 현대시의 가장 중요한 본질의 하나가 심상과 은유의 사용에 있고,[28] 모든 시적 심상은 은유적이며,[29] 시인의 천재적 표징이 은유의 사용능력에 있다면,[30] 지각의 부재는 시가 시로서 성립될 수 있는 근거를 상실한 것과 같다. 소월의 시에서 지각의 부재가 어떤 양상으로 나타나고 있으며, 지각의 부재에도 불구하고 어떻게 시적 성취를 이루고 있는지 살펴보기 위해서 우선 많이 애송되는 「못잊어」를 들어 보자.

> 못잊어 생각이 나겠지요
> 그런 대로 한 세상 지내시구려
> 사노라면 잊힐 날 있으리다.
>
> 못잊어 생각이 나겠지요
> 그런 대로 세월만 가라시구려

---

28) 르네 웰렉, 오스틴 워어렌, 『문학의 이론』, 백철, 김병철 공역(신구문화사, 1981), 250쪽.
29) C. 데이 루이스, 『현대시 작법』, 조병화 역(정음사, 1959), 16쪽.
30) 아리스토텔레스, 『시학』, 윤명로 역(휘문출판사, 1972), 88쪽.

못잊어도 더러는 잊히오리다.

그러나 또 한긋 이렇지요
「그리워 살뜰히 못잊는데
어쩌면 생각이 떠지나요?」

이 작품은 보다시피 지극히 일상적인 구어의 특징과 함께 평이한 산문
적 언어로 구성되어 있다. 산문적 언어가 정보전달을 위주로 하면서 축
적의 원리에 의해 설명하는 것이라면, 시적 언어는 정보 자체가 심미적
구조의 한 요소로 작용하면서 함축의 원리에 의해 주로 암시하는 것이
특징이라 할 수 있다. 함축하고 암시하기 위해서 은유의 기능과 심상이
요구되는 것이다. 그러므로 산문적 언어가 논리적인 사고에 대응하여 해
석되는 기호론적 구성물이라고 한다면, 시적 언어는 통합적 감수성에[31)]
호응하여 이해되는 공감적 체험의 구조라 할 수 있다. 산문의 언어는 기
호의 추상성에 기울어지기 쉬운 것이고 시의 언어는 사물언어로서 감성
적 구체성을 지향하여 언어를 초월하는 경향을 지니는 것이다.

그런데 위의 시는 어떤가. 구체성을 향하여 시어가 언어 자체를 초월

---

31) 통합적 감수성이란, 사상을 직접 감각적으로 파악하는 힘, 즉 사상을 감정으로 개조하
는 힘을 말한다. 다시 말하면 사상과 감정의 통합을 말하는 것이다. 이 말은 원래 엘리
오트가 「형이상학적 시인들」이라는 글에서 사용한 개념이다. 그는 17세기부터 밀튼과
드라이든의 영향을 받아 이른바 '감수성의 분열'이 시작되었다고 말하면서, 시는 통합
적 감수성에 의해서 사상을 장미의 향기처럼 즉각적으로 느낄 수 있게 해야 한다고 주
장했다. 이에 관하여 그는 다음과 같이 쉽게 예를 들어 설명하고 있다. "시인의 정신이
활동하기 위하여 완전히 준비되었을 때는 분산된 경험을 끊임없이 통합하는데, 일반인
의 경험은 무질서하고 불규칙하고 단편적이다. 시인이 아닌 사람은 연애를 하거나 스피
노자를 읽기는 하지만, 이 두 가지 경험은 서로 하등의 관계를 이루지 못하며, 타이프라
이터 소리나 요리하는 냄새와도 아무 관계가 없다. 시인의 마음속에서는 어떤 경험이
항상 새로운 전체를 형성하고 있는 것이다." 『엘리오트 선집』, 이창배 역(을유문화사,
1972), 502쪽.

하는 현상이 조금이라도 보이는가. 결코 그런 것을 찾아볼 수가 없다. 오히려 언어를 초월하기보다 더욱 언어 기호 자체가 되고 있다. 은유와 심상의 구체성 대신에, 사르트르의 용어로 말하면 의미함(signify)의 언어가 의미하고 있는 관념의 명료성만 나타나 있다.[32] 그 관념도 지극히 관용적이고 평범한 것이며, 그것을 나타내는 언어의 진술조직도 지극히 단순하고 평면적이다. 시의 가장 큰 덕목이라 할 수 있는 구체성이 보이지 않는다. 무엇보다도 시의 감성적 구체성은 지각현상에서 발생하는 것이다. 지각의 부재는 이와 같이 시를 산문적 언어의 의미연쇄, 즉 관념성의 구성물로 드러내기 마련이다.

그럼에도 불구하고 이 시가 많은 독자들에게 시로 읽혀지고, 또 실제에 있어서 시적 감동까지 자아내는 것은 무슨 까닭일까. 그것은 소월의 성공적인 시가 다 그렇듯이, 그리고 앞에서 「먼 후일」과 「진달래꽃」의 분석에서 보았듯이, 음악성을 배제하고 말한다면 주로 시의 내용에 나타나는 의미와 정서의 역설적인 갈등구조에서 기인하는 것이라 할 수 있다.[33] 갈등이란 상반되거나 비교되는 차이성을 전제한 것으로서 아이러니나 역설도 한 가지로 갈등구조라고 할 수 있는데, 이 시에서도 비교적 단순한 선명성을 보이는 흠이 있지만 그와 같은 갈등구조를 보여주고 있

---

32) 사르트르는 언어를 있음(be)과 의미함(signify)의 언어, 즉 사물과 기호의 두 가지로 분류하고 이렇게 말하고 있다. "의미를 가지는 기호가 지배적인 힘을 누리는 영역, 그것이 산문이다. 그러나 시는 차라리 회화나 조각이나 음악 편이다. … 시는 산문과 똑같은 방법으로 말을 사용하는 것은 아니다. 차라리 시는 전혀 말을 사용하지 않는다고 하는 편이 옳을 것이다. 오히려 시는 말에 봉사한다고 하고 싶다. 시인들은 언어를 이용하기를 거부하는 사람들이다. … 그는 단호히 말을 기호로서가 아니라 사물로 간주하는 시적 태도를 선택한 것이다." 사르트르, 『문학이란 무엇인가』, 김붕구 역(문예출판사, 1972), 15~17쪽.
33) 오세영도 한의 갈등구조를 분석하면서 소월의 시가 현대시적 수사법을 원용하지 않으면서도 시의 위치를 지킬 수 있었던 것은 한이라는 정서의 갈등 때문이라고 지적한 바 있다. 오세영, 앞의 책, 343쪽.

다. '못잊어 생각이 나겠지요'라고, 잊을 수 없음을 먼저 기정사실화하고 나서, '그런 대로 한 세상 지내시구려'라고 말하여 상반된 진술의 역설을 만들고 있다. 못잊을 그리움 때문에 '그런대로 한 세상'을 살아갈 수 없는 청자의 정황을 인정하면서도, 그렇게 살아보라는 화자의 말은 하나의 역설이다. 그 모순을 경감하기 위하여 화자는 다시 말 끝에 '사노라면 잊힐 날 있으리다'라거나, '못잊어도 더러는 잊히오리다'라고, 한결 어조를 낮춘 혼잣말처럼 덧붙이고 있다. 그러나 마지막 연에서 그리움에 대한 체념이 불가능함을 말함으로써, 앞선 화자의 말 자체를 다시 한 번 전면 부정하면서 역설을 중첩시키고 있다. 그리고 여기의 화자와 청자는 기실 하나의 시적 자아가 분열된 것인데, 님을 잊고 체념하려는 의식적인 노력과 님을 잊지 못하는 끈질긴 무의식적 미련의 갈등을 드러냄으로써, 그 분열 자체를 또 하나의 역설로 굴절시키고 있는 것이다.

시의 언어가 근본적으로 역설의 언어라고 한다면 소월의 시는 바로 그 점에서 시의 대열에 설 수 있는 것이 된다.[34] 그러나 그것은 다른 장르와 달리 시적 표현의 본질인, 세계의 살이요 몸이라 할 수 있는 풍요로운 구체성을 상실한 대가인 것이다. 그나마 소월 시의 역설이 지적인 논리구조가 아니라 정서적 갈등구조에서 드러난다는 점이 다행이라면 다행이라고 할 수 있을 것이다. 그러나 그것도 산문적 언어가 지닌 관념성의 배후에 안개처럼 깔려있는 한의 정서에 국한되는 경우가 대부분이다. 소월 시에서 현재시간의 부재, 즉 지각의 부재가 원인이 된 산문적 언어의 진술은 그의 모든 작품의 공통적 기반이 되어 있다.

---

34) 클리언드 브룩스, 『잘 빚어진 항아리』, 이경수 역(홍성사, 1983), 7쪽. 브룩스는 시의 언어가 역설의 언어임을 다음과 같이 말하고 있다. "그러나 역설이 시에 적합하고 불가피한 언어라는 의미는 남아 있다. 과학자의 진리는 역설의 흔적이 모조리 제거된 언어를 요구하지만, 시인이 말하는 진리는 분명히 역설을 통해서만 접근될 수 있다."

①
그런데 우리님이 가신 뒤에는
아주 저를 버리고 가신 뒤에는
전날에 제게 있던 모든 것들이
가지가지 없어지고 말았습니다.

―「옛이야기」

②
그러나 자다 깨면 님의 노래는
하나도 남김없이 잃어버려요
들으면 듣는 대로 님의 노래는
하나도 남김없이 잊고 말아요

―「님의 노래」

③
한때는 많은 날을 당신 생각에
밤까지 새운 일도 없지 않지만
아직도 때마다는 당신 생각에
축업은 벼갯가의 꿈은 있지만

―「님에게」

④
홀로 잠들기가 참말 외로워요
맘에는 사뭇차도록 그리워 와요
이리도 무던히
아주 얼굴조차 잊힐 듯해요

―「밤」

⑤
어버이님네들이 외오는 말이

「딸과 아들을 기르기는
훗길을 보자는 심성이로다.」
그러하다, 분명히 그네들도
두 어버이 틈에서 생겼어라
그러나 그 무엇이냐, 우리 사람!
손들어 가리키던 먼 훗날에
그네들이 또 다시 자라 커서
한결같이 외오는 말이
「훗길을 두고 가자는 심성으로
아들 딸을 늙도록 기르노라.」

—「훗길」

위에 예시한 어느 구절에서도 구체적인 지각심상은 찾아볼 수가 없다. 지극히 일반적이고 관용적인 관념이나 정서를 산문적인 언어로 진술하고 있을 뿐이다. 위에 예시한 것들은 심상다운 심상이 거의 나타나지 않은 예들이지만, 그렇다고 해서 소월의 시에서 전혀 심상이 나타나지 않는다는 말은 아니다. 시가 시인 이상 어떠한 심상이거나 간에, 즉 그것이 시의 구조 안에서 기능적이거나 아니거나 간에 나타나지 않을 수는 없는 일이다. 소월의 시에서 지각현상의 부재를 말하는 것은 실상 위에서 살펴본 바와 같이 심상이 전혀 나타나지 않은 관념적 양상을 두고 말하는 것이라기보다, 오히려 심상으로 나타나 있는 지각현상의 유다른 특징을 두고 하는 말이다. 그렇다면 심상으로 나타난 지각현상을 두고 지각현상이 부재하다고 말할 수 있는 이유를 밝힐 때만이 비로소 앞에서 지적했던 시간의 폐쇄적 순환성과 함께 소월 시의 모든 특질이 지닌 비밀이 해명된다고 할 수 있을 것이다.

협의의 심상에 대한 정의가 시각적 심상을 대상으로 이루어지고 있듯이, 그리고 일반적으로 어느 작품이든지 시각적 심상이 대개는 주류를 이루고 있듯이, 소월의 시에서도 주로 보이는 것은 시각적 심상들이다. 그러나 그것들은 이미 말한 바와 같이 그의 시에 은유가 보이지 않는 만큼 본질적으로 시적 심상이라 할 수 있는 비유적 심상이 아니다. 그의 시에 나타난 심상들은 거의가 서술적 심상이라 할 수 있는데 그것들이 어떤 양상을 보이고 있는지 우선 다음의 예를 보자.

> 우리 집 뒷산에는 풀이 푸르고
> 숲 사이 시냇물 모래바닥은
> 파아란 풀 그림자 떠서 흘러요
>
> 그리운 우리 님은 어디 계신고
> 날마다 피어나는 우리 님 생각
> 날마다 뒷산에 홀로 앉아서
> 날마다 풀을 따서 물에 던져요
>
> 흘러가는 시내의 물에 흘러서
> 내어던진 풀잎은 옅게 떠갈 제
> 물살이 해적해적 품을 헤쳐요
>
> 그리운 우리 님은 어디 계신고
> 가엾은 이내 속을 둘 곳 없어서
> 날마다 풀을 따서 물에 던지고
> 흘러가는 잎이나 맘해보아요.
>
>   −「풀따기」

이 시는 위에서 살펴본 「못잊어」와는 사뭇 다른 바가 있다. 「못잊어」가 순전히 관념적 진술이었던 반면에, 이 시는 화자의 구체적인 행위를 묘사함으로써 시적 의미와 정서를 육화시키고 있다. 그리고 그 행위의 배경을 이루는 사물적 대상들, 즉 서술적 심상들이 비교적 선명하게 나타나 있다. 제1연은 3음보의 가볍고 동적인 리듬의 흐름과 마치 물살의 반짝임처럼 연이어 나타나는 ㅍ, ㅅ 등의 두운이 함께 어울려서, 맑은 시냇물에 떠가는 풀잎과 그 그림자를 한 폭의 영롱한 수채화처럼 보여주고 있다. 그리고 제2연에서 화자는 '날마다 피어나는 우리 님 생각'에 '날마다 뒷산에 홀로 앉아서' '날마다 풀을 따서 물에' 던진다고 한다. 풀을 따서 던지는 물의 흐름에 그 '날마다'라는 부드러운 울림소리의 두운이 반복되면서 교묘하게 세월의 흐름을 환기함과 동시에 이른바 '물같이 흐르는 세월'의 심상을 선명하게 드러내고 있다. 그리고 이러한 흐름의 힘은 물 위에 떠가는 풀 자체도 그 속성이 하나의 흐름임을 자연스럽게 보여준다. 왜냐하면 물 같은 세월의 흐름에 따라 봄마다 돋아나는 풀잎은 무엇보다도 그 세월의 흐름에 대한 가장 확실한 표지이기 때문이다. 이 시의 나머지 연도 마찬가지로 이러한 흐름을 변주하고 있는데, 이렇게 볼 때 이 시 전체는 쉼 없는 흐름이 하나의 주동력이 되어 있다고 할 수 있다.

그러나 이 시에 흐름만 나타나 있는 것은 아니다. 그 흐름과 함께 흘러가지 못하고 '날마다 홀로 앉아서' 과거의 님을 생각하고 있는 화자는 멈추어 있는 것이다. 그리고 그 흐름과 함께 앞으로 나아가고자 하는, 즉 세계와 합일되어 일체성을 드러내고자 하는 무의식적 소원은 풀을 따서 던지는 '무심한 행위'에 투사되어 있다.[35] 그러나 화자는 '날마다 뒷산에 홀

---

35) 객관적 시간의 속성은 무엇보다 그 흐름의 불가역성이다. 그런데 물이 지닌 자연적 순환성과 상징적인 생생력, 그리고 봄마다 풀을 재생시키는 계절의 순환성 때문에 시간은 상상력 속에서 가역적인 현상으로 수용되기도 한다. 따라서 화자가 풀을 따서 물에 던지는 행위는 여기서 두 방향의 상징적 의미를 보인다. 하나는 물의 흐름과 함께 앞으로 나아가고자 하는 화자의 무의식적 미래지향이고, 다음은 물과 풀이 지닌 순환성과 재생력에 가탁하여 님과 공존하던 과거로 돌아가고자 하는 과거지향이다. 그러나 그것도 반조된 회상의 미래와 반조된 기대의 과거라는 소월 시에 나타난 시간의 폐쇄적 순환성

로 앉아서' 고작 풀잎을 물에 던질 뿐 흐르지 못하고 멈추어 있는 것이다. 화자가 멈추어 있다고 하는 것은 화자의 의식의 흐름이 멈추어 있다는 뜻에 불과하다.

왜 의식의 흐름이 멈추어 있는가. 문면에 명시되어 있듯이 과거의 님에 사로잡혀 있기 때문이다. 화자의 의식내재적 시간의 수직적 흐름은 현재지평의 파지적 시점으로부터 과거를 향하여 흐르고 있다. 그래서 현재로부터 미래를 향하여 흐르는 객관적 자연시간의 수평적 흐름, 혹은 세계의 수평적 흐름과 맞물려서 함께 나아가지 못하고, 그것은 '날마다 뒷산에 홀로 앉아서' 정체되어 있는 것이다. 정상적인 경우라면 수직적 시간의 흐름은 미래적 계획에 의하여 현상되는 현재지평의 예지적 시점으로부터 미래를 향하여 흐르면서 세계의 수평적 흐름과 함께 맞물려 나아갈 것이다.[36]

세계의 흐름과 함께 앞으로 나아가지 못하고, '저만치'[37] 앞서 흘러가는 세계의 흐름으로부터 홀로 뒤떨어져 정체되어 있는 의식현상은 과연 어떤 특징을 보이게 되는 것일까. 세계는 앞서 흘러가지만 의식은 과거를 지향하고 있으므로 세계는 더욱 멀어지고 불투명해지기 마련이다. 이미 규정되어 존재하는 과거를 의식이 지향하고 있는 한, 의식의 지향적 관심에 의해서 세계를 일정한 의미로 규정하게 되는 지각현상은 발생할

위에서 본다면 결국 같은 의미로 해석이 되는 것이다.

36) 실존적 체험의 시간현상으로 볼 때 시간은 이른바 염려구조에 의해서 미래로부터 현재로 흐르는 것이다. 그러므로 현재지평의 예지적 시점으로부터 미래를 향하여 흐른다는 본문의 표현은 일견 모순처럼 보인다. 그러나 미래로부터 흐른다는 것은 시간구성의 근원적 동력을 밝힌 것이고, 미래로 흐른다는 것은 흐름의 결과적 양상을 말하는 것이므로 서술의 관점만 다를 뿐이다.

37) 「산유화」에 나타나는 이 '저만치'라는 거리감은 다양하게 증폭되면서 소월 시 전편을 통해 광범위하게 보이고 있다. 이 거리감 혹은 유리의식은 수평적 시간의 흐름과 수직적 시간의 흐름이 맞물리지 못하고 크게 어긋나 있는 현상으로부터 발생되는 것인데 이에 대해서는 뒤에 좀 더 자세히 논의된다.

수가 없다. 세계를 향한 의식의 능동성이 없다면 그 의식은 마치 거울과 같은 수동성을 지닌 것으로 남을 수밖에 없는 것이다. 위에서 「풀따기」에 나오는 화자의 행위를 '무심한 행위'라고 했는데, 이 거울과 같은 의식의 수동성, 그것이 바로 다름 아닌 무심함이다. 무심하다는 것은 의식의 집중이 없다는 뜻이요 관심이 없다는 뜻이며 보다 상식적으로 이야기한다면 아무 생각이 없다는 뜻이다.

이와 같은, 현재의 지각과 세계에 대한 무심한 태도를 가리켜 우리는 '하염없음'이라고 말한다. 프로이트적인 의미에서가 아니라 베르그송적 의미에서 과거가 근본적으로 무의식적인 것이라면, 소월 시의 지각현상에 나타나는 이 '하염없음'은 이른바 삶의 세계에 대한 진정한 인식을 낳을 수는 없을 것이다. 또한 그로부터 미래시간이 구성될 수도 없다는 것은 당연한 논리의 귀결인 것이다. 왜냐하면 사람의 삶이란 행동의 연속이고, 행동은 미래적 계획에 영향받아 현재시간 위에서 이루어지는 것이며, 미래는 의식의 집중, 즉 관심에 의해서 앞당겨지는 것이기 때문이다. 한마디로 요약한다면, '하염없음'은 진정한 지각을 드러낼 수 없다고 할 수 있는 것이다. 이와 같은 논리 위에서 볼 때, 소월의 시를 허무주의와 자족적인 감정주의의 소산으로 보고 있는 한 논자의 다음과 같은 지적은, 그것이 근원적인 발생구조를 해명하지 않은 채 이루어진 결과론적 현상의 설명일 뿐임에도 불구하고, 아주 정곡을 찌른 것이라고 할 수 있을 것이다.

앞에서 말한 바와 같이 소월의 감정주의의 잘못은 그것이 부정적이라는 사실에보다 밖으로 향하는 에너지를 가지고 있지 않다는 데에 있다. 안으로 꼬여든 감정주의의 결과는 시적인 몽롱함이다. 밖에 있는 세계나 정신적인 실체의 세계는 분명한 현상으로 파악되지 아니한다. 모든 것은 감정의 안개 속에 흐릿한 모습을 띠게 된다. 앞에서 우리는 부정적인 감정주의가 밖으로 향하는 에너지를 마비시킨다는 사실에 언급하였는데 이 밖으로 향하는 에너지란 '보려는' 에너지와 표리 일체를 이룬다. 시에서 가장 중요한 것은 바르게 보는 것이며, 여기서 바르게 본다는 것은 가치의 질서 속에 본다는 것이다.[38]

소월 시의 지각현상을 특징짓는 '하염없음'은 '시름없음'과도 상통하는 것인데, 이러한 태도는 소월의 모든 작품에서 예외 없이 일관되게 나타나고 있다. 하염없음의 다양한 현상은 그만두고라도 그 낱말을 직접 사용하고 있거나 그것을 명시적으로 가리키는 낱말을 쓰고 있는 예만 해도 너무 많아서 일일이 예거할 수 없을 정도이다. 가령 아무 데서나 눈에 띄는 대로 뽑은 다음의 것들만 보아도 그것은 쉽게 짐작이 된다.

외로움에 아픔에 다만 혼자서
<u>하염없는</u> 눈물에 저는 웁니다.

— 「옛이야기」

나의 <u>하염없는</u> 쓸쓸한 많은 날은
너와 한가지로 지나가리.

— 「담배」

달 아래 <u>싀멋없이</u> 섰던 그 여자
서 있던 그 여자의 햇슥한 얼굴

— 「기억」

<u>우둑키</u> 문어귀에 혼자 섰으면
흰눈의 잎사귀, 지연이 뜬다.

— 「지연」

---

38) 김우창, 「한국시와 형이상」, 『궁핍한 시대의 시인』(민음사, 1977), 43쪽.

달빛은 밝고 귀뚜라미 울 때는
<u>우둑키 싀멋없이</u> 잡고 섰던 그대를

—「월색」

나는 혼자 거울에 얼골을 묻고
<u>뜻없이 생각없이</u> 들여다보노라.

—「황촉불」

보라 때에 길손도 머뭇거리며
<u>지향없이</u> 갈 발이 곳을 몰라라.

—「오는 봄」

이마즉, 말도 안하고, 더 안가고
길가에 <u>우둑허니</u> 눈 감고 마주 섰어

—「합장」

   이제 하염없음에 맞닿아 있는 지각이 왜 진정한 지각이 될 수 없는지, 그리고 그와 같은 지각에 의해서 나타난 세계의 모습, 즉 심상들은 어떤 특징을 띠고 있는지 알아보기 위해서 우선 다음의 시들을 살펴보기로 하자.

   ①
마소의 무리와 사람들은 돌아들고, 적적한 빈 들에,
엉머구리 소리 우거져라.
푸른 하늘은 더욱 낮추, 먼 산 비탈길 어둔데
우뚝우뚝한 드높은 나무, 잘 새도 깃들여라.

볼수록 넓은 벌의

물빛을 물끄러미 들여다보며
고개 수그리고 박은 듯이 홀로 서서
긴 한숨을 짓느냐. 왜 이다지!

온 것을 아주 잊었어라, 깊은 밤 예서 함께
몸이 생각에 가비엽고, 맘이 더 높이 떠오를 때.
문득, 멀지 않은 갈숲 새로
별빛이 솟구어라.

                                        —「저녁 때」

②
날은 저물고 눈은 내려라
낯설은 물가로 내가 왔을 때.
산 속의 올빼미 울고 울며
떨어진 잎들은 눈 아래로 깔려라.

아아 숙살스러운 풍경이여
지혜의 눈물을 내가 얻을 때!
이제금 알기는 알았건마는!

이 세상 모든 것을
한갓 아름다운 눈어림의
그림자뿐인 줄을.

이울어 향기 깊은 가을밤에
우무주러진 나무 그림자
바람과 비가 우는 낙엽 위에.

                                        —「희망」

①의 시를 먼저 보자. 이 시는 제2연에 지각현상을 특징짓는 화자의 태도 '하염없음'이 아주 잘 드러나 있다. '물끄러미'라는 부사는 바로 '하염없이'와 같은 뜻의 말이다. '고개 수그리고 박은 듯이 홀로 서서' 있는 것도 하염없기는 마찬가지다. 화자가 '긴 한숨'을 지으며 박은 듯이 홀로 서 있는 까닭은 위에서 말한 바와 같이 세계의 흐름과 함께 앞으로 나아가지 못하고 과거에 사로잡힌 의식의 정체성 때문이다.

하염없음에 맞닿아 있는 세계, 즉 수동적 의식에 지각된 혹은 반영된 세계의 심상들은 제1연에 나열되어 있다. 마소의 무리들, 사람들, 빈 들, 엉머구리 소리, 푸른 하늘, 산 비탈길, 나무, 잘 새 등등이 그것들이다. 지향적 관심에 의해서 대상들이 일정한 의미로 규정될 때만이 참된 지각은 형성된다. 그런데 과연 위의 대상들이 어떤 관심, 즉 가치의 원근법에 의해서 다소나마 규정된 것이라고 볼 수 있을까. 결코 그렇게는 보이지 않는다. 마치 그것들은 이른바 현상학적 판단정지에 의하여 괄호로 묶어둔 것(bracketing)처럼 가치중립적이고 평면적이다. 세계의 수평적 위상에 의식의 수직적인 깊이가 주어지지 않는 한, 대상들은 저 건너의 사실의 세계에 그저 무표정하게 존재할 뿐이다. 그것들은 어디까지나 객관적 세계에 '저만치' 떨어져 있고 객관적 법칙에 의해서 움직이고 변화할 뿐인 것이다. 바로 그와 같은 대상들이 수동적 의식에 반영될 때 그 심상들은 무심한 경물景物로 떠오른다. 제1연은 이와 같은 무심한 경물로 나타난 것들이다. 하염없음이 수동적인 의식의 거울과 어떤 방식으로든지 관련된다는 것은 가령 다음과 같은 시 구절에 의해서도 충분히 암시된다.

> 어두운 가슴 속의 구석구석……
> 환연한 거울 속에, 봄 구름 잠긴 곳에
> 소솔비 내리며 달무리 둘려라.
>
> ─「애모」

소리조차 없는 흰 밤에
나는 혼자 거울에 얼굴을 묻고
뜻없이 생각없이 들여다보노라

—「황촉불」

　여기 나오는 '어두운 가슴 속의 구석'에 있는 '환연한 거울'이나, '흰 밤'
에 혼자 얼굴을 묻는 '거울'은 더 말할 것 없이 수동적인 의식이다. 그 의
식의 거울은 외부의 대상들을 무심한 경물로 떠올리지만, 내부에 있는
것, 즉 과거의 공간 속에 이미 일정하게 규정된 존재는 그리움과 동경의
대상으로 떠올린다. 물론 그 그리움과 동경의 대상은 님과 고향과 집일
것이다. 그런데 여기서 주목해야 할 것은 거울로 비유되는 의식의 수동
성은 외부와 내부 양면에서 모두 수동적이라는 사실이다.

　외부에 대한 수동성에 관하여는 이미 하염없음의 논리로 충분히 설명
된 바다. 그렇다면 의식의 과거지향도 하나의 지향성임이 분명함에도 불
구하고 왜 그것을 수동적이라고 하는가. 과거의 존재는 이미 일정한 의
미로 규정된 의미존재이므로 의식의 지향성이 다시 새롭게 규정하지 않
고 다만 상기할 뿐이기 때문이다.[39) 그러므로 의식의 수동성은 외부에

---

39) 물론 과거도 언제나 의식의 지향에 의하여 얼마든지 새롭게 규정될 수는 있는 일이다.
그리고 엄밀한 의미에서 경험이 계속 축적되어 감에 따라 수직적인 의식의 흐름 전체는
항상 재조정된다고 볼 수 있다. 그리고 재조정된 의식의 새로운 가치질서와 사고작용에
의해서 과거는 새롭게 현재화된다. 이것이 '현재의 과거'라는 진정한 속뜻일 것이며, 정
상적인 실존적 체험은 언제나 그와 같은 과정을 통해서 자기초월을 단행할 것이다. 그
러나 일반적으로 사람들은 '전락'이라는 실존범주 안에서 주체적 자유와 가능성을 상실
한 채 익명인간, 즉 하이데거의 용어로 다스 만(Das Man)이 되어 살고 있다. 전락한 익
명인간은 주체적 자유의 가능성을 상실했기 때문에 그의 삶은 개성의 표지가 없이 평준
적으로 자동화되어 있다. 이러한 관계로 대부분의 사람들은 과거를 이미 규정된 의미로
단순히 회상하거나 상기할 뿐이다. 그리고 소월은 거의 병적일 정도로 지나치게 과거에
고착되어 있으므로 더욱 그러하다.

대해서는 대상복사적對象複寫的이고, 내부에 대해서는 자기반복적自己反復的이다.[40]

인용시 ①의 제1연은 대상복사적인 의식의 수동성 혹은 하염없음에 의해서 드러난 무심한 경물들이고, 제2연은 자기반복적인 하염없음의 태도라고 볼 때, 전자의 무심한 경물들을 B라 하고, 후자의 하염없음의 태도를 A라 한다면, 제3연은 앞의 2행을 A라 할 수 있을 것이고, 뒤의 마지막 2행을 B라 할 수 있을 것이다. 이렇게 보면 이 시의 전체구조는 B-A-(A-B)의 형식임을 알 수 있다. 소월의 시를 자세히 살펴보면 거의 예외 없이 이와 같은 '무심한 경물'과 '하염없음의 태도'가 반복되고 있음을 볼 수 있다. 그 반복적인 구조의 형식이 어떠한 순서이든 간에 그의 시에서는 크게 볼 때, 이 A와 B의 지루한 반복만 나타난다. 가령 다음의 시만 보아도 그것은 쉽게 확인된다.

> 꿈에 울고 일어나
> 들에
> 나와라.
>
> 들에는 소슬비
> 머구리는 울어라.
> 풀그늘 어두운데
>
> 뒷짐지고 땅 보며 머뭇거릴 때.
>
> 누가 반딧불 꾀여드는 수풀 속에서
> 「간다 잘살어라」하며, 노래 불러라.
>
> —「바리운 몸」

---

40) 대상복사적이고 자기반복적인 의식의 수동성은 넋두리의 현상과 긴밀한 관계를 지니는 것으로서 소월 시의 이해에 대단히 중요한 개념이다. 이 점은 뒤에 논의된다.

이 시는 아주 정연하게 A-B-A-B의 반복구조로 되어 있음을 쉽게 알 수 있다.

다시 앞에서 인용된 ②의 시 「희망」을 보자. 제1연은 '저만치' 떨어져 있는 객관적 사실세계의 가치중립적이고 무심한 경물들이 나타나 있다. 그리고 제2연은 약간의 변주와 굴절이 보이지만 역시 크게 한 덩어리로 보아서 하염없음의 태도를 나타낸다. 그리고 제3연은 무심한 경물들이다. 즉 B-A-B의 반복구조다. 그러나 좀 더 미세하게 세분하여 본다면, 제1연의 제2행을 A라 할 수 있고, 제2연의 제1행을 B라 할 수 있으니 (B-A-B)-(B-A)-B의 구조로 볼 수도 있을 것이다. 소월의 시가 지닌 그 의미론적 단순성은 겨우 이와 같은 의미구조의 다양한 변형에 의해서 그 반복의 지루함으로부터 어느 정도 벗어날 수 있었다고 할 것이다.

그런데 여기서 무심한 경물들이 과연 가치중립적으로 무심한 것인가 하는 반문이 생길 수도 있을 것이다. 왜냐하면 그 경물들은 어느 시편에서나 거의 동일하게 덧없음, 고립감, 쓸쓸함, 슬픔 등 내향적이고 소극적인 감정의 색조로 물들어 있기 때문이다. 그러나 이러한 현상은 관심의 가치적 원근법에 의해서 생성된 것이라기보다 과거에 사로잡힌 자의 의식의 하염없음이 지닌 본래의 색조 때문에 자동적으로 생기는 현상이라 할 것이다. 그것은 마치 색안경을 끼고 사물을 보면 모든 사물들이 그 안경의 색조로 물들어 보이는 것과 마찬가지다.

지각의 부재가 하염없음을 만들고, 다시 하염없음은 지각의 부재를 초래한다고 말하거나, 하염없음이 지각의 부재를 초래하고, 따라서 지각의 부재가 하염없음을 만든다고 말하거나, 그것은 순환적인 관계에 있기 때문에 결국 같은 말이다. 그런데 무심한 경물을 드러내는 것도 지각은 지각이라는 의미에서, 그러나 관심의 미래적 계획에 의하여 현상되는 현재지평 혹은 예지적 시점 위의 지각이 부재하다는 의미에서, 소월의 시에 나타나는 지각은 지각이되 진정한 지각은 아니다. 그렇다면 소월의 시에서 지각이 부재하다는 말은 엄밀한 의미에서 틀린 말이다.

이 점에서 베르그송의 지각의 분석은 주목할 만하다. 그에 의하면 현재는 매 순간마다 이중화하여 서로 대칭적인 방향으로 갈라진다고 한다. 하나는 과거를 향해 나아가고, 또 다른 하나는 미래를 향하여 전진하는데, 보통 우리가 지각이라 부르는 것은 주로 후자를 지칭한다는 것이다. 다시 말하면 지각은 추억과 동시에 성립한다고 볼 수 있는데, 지각의 과거적 측면을 추억, 혹은 기억이라 하고, 지각의 현재적 측면을 '순수지각'이라 한다는 것이다.[41] 이것은 기실 따지고 보면 현재지평의 파지적 측면을 추억이라 하고, 미래에 맞닿아 있는 예지적 측면을 순수지각이라 한 것임을 알 수 있다. 순수지각은 관심에 의해서 구성된 현재의 지각이므로, 그것은 순전히 객관적 인식을 위한 이론적인 최초의 계기라기보다 실천적 목적을 지니고 매 순간마다 행동의 가능성을 설계하는 지각이다. 따라서 행동의 가능성을 설계하는 이 지각 위에서 이루어진 인식이야말로 세계 내 존재로서의 현존재가 세계를 파악하는 참된 인식이라 할 수 있을 것이다.

진정한 의미에서 인식도 행동이라 할 수 있는 것이라면, 그리고 미래에 의하여 현상된 현재 위에서 행동이 이루어지는 것이라면, 분명 소월의 시에는 세계를 파악하는 인식도 주체적 행동과 자유의 가능성도 찾아볼 수 없다고 할 수 있다. 이런 점 때문에 소월의 시에서 순수지각의 부재를 말하는 것은 본질적인 중요성을 지니는 것이다.

---

41) 김형효, 앞의 책, 39~41쪽 참조.

3) 의식의 거울과 넋두리의 미학

사람의 삶이란 의식의 능동적인 지향성과 관심의 구조가 지닌 미래적 추동력推動力에 의해서 영위되는 것이며, 그것이 지향하는 목표는 다시 말하거니와 주체와 세계의 갈등 없는 일체성의 성취다. 자아와 세계의 합일, 즉 주객일체의 체험이야말로 인간의 무의식 속에 남아 있는 낙원의 행복에 대한 가장 강력한 원초적 체험이며 참다운 미적 체험이라 할 수 있을 것이다. 그런데 지금까지 살펴본 바와 같이 소월에게는 의식의 능동성이 결여되어 있었다. 거울과 같은 그 의식의 수동성 때문에 순수지각의 부재라는 특이한 현상이 초래되었다. 순수지각의 부재 때문에 자아와 세계의 교섭에 의한 진정한 체험 혹은 그것들의 이상적 합일이라는 그 원초적 체험은 과거에만 존재하는 것이며 미래적 존재 가능성은 전혀 기대할 수 없는 것이 되었다.

그렇다면, 다시 말해 주객합일의 그 일체성을 향한 도정이 막혀 있다면, 도대체 소월의 삶이란 무엇인가. 세계는 '저만치' 돌아보지도 않고 흘러가는데, 홀로 떨어져 고립된 채, 의식의 거울에 복사되는 외부의 경물을 무심히 바라보거나, 또 그 거울에 자기반복성을 가지고 떠오르는 내부의 과거적 영상들을 하염없이 바라보기만 한다면, 그 삶은 도대체 무엇인가. 소월 자신이 '부질없이', '쓸데도 없이' 등의 표현을 시의 곳곳에 쓰고 있는 것처럼 우리는 그런 삶을 일러 헛도는 삶, 즉 공전空轉하는 삶이라 부를 수 있을 것이다.

삶이 헛도는 까닭은 누누이 말한 바와 같이 근본적으로 순수지각의 부재로 인하여 생긴 시간의 어긋남 때문이다. 마치 톱니가 맞물리지 않은 것처럼, 객관적인 수평적 시간과 의식내재적인 수직적 시간이 서로 어긋난 채 헛돌고 있는 것이다. 다음의 도표는 대상복사적이고 자기반복적인 의식의 수동성에 의해서 초래된 그 삶의 공전의 구조를 요약하여 보여주고 있다.

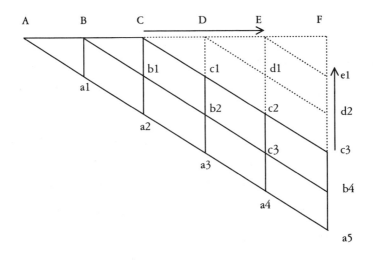

<표 3>

이 도표는 <표 1>을 좀 더 확대한 것일 뿐 동일한 의미의 구조를 보이는 것이다. A-B-C-D-E-F는 매 순간 지각이 발생하는 '지금'의 계열이며, 화살표 방향으로 부단히 흘러가는 객관세계의 수평적 시간이다. a5-b4-c3-d2-e1-F는 '지금'의 지각들이 파지로 변양되면서 통일된 위상연속체로서 과거와 현재의 연속성을 나타내는 것이며, 화살표 방향으로 미래를 선취하며 부단히 흐르는 의식내재적 시간, 즉 근원적 시간의 흐름을 나타내는 것이다. 점선 부분은 순수지각의 부재로 인하여 진정한 체험이 이루어지지 않고 있음을 나타낸다. 물론 이 경우 체험이란 인식까지도 행동으로 보는 실존적 체험을 말하는 것이다. 따라서 A-B-

C는 순수지각이 존재했던 부분이고, a5-b4-c3는 그 순수지각으로 말미암아 관심의 구조 속에서 '미래-현재-과거'가 유기적으로 구성된 부분, 즉 자아와 세계의 일체성이 다소간 존재했거나, 적어도 그 일체성의 성취를 향해서 진정한 체험이 이루어졌던 부분을 표시한다.

위의 도표에 나타난 대로 시간은 화살표 방향으로 부단히 흘러갈 것이다. 그렇게 되면 점선 부분의 크기는 시간의 흐름에 비례하여 점점 더 커질 것이다. 반면에 선으로 표시된 밑의 부분은 고정되어 있기 때문에 점점 더 커지는 점선 부분에 비례하여 점차 작아지는 것이라고 할 수 있다. 다시 말하면, C에서 F의 방향으로 흘러가는 점선과 c3에서 F의 방향으로 흘러가는 점선은 계속 확대되기 때문에, 고정된 A-B-C와 a5-b4-c3의 크기는 전자에 대비하여 볼 때 점차로 축소되는 것이라고 볼 수 있다는 말이다. 편의상 전자를 순수지각 공전역空轉域이라 부르고 후자를 실체적 과거역過去域이라 부를 수 있을 것이다.

소월 시의 화자는 언제나 F로 표시되는 객관적 현재시점에서, 그러나 순수지각 공전역이므로 수직적으로는 진정한 현재가 아니라 단순히 발화의 현재시점이지만, 실체적 과거역을 향하고 있다. 물론 그 실체적인 과거역에는 소월이 그토록 몽매에도 그리는 님과 집과 고향이 있을 것이다. 화자의 넋은 그래서 늘 실체적 과거역인 a5-b4-c3에 사로잡혀 있다. 그러므로 단도직입적으로 말해서 F라는 공전역에 있는 화자는 기실 허울뿐인 허상, 즉 넋 빠진 사람이나 마찬가지다. 소월 시의 화자는 F에서 '저만치' 떨어져 있는 실체적 세계, 즉 과거역을 자기반복적인 의식의 거울에 '부질없이' 떠올리거나, 또는 그와 반대로 그의 넋이 살고 있는 실체적 과거역, 즉 c3에서 역시 '저만치' 떨어져 무심히 흘러가는 세계를 대상복사적인 의식의 거울에 '쓸데도 없이' 반영하는 것이다.

소설시에 나타난 이 순수지각 공전역은 삶을 하염없이 헛돌게 하고 있으며, '저만치'로 표시되는 공간적 거리감과, 그로부터 생기는 고립감을 만들고 있다. 널리 애송되는 「산유화」는 바로 그 같은 사정을 가감 없이 잘 드러내고 있는 예다.

산에는 꽃 피네
꽃이 피네
갈 봄 여름 없이
꽃이 피네

산에
산에
피는 꽃은
저만치 혼자서 피어 있네

산에서 우는 작은 새요
꽃이 좋아
산에서
사노라네

산에는 꽃 지네
꽃이 지네
갈 봄 여름 없이
꽃이 지네

이 시는 앞에서 말한바 의미론적 구조로 본다면 B—A—A—B의 짜임을 보여주고 있다. 제1연과 4연은 화자의 대상복사적인 의식의 거울에 반영된 객관적 사실세계를 보여주고 있으므로 B의 구조이고, 제2연과 3연은 화자의 태도가 나타나 있다는 점에서 A의 구조로 볼 수 있다.

화자는 실체적 과거역인 C3에서 '저만치' 떨어져 있는 F의 지점을, 즉 '나'와 무관하게 흘러가는 세계를 바라보고 있다. '갈 봄 여름 없이' 무심하게 꽃이 피고 지는 그 객관적 세계에 대한 진술은 나의 관심의 동력에 의해서 일정한 의미로 굴절되어 드러난 표현이 아니다. 그것은 마치 임시판단정지(epoche)를 거친 현상학적 기술처럼 가치중립적이다. 다시 말하면 의식의 거울에 비치는 대로 무심하게 독백한 것이다. 그 무심한 독백으로 표현된 세계는 하염없음 때문에 어느 한 대상으로 초점이 모아지지 않은 채 거울 전면에 무표정하게 나타나 있다. 그러나 A의 구조를 보이는 2연과 3연에서는 의식의 거울에 미묘한 파문이 일어나고 있음을 볼 수 있다. 그 파문은 산에 피는 꽃이 '저만치 혼자서' 피어 있다는 구절과, 산에서 우는 새가 '꽃이 좋아' 산에서 산다는 구절에서 일어나고 있다. 그 표현들은 현상기술적인 것이 아니라 일정한 판단이 개입된 것이며 평가적인 것이다. 어떤 대상이 일정한 의미로 규정되고 평가되기 위해서는 의식의 좁힘, 즉 관심의 원근법에 의해서 조정되어야만 한다. 그래서 초점이 흐릿한, 꽃이 피고 지고 새가 우는 산 전체로부터, 꽃과 새라는 개별적 대상으로 초점이 모아지고 있고, 그 초점에 의해서 대상은 살아 있는 표정을 얻게 된 것이다.

소월의 시에서 A의 구조가 기본적으로 화자가 지닌 하염없음의 태도를 드러내는 것이라면, 이 시에 예외적으로 나타난 관심의 파동은 매우 특이한 것으로서 주목된다. 이 시가 소월의 전 시편 중에서도 가장 빼어난 작품으로 칭송되는 까닭은 기실 그 형식적인 구성과 운율적 해조뿐만 아니라, 바로 이와 같은 관심의 파동이 드러내고 있는 생동감과 유기적 긴장감 때문인 것이다.[42] 그러나 이 놀라운 관심의 출현은 그 어조와 화

---

42) 「산유화」를 소월의 대표작으로 꼽는 사람들은 모두 그 시의 형식적 구성과 운율의 해조를 들어 설명하고 있다. 가령 김동리의 다음의 말이 그와 같은 것이다. "시문학파 이

법에 의해서 그만 쉽게도 관심의 파동에서 차라리 하염없음의 파동이라고 부를 만한 것으로 변질되고 만다. '꽃이 좋아 / 산에서 / 사노라네'에서 '사노라네'라는 표현은 간접화법이다. 이 간접화법의 독법으로 읽는다면, 꽃이 피어 있는 것도 '저만치 혼자서 피어 있다네'로 읽혀진다. 이 간접화법과 반복되는 독백조의 어조가 환기하는 그 방관적인 거리감은 어쩔 수 없이 관심의 파동을 일시에 하염없음의 파동으로 변질시키고 만다. 결국 소월의 시가 의미론적 구조에 있어서 A와 B의 반복을 뛰어넘지 못하고 있음을 다시 한 번 확인하게 된다.

「산유화」에 나타난 의식현상을 살펴보면, 하염없음 혹은 의식의 수동성이 소월 시의 본질적인 바탕이 되고 있음을 확연하게 알 수 있다. 하염없음은 의식의 좁힘, 즉 관심의 초점이 없는 것이다. 관심의 초점이 없으면 대상은 일반적인 의미로 나타나기 마련이고, 가치중립적인 현상으로 나타나기 마련이다. 일반적이고 가치중립적이라는 것은 의미론적 공간이 넓다는 것을 뜻하는 것이다. 반면에 관심의 초점이 주어지면 대상은 개별적인 의미의 특수성을 지니게 되고, 일정한 의미로 규정되어 평가되기 마련이다. 개별적인 의미로 규정되고 평가된다는 것은 의미론적 공간이 좁아진다는 것을 뜻하는 말이다. 「산유화」의 1연과 4연, 즉 B의 구조에 나타난 의미는 일반적이고 사실적이다. 그것은 실체적 과거역인 C3에서 하염없이 바라본, '저만치'의 거리를 두고 '나'와 무관하게 흘러가는 객관세계의 풍경이요, 대상복사적인 의식의 거울에 비친 무심한 정경인

전의 대부분의 시가 그러하듯이 소월의 시도 이 「산유화」 한 편을 제외한다면 전부가 미성품이요, 형식적 구성에 있어 완연히 한 개 시작 형태에 그쳐 있다. 그 가운데서 어떻게 하다가 이 「산유화」 같은 완벽품이 나왔는지 참으로 기적 같은 일이다. 그 형식적 구성, 특히 그 음율적 해조에 있어서는 오늘날에 이르기까지 그 누구의 주옥편으로써도 이와 겨루어낼 만한 작품은 드물 것이다. 더 기탄없이 말한다면 아마 조선의 서정시가 도달할 수 있는 한 개 최상급의 해조를 보여주었다고 할 것이다." 김동리, 「청산과의 거리」, 『김소월』, 신동욱 편(문학과지성사, 1991), 54쪽.

것이다. 그러나 2연과 3연, 즉 A의 구조에 나타난 의미는 개별적이고 평가적이다. 여기에 나타난 매우 미약한 관심의 파동이 결국은 힘없이 하염없음으로 변질되고 마는 것이기는 하지만, 그것에 의해서 초점이 주어진 것만은 분명한 사실이다. 그리고 자세히 보면 2연과 3연 모두 '저만치 혼자서 피어 있네', '꽃이 좋아 산에서 사노라네' 등의 각 초점은 그 연의 끝을 향해 모아지고 있다. 따라서 이 시는 의식현상으로 볼 때, 의미론적 공간이 넓은 하염없음과, 의미론적 공간이 좁아지는 관심이 일정한 규칙성을 가지고 나타난다고 할 수 있을 것이다. 그러한 양상을 도표로 보이면 다음과 같다.

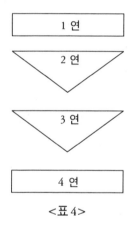

<표 4>

위의 <표 4>는 초점이 없는 넓은 의미공간이 초점을 향해 좁아지다가 다시 넓어지고, 다시 초점을 향해 좁아지다가 넓어지고 마는 것을 잘 보여주고 있다. 의식현상의 변화도 일정한 규칙적 리듬을 나타낸다. 전체의 구조는 B-A-A-B의 구성을 보이고 있다. 그런데 좀 더 A를 미세하게 구분한다면 초점이 아직 분명하지 않은 부분과 초점이 발생한 끝부

분을 나누어 B-A의 짜임으로 볼 수 있을 것이다. 결국 이 시에 나타난 의식현상은 B-(B-A)-(B-A)-B의 리듬을 따라서 이행한다. 초점이 없는 B의 공간이 압도적인 반면에, 초점이 미약하게나마 형성된 A의 공간은 출현했다가는 곧 사라지고 만다.

「산유화」의 분석에서 다시 한 번 확인하는 것은 소월 시의 모든 특질이 초점이 없는 하염없음의 의식공간, 즉 대상복사적이고 자기반복적인 수동적 의식의 거울에서 비롯된다는 사실이다. 그리고 이러한 현상은 이미 말한 바와 같이 삶을 헛돌게 하는 순수지각의 공전역 때문에 발생한다. '저만치'로 표시되는 C3에서 F까지의 순수지각 공전역의 거리와 공간은 <표 3>의 구조로 보아서 시간이 흐를수록 확대될 것이다. 자아와 세계가 어긋나 있는 그 절망적인 거리와 공간은 소월 시의 화자로 하여금 넋을 잃은 채 하염없이 독백하게 하고 방황하게 하고 꿈꾸게 한다. 소월의 시에 짙게 물들어 있는 한의 정서는 바로 이 순수지각 공전역의 거리와 공간에서 발생하는 것임을 알 수 있다. 또 소월 시의 전편에 지배적으로 나타나 있는 거리감과 공간의식, 그 거리감과 공간의식을 표상하는 색채의 심상들, 그리고 '홀로', '혼자서' 등의 부사어로 빈번하게 표명되는 고립감 등도 위와 같은 논리 위에서 바르게 이해될 수 있는 것이다.43)

자아와 세계가 어긋나 있는 그 관계단절의 거리가 어떻게 갈등과 절망과 방황을 드러내고 있는지 다음의 시편들을 보라.

---

43) 「산유화」의 '저만치 혼자서 피어 있네'라는 구절에서 '혼자서'는 단수적 개념인 단독자의 의미가 아니다. 그 말은 나의 관심과 상관없이, 즉 나와 무관하게 존재하고 있음을 뜻하는 것이다. 마찬가지로 화자가 스스로를 가리켜 '혼자서', '홀로'라고 말할 때에도 그것은 세계와 무관하게 존재하고 있는 자신을 지시하는 것이다. 이와 같이 자아와 세계가 어긋나 있는 관계의 단절은 두말할 나위 없이 '저만치'라는 방관적 거리에서 발생한다.

①
곳없이 떠다니는 늙은 물새가
떼를 지어 좇니는 바다는 어디

건너 서서 저편은 딴 나라이라
가고 싶은 그리운 바다는 어디

—「바다」

②
산 위에 올라 서서 바라다 보면
가로 막힌 바다를 마주 건너서
님 계시는 마을이 내 눈 앞으로
꿈하늘 하늘같이 떠오릅니다.

흰 모래 모래 비낀 선창가에는
한가한 뱃노래가 멀리 잦으며
날 저물고 안개는 깊이 덮여서
흐려지는 물꽃뿐 아득입니다.

—「산 위에」

③
눈은 나리네, 와서 덮이네
오늘도 하룻길
칠팔십리
돌아서서 육십리는 가기도 했소

불귀(不歸), 불귀, 불귀,
삼수갑산(三水甲山)에 다시 불귀
사나이 속이라 잊으련만,

십오년 정분을 못잊겠네

산에는 오는 눈, 들에는 녹는 눈,
산새도 오리나무
위에서 운다.
삼수갑산 가는 길은 고개의 길.

─「산」

④
물로 사흘 배 사흘
먼 삼천리
더더구나 걸어 넘는 먼 삼천리
삭주구성(朔州龜城)은 산을 넘은 육천리요

물맞아 함빡히 젖은 제비도
가다가 비에 걸려 오노랍니다
저녁에는 높은 산
밤에 높은 산

삭주구성은 산 넘어
먼 육천리
가끔가끔 꿈에는 사오천리
가다오다 돌아오는 길이겠지요

─「삭주구성」

⑤
붉은 해는 서산 마루에 걸리었다.
사슴이의 무리도 슬피 운다.
떨어져 나가 앉은 산 위에서

나는 그대의 이름을 부르노라.

설움에 겹도록 부르노라.
설움에 겹도록 부르노라.
부르는 소리는 비껴가지만
하늘과 땅 사이가 너무 넓구나.

― 「초혼」

①에서 관계단절의 거리감은 '건너 서서 저편은 딴 나라이라'와 같은 표현에 극명히 드러나 있다. 그 아득한 거리의 공간을 두고 고립된 채 방황하는 모습은 '곳없이 떠다니는 늙은 물새'로 표상된다.

②에서는 화자가 <표 3>의 F의 지점에서 C3에 존재하는 실체적 과거역, 즉 '님 계시는 마을'을 바라보고 있다. 그러나 님이 존재하는 마을은 그의 넋이 바라보고 그리워할 뿐인 곳이지 실제로 찾아갈 수 있는 곳이 아니다. 님이 존재하는 고향으로 되돌아갈 수 없는 그 시간의 불가역성이 이 시에서는 '가로 막힌 바다'로 나타나 있다. 산 위에서 바라보는 바다의 광막한 거리와 공간은 화자로 하여금 과거와 현재 모두를 아득한 꿈의 세계로 감지하게 한다. 그래서 님이 있는 마을이 '꿈하늘' 같이 떠오르고, 광막한 공간에는 어둠과 안개가 깊이 덮여서 '흐려지는 물꽃뿐' 아득하게 되는 것이다. 꿈, 어둠, 안개 등은 자아와 세계 사이의 진정한 교섭을 차단하는 것인 동시에 과거에의 불가역성을 나타내는 것이기도 하다.

③은 자아가 세계와 함께 앞으로 나아갈 수도 없고 그렇다고 해서 과거의 고향으로 돌아갈 수도 없는 상황을 제시하고 있다. 다시 말하면 이 시의 화자는 <표 3>의 c3에서 F까지의 거리, 즉 흔히 안개, 어둠, 눈 등이 내리거나 흰 색채로 표상되어 아득하고 절망적인 거리감과 공간감이 강조되고 있는 그 순수지각 공전역을 방황하고 있다. 화자는 앞으로 칠

팔십 리를 갔다가 다시 육십 리를 돌아온다. 그리고 삼수갑산에 돌아갈 수 없음을 탄식한다. 물론 삼수갑산은 과거의 고향이다. 그 돌아갈 수 없다는 좌절과 고립과 절망감이 산과 들에 내리는 눈에 의해서 더욱 효과적으로 환기되면서 동시에 그것은 오리나무 위에서 울고 있는 산새에 투사되어 있다.

④는 전체적 의미구조에 있어서 ③과 같다. 다만 거리감이 삼천 리, 육천 리 등으로 극대화되어 있고, 뛰어넘을 수 없는 그 거리의 단절감이 '저녁노을 높은 산 / 밤에 높은 산'이라 하여 더욱 암울하게 형상화되어 있을 뿐이다

⑤에서 그 거리와 공간감은 '하늘과 땅 사이'로, 화자의 단절적인 고립감은 '떨어져나가 앉은 산 위에서'로 나타나 있다. 그리고 그 아득한 거리의 공간은 절망적인 황혼으로 물들어 있다. 화자는 이제 ③과 ④에서처럼 부질없이 갔다가 돌아오는 갈등과 멈칫거림도 포기하게 된다. 헛도는 삶의 방황마저 포기할 때 남는 것은 무엇인가. 그것은 죽음뿐이다. 그래서 이 시의 마지막 연에서는 '선채로 이 자리에 돌이 되어도 / 부르다가 내가 죽을 이름이여'라고 하고 있는 것이다.

사람의 삶은 세계와의 교섭의 관계 위에서 이루어진다. 그런데 그 관계를 단절시키는 순수지각 공전역의 아득한 공간을 자아가 부질없이 떠돌고만 있다면 그 자아가 보는 세계와 삶은 과연 무엇이란 말인가. 그것은 도리없이 꿈이라고 할 수밖에는 없다. 현재시간 속에서 이루어지는 자아와 세계의 교섭이 현실이라면, 자아와 단절되어 흘러가는 세계는 현실 밖에 존재하는 것이며, 세계와 단절되어 고립된 채 홀로 떠도는 자아도 현실 밖에 존재하는 것일 수밖에 없는 것이다. 현실 밖에 있는 것, 즉 현실이 아닌 것을 우리는 꿈이라고 한다. 이렇게 볼 때 소월의 시는 온통 꿈속의 세계와 꿈속의 삶을 노래하고 있는 꿈의 형식이다.[44]

소월 시의 모든 화자는 꿈의 공간 속에 갇혀서 부질없이 떠돌며 탄식한다. 그의 넋은 과거역에 사로잡혀 있고, 그의 몸은 공전역을 마치 유령처럼 떠돈다. 과거역에 사로잡힌 넋 때문에 그의 의식은 수동적인 거울이 되어서 멀리 떨어진 세계를 반복하여 하염없이 복사하거나, 자기반복적인 과거의 영상을 부질없이 떠올리게 된다. 자아와 세계가 분리되어 있고, 다시 자아는 몸과 넋으로 분리되어 있는 것이다. 이와 같이 고립되고 분리된 자아가 소월 시의 화자의 면목이라면, 그가 하는 말은 더도 덜도 아닌 넋두리일 수밖에 없다. 넋두리란 현재의 세계와 유기적인 관계를 상실한 넋이 현재의 다른 몸을 빌려서 하는 말이다. 그러므로 넋두리는 본질적으로 세계와의 유기적인 교섭을 전제하여 이루어지는 의사전달이나 의사소통을 목적으로 갖지 아니한다. 그것은 현실적인 주객의 관계를 상실한 고립된 자의 일방적인 독백이다. 그러므로 넋두리 속에서는 적극적인 세계의 인식도 찾아볼 수 없고 사고의 논리도 찾아볼 수 없다. 그러므로 그것은 즉흥적이며 즉흥적인 만큼 자족적인 감정에 물들어 있으며, 대부분의 경우 그 감정은 슬픔이나 비애로 나타나기 마련이다.

소월의 시는 본질적으로 꿈의 형식이며 넋두리다.[45] 지금까지 이야기

---

44) 소월의 시에는 '꿈'이라는 시어가 무수하게 지속적으로 등장한다. 그리고 대부분의 시에서 그 꿈과 등가적인 것이라 볼 수 있는 황혼의 시간과 어둠이 배경으로 나타나 있다. 이러한 현상은 지금까지 논의한 소월의 지각현상과 관련하여 볼 때 필연적인 것이다. 김용직과 오록은 소월의 시에 나타난 이 황혼과 어둠의 시간 배경을 영국의 '겔틱—황혼파'의 영향이라고 말한 바 있는데, 그것은 소월 시 전체의 유기적 분석을 소홀히 한 도식적 적용의 결과로 보인다. 김용직, 「형성기의 한국 근대시에 미친 A. 시몬즈의 영향」, 《관악어문》 제3집(서울대국문학과, 1979); kevin O'Rourke, 『한국 근대시의 영시 영향 연구』(새문사, 1984) 참조.
45) 소월 자신이 그의 유일한 시론인 「시혼」에서 언급하고 있는 다음의 말은 지금까지 설명한 꿈, 넋두리, 수동적 의식의 거울 등과 관련하여 매우 시사적이다. "그렇습니다. 잃어버린 고인은 꿈에서 만나고, 높고 맑은 행적의 거룩한 첫 한 방울의 기도(企圖)의 이슬도 이른 아침 잠자리 위에서 듣습니다. 우리는 적막한 가운데서 더욱 사무쳐 오는 환희를 경험하는 것이며, 고독의 안에서 더욱 부드러운 동정을 알 수 있는 것이며, 어둠의

한 하염없음도 실상은 넋두리의 태도에 불과한 것이며, 수동적 의식의 거울이 지닌 대상복사적이고 자기반복적인 형식 자체가 바로 넋두리에 다름 아닌 것이다. 가령 앞에서 살펴본 「산유화」의 일절을 다시 한 번 보라.

> 산에는 꽃 피네
> 꽃이 피네
> 갈 봄 여름 없이
> 꽃이 피네

이 독백조의 어조는 외부의 정경을 넋 놓고 앉아서 하염없이 바라보는 낙백한 자의 중얼거림이 아닌가. 그리고 같거나 비슷한 말을 자꾸 반복하는 것은 더욱 넋두리의 형식과 닮지 않았는가. 세계와의 유기적인 교섭에 의해서 의식의 흐름이 부단히 지속된다면 반복적인 넋두리는 발생하지 않는다. 세계와의 관계단절에 의해서 의식의 흐름이 정체되고 고여 있을 때, 의식은 일정한 테두리 안을 반복하여 맴돌면서 넋두리를 하게 되는 것이다. 넋두리는 열려 있는 흐름의 언어가 아니라 고여 있는 반복의 언어다. 넋두리의 특성을 좀 더 살펴보기 위해서 우선 다음의 시를 보자.

거울에 비치어 와서야 비로소 우리에게 보이며, 삶을 좀 더 멀리한, 죽음에 가까운 산마루에 서서야 비로소 삶의 아름다운 빨래한 옷이 생명의 봄 두던에 나부끼는 것을 볼 수도 있습니다. −중략− 우리에게는 우리의 몸보다도 맘보다도 더욱 우리에게 각자의 그림자같이 가깝고 각자에게 있는 그림자같이 반듯한 각자의 영혼이 있습니다. 가장 높이 느낄 수도 있고 가장 높이 깨달을 수 있는 힘, 또는 가장 강하게 진동이 맑게 울리어오는, 반향과 공명을 항상 잃어버리지 않는 악기, 이는 곧 모든 물건이 가장 가까이 비치어 들어옴을 받는 거울, 그것들이 모두 다 우리 각자의 영혼의 표상이라면 표상일 것입니다."

물은 희고 길구나, 하늘보다도
구름은 붉구나, 해보다도.
서럽다. 높아가는 긴 들 끝에
나는 떠돌며 울며 생각한다. 그대를.

그늘 깊어 오르는 밭 앞으로
끝없이 나아가는 길은 앞으로,
키 높은 나무 아래로, 물마을은
성깃한 가지 가지 새로 떠오른다.

그 누가 온다고 언약도 없건마는!
기다려 볼 사람도 없건마는!
나는 오히려 못물가를 싸고 떠돈다.
그 못물로는 놀이 잦을 때.

　　　　　　　　　　　　　　 −「가을 저녁에」

　이 시에서 맨 먼저 눈에 띠는 것은 '물은 희고 길구나', '구름은 붉구나'
등에 보이는 무표정한 현상기술적 언술이다. 이미 앞에서 이야기한 바이
지만 대상복사적인 의식의 거울에 비친 무심한 경물들, 즉 B의 구조는
근본적으로 넋두리인 것이다. 다음으로 주목되는 것은 그 구절들이 영탄
문의 형식으로 되어 있다는 점이다. 3연에도 첫 두 행은 영탄문이다. 소
월의 모든 시는 거의가 예외 없이 영탄문을 겹겹으로 사용하고 있는데,
이 영탄조의 언사야말로 가장 뚜렷한 넋두리의 특징이라 할 수 있을 것
이다. 외부를 향한 영탄은 무릇 외부세계를 명료하게 보려는 주체의 능
동적인 동력이 대상의 세부에 훨씬 미치지 못할 때에 발생하는 것이다.
마찬가지로 영탄이 내면세계를 향해 있을 경우에도, 규정되지 않은 내면
의 세부를 논리적으로 파악하고 질서화할 수 있는 사고의 힘이 부족할

때에 그것은 발생하게 된다. 따라서 영탄은 인식의 언어가 아니라 감정의 언어이며, 자족적인 감정의 재생산 형식에 불과한 것이다. 넋두리는 바로 이와 같이 영탄조가 지닌 자족적 독백의 형식이다. 하염없음은 의식의 집중이 없음을 말하는 것이고, 의식의 집중은 관심 혹은 사고의 힘을 뜻하는 것이므로, 소월 시의 화자가 기본적으로 하염없음의 태도를 가지고 있다면, 넋두리로서의 영탄조는 필연적인 것이라고 할 수 있을 것이다.

다음으로 이 시에서 넋두리의 특성으로 지적될 수 있는 것은 거듭되는 도치법의 문장이다. 1연은 온통 도치법의 문장이다. 4연도 마찬가지다. 도치법이란 문장심리로 볼 때 감정가치가 강조되는 문장 성분이 앞으로 튀어나와 평서적인 구문이 무너진 것이다. 주어—목적어—술어의 짜임을 가진 평서적인 구문은 사실에 대한 가장 객관적이고 논리적인 진술에 대응하는 구조라고 할 수 있다. 즉 인식을 수행하고 그 인식의 내용을 전달하기에 가장 알맞은 구조인 것이다. 그러나 이러한 평서구문에 주관적인 감정이 실리게 되면 사실적인 논리가 무너지면서 도치현상이 일어나고, 그에 따라 표현내용은 몽롱한 것이 되고 만다. 그러므로 도치법이 형식론적인 것이거나 의미론적인 것이거나 간에 본질적으로 그것은 영탄법의 하나일 수밖에 없다. 평서구문이 객관적인 인식과 논리적인 사고를 지향하는 것이며 전달기능에 대응하는 관계의 언어라면, 도치구문은 주관적인 표현과 비논리적인 감정을 지향하는 것이며 자족적인 관계단절의 독백에 가까운 것이다. 따라서 영탄과 도치의 구문을 거듭 사용한다고 하는 것은 문장에 있어서 논리의 단절이나 단편적인 사고의 두서없는 나열을 초래하기 쉽다는 것을 의미한다. 이와 같은 사정이 이 시의 2연에 그대로 나타나 있다. 2연은 몽롱한 감정이 표백되어 있을 뿐 의미는 맥락을 잃고 파편처럼 흩어져 있다.

위의 분석에서 알 수 있듯이 넋두리의 특징을 몇 가지로 요약하면 다음과 같다. 첫째, 관심 밖에 있는 무심한 경물을 드러낸다는 점이다. 둘째, 영탄문의 사용이다. 셋째, 도치법의 사용이다. 넷째, 위의 시에서도 볼 수 있듯이 어구의 병치나 반복이다. 동일하거나 유사한 어구, 혹은 대조되는 어구의 병치 등은 모두 반복법이라고 할 수 있는데, 이것은 일정한 테두리를 맴돌고 있는, 정체된 의식의 움직임을 나타내는 넋두리의 가장 뚜렷한 특징이라고 할 수 있다. 넋두리가 지닌 이와 같은 여러 특징들은 다소의 차이를 불문하고 소월의 모든 작품에 나타나 있다. 잡히는 대로 뽑아 본 다음의 예들을 보라.

①
바람 자는 이 저녁
흰 눈은 퍼붓는데
무엇하고 계시노
같은 저녁 금년은……

꿈이라도 꿔면은!
잠들면 만날런가.
잊었던 그 사람은
흰 눈 타고 오시네.

저녁때, 흰 눈은 퍼부어라.

—「눈 오는 저녁」

②
홀로된 그 여자
근일에 와서는 후살이 간다 하여라.
그렇지 않으랴. 그 사람 떠나서

제이十年, 저혼자 더 살은 오늘날에 와서야……
모두 다 그럴듯한 사람 사는 일일래요.

—「후살이」

③
희멀끔하여 떠돈다. 하늘 위에,
빛 죽은 반달이 언제 올랐나!
바람은 나온다. 저녁은 칩구나,
흰 물가엔 뚜렷이 해가 드누나.

—「반달」

④
봄에 부는 바람. 바람 부는 봄.
적은 가지 흔들리는 부는 봄바람
내 가슴 흔들리는 바람. 부는 봄.
봄이라 바람이라 이 내 몸에는
꽃이라 술잔이라하며 우노라.

—「바람과 봄」

⑤
비가 온다.
오누나
오는 비는
올지라도 한 닷새 왔으면 좋지.

—「왕십리」

⑥
성촌(城村)의 아가씨들
널뛰노나

초파일 날이라고
널을 뛰지요

바람 불어요
바람이 분다고!
담 안에는 수양의 버드나무
채색 줄 층층 그네 매지를 말아요

—「널」

①의 화자는 내리는 흰 눈을 넋놓고 바라보면서 혼자 중얼거리고 있다. '무엇하고 계시노 / 같은 저녁 금년은'과 같은 구절이 보여주는 도치법은 거두절미한 채 불쑥 내뱉거나 자문자답하는 넋두리의 어조를 그대로 닮았다. ②에서도 자문자답하는 넋두리의 어조가 나타난다. ③은 도치와 영탄은 물론 논리의 단절 혹은 의식의 불연속성까지 드러내고 있다. '바람은 나온다. 저녁은 칩구나 / 흰 물가엔 뚜렷이 해가 드누나'라는 구절은 거의 헛소리에 가까울 정도로 논리의 단절이 심하고 산만하다. 이런 현상은 의식의 초점이 없기 때문에 지각의 단편들이 유기적인 결합을 이루지 못한 결과다. 이러한 현상은 ④에서 더욱 두드러지게 나타난다. 엄밀히 말해 ④의 담화에 무슨 의미내용이 있다고 말할 수 있을까. '봄에 부는 바람, 바람 부는 봄'은 대구적인 반복의 형식인데, 앞의 어구를 그대로 뒤집어서 반복하고 있다. 이와 같은 가벼운 언어유희의 태도는 이 시 전체의 표현에 나타난다. 도대체 의식의 집중이나 사고를 밀고 나가는 힘이라고는 찾아볼 수가 없다. ⑤도 역시 반복과 함께 혼자 중얼거리는 어조와 태도가 잘 나타나 있다. 이렇게 얼마간 멈칫거림을 동반하는 반복어법은 「가는 길」의 '그립다 / 말을 할까 / 하니 그리워'라는 구절에 보이듯이 소월의 시에 아주 빈번하게 나타나는 것이다. 「가는 길」

에서, '어서 따라오라고 따라가자고' 속삭이며 흐르는 강물을 하염없이 바라보면서 화자가 멈칫거리는 속엣말만 반복하고 있듯이, 이 시의 화자도 정체되어 맴돌고만 있는 의식의 표현을 동어반복의 넋두리로 드러내고 있다. ⑥도 자문자답의 넋두리 형식이다. 특히 2연의 첫 두 행은 하염없는 넋두리의 전형적인 표현이다.

앞에서 소월 시의 의식의 특징이 대상복사적이고 자기반복적이라고 여러 번 지적한 바 있다. 수동적인 의식의 거울에 나타나는 대상이 아무리 다양하게 바뀌어도 그것들은 언제나 동일하게 무심한 경물로 드러난다. 동일한 색조로 나타난다는 점에서 그것은 반복이고 반복인 만큼 넋두리의 특성을 지닌 것이다. 한편으로 그 의식의 거울에 떠오르는 과거의 회상은 아무리 수없이 떠오를지라도 그것은 이미 일정하게 규정된 의미대상일 뿐이다. 일정한 의미대상 혹은 일정한 관념이나 정서를 반복적으로 떠올리는 것은 넋두리일 수밖에 없다. 넋두리가 지닌 이와 같은 일정하고 기본적인 태도, 관념, 정서 등을 쉽게 반복적으로 재현하기 위해서는 자동적인 공식적 어구(formulaic phrase)나 관습적 표현이 필연적으로 요구된다고 볼 수 있다. 공식적 어구나 관습적 표현의 사용도 결국 반복의 원리라고 할 수 있는 것인데, 소월의 시에는 이와 같은 공식적 어구와 관습적 표현이 아주 광범위하고 빈번하게 사용되고 있다.[46] 다음은

---

46) 공식적 어구란 로드(Albert Lord)와 페리(Milman Parry)가 「일리아드」와 「오딧세이」가 구비창작인지 기록창작인지 밝혀내기 위해서 그 수사법을 분석하면서 사용한 용어이다. 그들에 의하면 공식적 어구란 주어진 기본적 관념을 재현하기 위해서 같은 율격 조건 안에서 정기적으로 반복 사용되는, 공식적인 느낌을 주는 어구이다. 그들은 이것을 민요의 중요한 특질로 간주하였다. 그리고 관습적 표현(Conventional Expression)이란 민요를 향유한 공동체에 널리 보급되고 타성적으로 사용되는 유형적 언어표현을 말한다. 수사법에는 개인적 감정, 개인적 상상력이 투사된 개성적 표현이 있는 반면에, 집단적 감수성, 집단의식을 대변하는 유형적 표현도 있는데, 전자는 개인 창작시에, 후자는 민요에 두루 사용되는 수사법이다. 오세영, 앞의 책, 56~58쪽 참조.

소월 시에 나타난 공식적 어구다.[47)]

①
문간에서 기다리리

—「내 집」

나는 문간에 서서 기다리리

—「나의 집」

긴 날을 문밖에서 서서 들어도

—「님의 노래」

②
삼년을 살아도 / 몇 삼년을

—「돈과 밥과 밤과 들」

삼년후 다시 보자 서로 말하고

—「벗마을」

시집 와서 삼년 / 오는 봄은

—「무심」

③
이 나의 맘에 속에 속모를 곳에

—「맘에 속의 사람」

나의 가슴의 속모를 곳의

—「서울밤」

---

47) 이 공식적 어구의 발췌는 편의상 오세영의 앞의 책, 88~90쪽의 것을 그대로 재인용한다.

④
해가 산마루에 저물어도 -

−「해가 산마루에 저물어도」

서산에는 해진다고

−「가는 길」

붉은 해는 서산 마루에 걸리었다

−「초혼」

⑤
앞 길가에 버들잎 / 벌써 푸르고

−「오과의 읍」

개창버들 퍼런 가지 / 길게 느려어리이네

−「절제」

⑥
푸릇푸릇 봄풀만 돋아나누나

−「한식」

파릇한 풀포기 돋아나오고

−「개여울」

⑦
밤마다 닭소래가 날이 첫 시(時)면

−「그 사람에게」

닭의 홰치는 소래

−「꿈으로 오는 한 사람」

오직 날과 날이 닭소래와 함께

─「비난수하는 맘」

⑧
제석산붙는 불은…… 무덤엣 풀이라도 태웠으면

─「나는 세상모르고 살았노라」

심심삼천 붙는 불은 / 가신님 무덤가에 금잔디

─「금잔디」

아씨님 무덤 위의 풀이라고

─「담배」

⑨
떨어져 나가앉은 산 위에서

─「초혼」

떨어져 나가앉은 메기슭

─「나의 집」

⑩
하늘과 땅 사이에

─「묵념」

하늘과 땅 사이가 너무 넓구나

─「초혼」

⑪
저무는 봄저녁에 져가는 꽃잎

─「바다가 변하여 뽕나무밭 된다고」

어룰없이 지는 꽃은 가는 봄인데

—「봄비」

봄은 가나니 저문 날에 / 꽃은 지나니 저문 봄에

—「첫치마」

꽃지고 저무는 봄

—「꿈」

⑫
구름도 걸려서 흐득이는 외로운 영(嶺)을

—「물마름」

구름도 산마루에 걸려서 운다

—「왕십리」

⑬
싀멋없이 섰던 그 여자

—「기억」

싀멋없이 잡고 섰던 그대

—「월색」

⑭
산에나 올라서서 / 바다를 보라

—「집생각」

뫼 위에 올라서라

—「엄숙」

산 위에 올라서서 바라다 보면 / 가막힌 바다

－「산 위에」

⑮
오늘은 하루밤 / 단잠의 팔베개

－「팔베개 노래」

눈물은 새우잠의 / 팔굽벼개요

－「원앙침」

축업은 벼개가의 꿈은 있지만

－「님에게」

⑯
거친 벌에는 벌에 부는 바람에

－「한식」

벌에 부는 바람은

－「오과의 읍」

⑰
흘러가는 물이라 맘이 물이면

－「흘러가는 물이라 맘이 물이면」

내 신세 가엾이도 물과 같아라

－「야의 우적」

①은 님에 대한 그리움을 말할 때 사용된 것들이다. ②는 화자가 기다
리는 시간이나 덧없이 흘러가는 세월을 관습적으로 3년이라 표현하고

있는 것들이다. 이 시간적 단위는 그가 삼천 리, 육천 리 등 막연한 거리를 나타낼 때의 예와 마찬가지로 관념적인 것이다. ④는 황혼에 대한 공식적인 묘사이다. ⑤, ⑥은 봄을 묘사하면서 으레 푸른 버드나무나 풀에 빗대어 말하는 것이고, ⑦은 새벽과 닭이 홰치는 소리의 공식적 결합이다. ⑧은 무덤을 언제나 불붙는 금잔디로 묘사한 것이고, ⑨, ⑩은 님과의 사별을 떨어져 나가앉은 산이나 하늘과 땅으로 표현한 예이다. ⑪에서 봄은 피는 꽃으로, ⑫에서 님과 만날 수 없음은 구름도 넘지 못하는 험준한 고개로, ⑬에서 과거의 추억 속에 있는 여자의 태도는 하염없음으로 나타난다. ⑭는 다시 돌아갈 수 없는 님과 고향에 대한 그리움이고, ⑮는 님에 대한 그리움이고, ⑯은 봄의 정경을, ⑰은 삶과 세월의 덧없음을 묘사한 것들이다.

소월의 시에서 관습적 표현, 즉 당대에 널리 유포된 집단적 수사법을 차용한 것들은 대략 다음과 같은 것들이다.[48]

세월이 물과 같이 흐른 삼년은

-「그 사람에게」

나무는 밑그루를 꺾은 셈이요 / 새라면 두 죽지를 상한 셈이라

-「님의 말씀」

쓸쓸한 고개고개 아흔아홉 고개

-「벗마을」

새소리 뻐꾹뻐꾹 / 여기서 뻐꾹 저기서 뻐꾹

-「자전거」

48) 소월 시의 관습적 표현의 예도 편의상 오세영의 앞의 책, 92쪽에서 재인용한다.

구만리 긴 하늘을 날라 건너

　　　　　　　　　　　　　　　　　－「구름」

　　꿈이라도 꾸면은 / 잠들면 만날런가

　　　　　　　　　　　　　　　　　－「눈으로 저녁」

　아마도 소월의 시를 좀 더 꼼꼼히 살펴보면 공식적 어구나 관습적 표현에 해당되는 것들이 이보다 더 많았으면 많았지 적지는 않을 것이다. 소월은 위와 같이 미리 준비된 공식적 어구와 관습적 표현들을 필요에 따라서 각개의 작품에 응용했던 것이다.

　그런데 넋두리의 가장 뚜렷한 특징의 하나로 지적되는 반복의 원리는 널리 알려진 대로 민요의 주된 특징이다.49) 민요 구조의 기본적 원리인 이 반복은 서정 민요의 일반적인 주제가 비극적인 사랑, 이별의 한 등이라는 점과 함께 대부분의 서정 민요가 본질적으로 넋두리의 형식임을 암시한다. 이 점은 설화, 판소리 등 구비문학의 다른 장르가 화자와 청자의 관계를 전제하고 있는 반면에, 민요는 화자 혹은 창자만으로 존재할 수 있는 자족적 성격을 가진다는 면에서 더욱 그렇다. 특히 민요의 향수자

---

49) 피네간(Ruth Finnegan)과 바우라(C. M. Bowra)는 민요 구조의 두 가지 원리가 반복 (repetition)과 병치(parallelism)라고 말한다. 반복은 형태, 의미, 이미지 등의 단순한 되풀이를 뜻하고, 병치는 단순한 되풀이를 벗어나 변화와 굴절을 일으키거나, 비교 혹은 대립적 구조를 형성하는 것을 뜻하는 것이다. 그러나 병치는 바우라가 반복의 변용이라고 간단히 정의하고 있듯이 본질적으로 반복의 원리에 포괄되는 것이다. 그리고 소콜로브(Y. M. Sokolov)는 병치가 모든 시가의 기본원리이며, 그것은 원래 인간 사고의 원형을 모방한 것이라고 말한다. 민요의 구조상에 나타난 반복의 종류는 다음과 같다. 첫째, 대상에 따라 형태상의 반복, 내용상의 반복, 어법상의 반복이 있다. 둘째, 성격에 따라 단순반복과 변화반복으로 나누어지는데, 변화반복은 다시 점진적 변화, 동시적 변화, 문답식 변화, 연쇄식 변화 등으로 나누어진다. 셋째, 문체에 따라 쌍괄식 반복, 두괄식 반복, 미괄식 반복 등이 있다. 그리고 병치는 성격상 점층적 병치, 대립적 병치, 내용상 인물의 병치, 구조의 병치, 어법의 병치, 형태적 병치 등으로 구분하기도 한다. 오세영, 위의 책, 47~55쪽 참조.

였던 기층민중, 그 중에서도 서정민요의 주된 향수자였던 여성들의 삶이 당대의 사회에서 얼마나 소외되고 억압되었는가 하는 것을 생각한다면, 그들이 부른 노래가 본질적으로 넋두리의 형식이 될 수밖에 없었다는 점은 극히 자연스러운 일이라고 할 수 있을 것이다.

소월의 시를 흔히 민요시라고 부르는 까닭은 비극적 사랑과 이별의 한이라는 주제, 여성편향적인 정서, 후장 3음보격의 정형성, 반복의 원리, 단순하고 소박한 서술적 언어의 사용 등이 민요의 특징과 그대로 부합되기 때문이다. 그러나 이러한 특징들은 따지고 보면 결국 지금까지 살펴본 넋두리의 개별적인 속성에 불과한 것이라고 할 수 있다. 그러므로 보다 포괄적으로 말해서, 그리고 본질적인 의식현상을 표현하기 위해서, 소월의 시나 민요나 모두 근본적으로 넋두리의 형식이라고 말하는 것은 타당하다. 다시 말해서 소월 시는 본질적으로 넋두리의 범위를 크게 벗어나지 못하는 것이고, 넋두리인 한에서 그것은 민요시라고 부를 수 있다는 말이다.

4. 덧없음과 폐쇄회로의 서정

사람은 시간적으로 유한한 존재다. 시간의 무한성에 비추어 본다면 존재의 유한성은 처음부터 부재의 무성無性이 깊이 침투되어 있다고 볼 수 있는 것이기도 하다. 그러나 이 유한성은 역설적으로 존재 가능성이기도 하다. 본질적으로 존재 자체에 깊이 침투되어 있는 그 부재의 무성을 밀어내고 존재를 건설하기 위해서는 시시각각 행동하지 않으면 안 된다. 행동하지 않을 때 인간존재는 부재의 무성으로 추락하고 만다.

인간의 행동은 일정한 상황 속에서 이루어지는 것이고, 상황은 인간의 관심에 의해서 언제나 새롭게 구성된다. 바꾸어 말하면 인간의 관심의 구조 안에서 상황이 구성되고 행동이 비롯된다. 상황은 부재와 밀고 당기는 긴장관계를 유지하면서 존재 가능성을 드러내는 것이다. 그러므로 그것은 시간의 흐름과 함께 부단히 유동하고 변전한다. 따라서 관심의 결여로 인해서 미래의 존재 가능성을 향하여 자신을 기투하지 못할 때, 존재는 그 본질 속에 침투되어 있던 부재 속으로 사라지고 만다.

존재와 부재의 이 간단없는 넘나듦과 부재의 무성을 일러서 우리는 흔히 덧없음이라고 말한다. 그리고 이 덧없음은 언제나 비애의 감정, 즉 슬픔에 맞닿아 있기 마련이다. 지금까지 살펴본 바와 같이 소월의 시적 자아가 처음부터 관심의 결여로 인한 의식의 수동성 때문에, 반조된 회상의 미래나 반조된 기대의 과거라는 시간의 폐쇄적 순환성을 드러내게 되고, 순수지각의 부재로 인한 하염없음과 그로 인한 넋두리의 반복 현상을 초래하고 있다면, 소월 시에 덧없음과 슬픔의 정서가 지배적으로 나타나 있다고 하는 것은 지극히 필연적이라 할 수 있을 것이다. 그러나 소월 시에 나타난 덧없음과 슬픔은 예사로운 것이 아니다. 덧없음은 순수지각 공전역의 '저만치'라는 거리에 의해서 강조된 나머지 도저한 허무주의에 맞닿아 있는 그것이고, 슬픔은 시간의 폐쇄적 순환성과 넋두리의 반복성에 의해 폐쇄회로 속을 부질없이 맴도는 그것이다. 폐쇄회로를 맴도는 만큼 그 슬픔은 자족적인 것이지만, 한편으로 그것은 시간의 흐름과 함께 점차 증대하는 순수지각 공전역의 거리감과, 그에 의해 강조되는 덧없음 때문에 필경은 절망적인 색채를 띠면서 죽음을 예감하는 정서이기도 한 것이다.[50]

---

50) 김우창은 앞의 책, 42쪽에서 소월의 허무주의와 슬픔에 대해 다음과 같이 말하고 있다. "김소월에 있어서 우리는 생애 대한 깊은 허무주의를 발견한다. 이 허무주의는 소월에 있어서—또 많은 다른 한국 시인들에 있어서 소월의 경우는 대표적인 경우에 불과하다—보다 큰 시적 발전을 이루는 데 커다란 장애물이 된다. 허무주의는 그로 하여금 보

우선 소월 시에 나타난 덧없음과 그 슬픔의 표현들을 살펴보자.

①
어룰없이 지는 꽃은 가는 봄인데
어룰없이 오는 비에 봄은 울어라.
서럽다, 이 나의 가슴 속에는!
보라, 높은 구름 나무의 푸릇한 가지.
그러나 해 늦으니 어스름인가.
애달피 고운 비는 그어 오지만
내 몸은 꽃자리에 주저앉아 우노라.

— 「봄비」

②
걷잡지 못할 만한 나의 이 설움,
저무는 봄 저녁에 져가는 꽃잎,
져가는 꽃잎들은 나부끼어라.
예로부터 일러오며 하는 말에도
바다가 변하여 뽕나무밭 된다고.
그러하다, 아름다운 청춘의 때의
있다던 온갖 것은 눈에 설고
다시금 낯모르게 되나니
보아라, 그대여, 서럽지 않은가.
봄에도 삼월의 져가는 날에

다 넓은 데로 향하는 생의 에너지를 상실하게 하고 그의 시로 하여금 한낱 자기탐닉의
도구로 떨어지게 한다. 소월의 슬픔은 말하자면 자족적인 것이다. 그것은 그것 자체의
해결이 된다. 슬픔의 표현은 그대로 슬픔으로부터의 해방이 되는 것이다." 여기서 말하
는 바와 같이 소월의 슬픔은 자족적이기만 한 것은 아니다. 자족적인 감정은 자기연민
과 체념의 감미로움을 수반하면서 그것 자체의 해결로 완결되는 감정이다. 그러나 소월
의 슬픔은 자족적인 일면을 가지고 있지만 그것 자체로 해결되지 않고 죽음으로 해결
된다.

붉은 피같이도 쏟아져 내리는
저기 저 꽃잎들을, 저기 저 꽃잎들을.
                    ─「바다가 변하여 뽕나무밭 된다고」

③
봄은 가나니 저문 날에
꽃은 지나니 저문 봄에
속없이 우나니, 지는 꽃을.
속없이 느끼나니, 가는 봄을.
꽃지고 잎진 가지를 잡고
미친 듯 우나니, 집 난 이는
해 다 지고 저문 봄에
허리에도 감은 첫치마를
눈물로 함빡히 쥐어 짜며
속없이 우노나 지는 꽃을
속없이 느끼노나, 가는 봄을.
                    ─「첫치마」

　　소월은 봄을 소생의 계절로 노래하지 않고 언제나 덧없는 소멸의 심상
을 통해서 노래한다. 넋이 과거역에 사로잡혀서 세계의 흐름과 함께 상
황이라는 긴장관계를 맺지 못할 때, 고립된 자아의 시선에 비치는 모든
존재의 현상은 덧없는 것일 수밖에 없을 것이다. 왜냐하면 그런 자아는
이미 과거라는 부재의 자리에 넋으로 존재할 뿐이며, 현실적 상황의 부
재, 즉 비현실적인 꿈의 공간에 고립되어 있을 뿐이기 때문이다. 그래서
소월의 화자는 뛰어넘을 수 없는 거리를 사이에 두고 흘러가는 모든 것
들을 하염없이 바라본다. 흘러가는 강물을 바라보고, 꽃잎이 피고 지는
것을 바라보고, 봄이 오고 가는 것을 바라볼 뿐이다. 위의 시편들이 모두
봄을 노래하고 있지만 봄다운 봄의 심상은 어디에도 나타나 있지 않다.

멀리서 덧없이 스러져 가는 봄의 정경이 꿈속처럼 몽롱하게 그려져 있을 뿐이다.

화자는 세계의 흐름과 함께 있지 않고 ①에서처럼 언제나 '꽃 자리에 주저앉아' 울고 있다. 꽃이 지고난 뒤의 빈 자리, 그 부재의 자리는 자아와 세계가 단절된, 메울 수 없는 거리이자 넋이 떠돌고 있는 순수지각 공전역일 것이다. ②에서 덧없음은 바다가 변하여 뽕나무밭이 되는 것으로 그려진다. 그리고 '있다던 온갖 것은 눈에 설고 / 다시금 낯모르게 되나니'라고 변전의 무상함을 말하고 있다. ③에서는 덧없이 소멸해 가는 현상들을 '속없이' 느끼며 울 뿐이라고 말한다. 여기서 '속없이'라는 말은 분별없다는 뜻이라기보다 '뜻 없이' 혹은 '하염없이'에 가까운 말이다. 세계와의 정상적인 교섭관계를 상실해 버린 자아에 있어서 세계의 변전은 뜻 없거나 하염없는 것일 수밖에 없는 일이다. 그리고 그 뜻 없음과 하염없음에 의하여 덧없음은 더욱 심화될 수밖에 없다. 왜냐하면 덧없음이 외면적 의미로는 시간적 무상함을 가리키는 말이지만, 그 내포에 있어서는 존재의 뜻 없음, 즉 가치 없음을 함축하는 말이기 때문이다.

소월의 시에 나타난 덧없음이 예사롭지 않은 것은 존재의 유한성에서 오는 허무감만이 아니라 근본적으로 그 존재의 뜻 없음을 아주 짙게 드러내고 있다는 점이다. 그래서 존재의 덧없음에서 유발되는 슬픔의 감정도 자기위무로 해소되지 않고 더욱 더 절망적인 색조로 물들어 가고 있다. 따지고 보면 이러한 현상은 이미 예정되어 있었던 결과라 할 수 있다. 왜냐하면 순수지각의 부재에 의하여 현실이 추방되었고, 현실의 추방에 따라서 세계는 저만치 격절되어 꿈결처럼 무심히 흘러가게 되었고, 자아는 자아대로 고립된 채 꿈속을 부질없이 맴돌게 되었기 때문이다. 가령 다음의 「만리성」이라는 짧은 시를 보라.

밤마다 밤마다
온 하룻밤!
쌓았다 헐었다
긴 만리성

　소월에게는 님과 집으로 가는 길이 꿈밖에는 달리 없었다. 그러나 꿈
속에서 아무리 쌓았다 헐었다 끝없이 반복해 보아도 근본적으로 문제는
해결되지 않는다. 세계와 함께 흐르지 못하고 순수지각의 공전역이라는
일정한 테두리를 맴돌고 있는 한, 행위와 감정은 부질없이 반복될 뿐이
고 반복은 절망을 낳을 뿐인 것이다. 폐쇄회로 속에서 무한히 반복되는
행위와 그에 따르는 자기위무의 감정은 그야말로 부질없는 것이요 뜻없
는 것일 수밖에 없다. 그것은 진정한 삶이 아니다. 그것은 살아 있는 죽음
이요 형체를 잃어버린 유령의 몸짓이다.51)

①
잘 살며 못 살며 할 일이 아니라
죽지 못해 산다는 말이 있나니
바이 죽지 못할 것도 아니지마는
금년에 열네 살, 아들 딸이 있어서
순복에 아부님은 못노란다.

―「어버이」

②
살았대나 죽었대나 같은 말을 가지고
사람은 살아서 늙어서야 죽나니

---

51) 이와 관련하여 「꿈」이라는 시는 매우 시사적이다.
　　"꿈? 영(靈)의 해적임. 서름의 고향.
　　울자, 내 사랑, 꽃지고 저무는 봄."

그러하면 그 역시 그럴 듯도 한 일을
하필코 내 몸이라 그 무엇이 어째서
오늘도 산마루에 올라 서서 우느냐.

　　　　　　　　　　　　　　　　　　　－「생과 사」

③
하루라도 몇 번씩 내 생각은
내가 무엇하려고 살려는지?
모르고 살았노라, 그럴 말로
그러나 흐르는 저 냇물이
흘러가서 바다로 든댈진댄
일로조차 그러면, 이 내 몸은
애쓴다고는 말부터 잊으리라
사노라면 사람은 죽는 것을

　　　　　　　　　　　　　　－「사노라면 사람은 죽는 것을」

④
아조 나는 더 바랄 것 없노라
빛이랴 허공이랴
소리만 남은 내 노래를
바람에나 띄워서 보낼 밖에.
하다 못해 죽어달래가 옳나
좀더 높은 데서나 보았으면!

　　　　　　　　　　　　－「하다못해 죽어달래가 옳나」

　①에서는 죽음과 같은 삶을 이야기하고 있다. ②에서는 좀 더 삶과 죽음의 동질성이 강조된다. '오늘도 산마루에 올라 서서' 우는 행위가 반복될수록 그 삶은 '살았대나 죽었대나 같은 말'이 될 수밖에 없을 것이다. ③에서는 '애쓴다고는 말부터 잊으리라' 하고 말하듯이, 이제 삶은 아주

뜻 없는 것이 되었다. 그것은 자포자기의 절망에 다름 아니다. 이러한 절망감은 ④에서 '아조 나는 바랄 것 더 없노라'라는 표현으로 극명하게 나타나 있다. '빛이랴 허공이랴, / 소리만 남은 내 노래를'과 같은 표현은 이제 삶이 죽음으로 바뀌었음을, 그래서 넋이 부르는 노래는 현실적 의미를 상실해 버린 한낱 소리일 뿐임을 말하고 있다.

'소리만 남은 노래'는 무엇인가. 「초혼」의 화자는 '선 채로 이 자리에 돌이 되어도 / 부르다가 내가 죽을 이름이여!'라고 외치면서, '부르는 소리는 비껴 가지만 / 하늘과 땅 사이가 너무 넓구나'라고 탄식했다. 그러나 하늘과 땅 사이가 너무 넓어서 부르는 소리가 님에게 전달되지 않는 것은 결코 아니다. 부르는 소리가 대상에 가 닿지 못하는 까닭은 죽음의 세계에 님이 있기 때문이고, 과거라는 부재의 자리에 님이 꿈의 형식으로 존재하기 때문인 것이다. 그리고 죽음의 세계 혹은 부재의 과거에 환영으로 남아 있는 님을 죽도록 부르는 까닭은 화자에게 현실이 추방되어 과거가 오히려 더 실체적이기 때문이다. 또 하늘과 땅 사이의 광대한 공간은 현실이 추방된 자리, 즉 극대화된 순수지각 공전역을 동시에 상징하고 있는 것이므로 부르는 소리는 비껴갈 뿐인 것이다. '소리만 남은 노래'는 자아로부터 멀리 떨어져 흘러가는 세계에도 가 닿지 못하고 부재의 과거역에도 가 닿지 못한다. 그것은 다만 공전역을 메아리처럼 울리는 소리일 뿐이다. 넋두리가 전달을 목적으로 하는 관계의 언어가 아니듯이 '소리만 남은 노래'도 현실적 의미의 전달을 겨누지 않는다. 그것 역시 또 하나의 넋두리 형식인 것이다.

앞에서 <표 3>을 설명하면서, 순수지각 공전역은 시간이 갈수록 점차 넓어지는 반면에, 그에 비례하여 실체적 과거역은 점차로 축소되는 것이라고 말한 바 있다. 그리고 현재시간 위에서 이루어지는 자아와 세계의 교섭이 현실인 만큼, 순수지각 공전역은 현실 밖에 있는 공간, 즉 꿈일 수밖에 없다고 말했다. 그래서 소월의 화자가 세계와 단절 고립되고 몸과 분리된 넋이 되어 실체적 과거역을 지향하거나 순수지각 공전역을 떠돌면서 넋두리를 반복하게 된다고 지적했다. 그렇다면 공전역이 넓어지는 것에 비례하여 과거역이 작아진다는 것은 무엇을 의미하는가. 공전역은 현실이 추방된 죽음의 세계요 넋이 떠도는 꿈의 세계다. 이 공전역이 시간이 갈수록 넓어진다는 것은 진정한 의미의 현실적 삶이 다시는 복원될 수 없음을 뜻한다. 그리고 순수지각에 의하여 진정한 현실적 삶의 체험이 가능했던 과거역이 점차 줄어든다는 것은, 이제 그것이 더 이상 진정한 삶의 뜻을 제공하는 원천으로서의 힘을 점차 상실해 가고 있음을 뜻한다. 바로 이와 같은 공전역과 과거역의 관계에서 덧없음과 슬픔이 생긴다는 것은 더 말할 필요가 없는 일이다.

그런데 진정한 체험이 존재했었다는 의미에서 과거를 실체적이라고 말했지만 부재의 과거가 어디까지나 비현실적인 세계요 꿈의 세계일 수밖에 없음은 공전역의 경우와 마찬가지다. 그렇다면 넋두리를 하고 있는 소월의 화자가 서 있는 자리는 좋게 말해서 꿈의 세계요, 단정적으로 말해서 죽음의 세계, 즉 무덤이라고 할 수 있을 것이다. 소월의 시를 면밀하게 살펴보면 세계와 단절된 자아가 넋이 되어서 떠돌다가 마침내는 죽음을 향하여 무덤으로 이행하는 과정이 비교적 정연하게 나타나 있음을 볼 수 있다. 화자가 이미 죽음의 세계를 넘나들고 있는 다음의 시들을 보라.

> 어둡게 깊게 목메인 하늘.
> 꿈의 품속으로서 굴러나오는
> 애달피 잠안오는 유령의 눈결.
> 그림자 검은 개버드나무에
> 쏟아져 나리는 비의 줄기는

흐느껴 빗기는 주문의 소리.

-「열락」

유월 어스름 때의 빗줄기는
암황색의 시골(屍骨)을 묶어 세운 듯,
뜨며 흐르며 잠기는 손의 널쪽은
지향도 없어라, 단청의 홍문(紅門)!

-「여수」

　위의 시에 나타나 있는 감각과 정서는 이미 현실의 것이 아니다. 그것
은 죽음의 세계를 넘나들고 있는 자의 병적인 징후다. '꿈의 품 속으로서
굴러나오는 / 애달피 잠안오는 유령의 눈결'이라던가, 빗줄기를 '주문의
소리'로 듣는다거나 하는 것은 정상적인 감각이라고 할 수가 없다. 그리
고 빗줄기를 '암황색의 시골을 묶어 세운 듯'이 보는 것에서 그 이상감각
이 상당히 심각함을 알 수 있다. 또 '손의 널쪽', '단청의 홍문' 등의 심상
이 거두절미하고 갑자기 나타나는 것도 그렇다. 이제 소월 시의 화자는
'넋두리'와 '소리만 남은 노래'와 '주문의 소리' 등이 엉겨 있는 죽음의 세
계에 들어간 것이다. 다음의 시들은 어떻게 넋이 무덤과 만나게 되는지
잘 보여주고 있다.

①
그 누가 나를 헤내는 부르는 소리
붉으스럼한 언덕, 여기 저기
돌무더기도 움직이며, 달빛에,
소리만 남은 노래 서리워 엉겨라
옛 조상들의 기록을 묻어 둔 그곳!
나는 두루 찾노라, 그 곳에서

형적없는 노래 흘러 퍼져
그림자 가득한 언덕으로 여기 저기
그 누가 나를 헤내는 부르는 소리
부르는 소리, 부르는 소리
내 넋을 잡아 끌어 헤내는 부르는 소리.

-「무덤」

②
퍼르스럿한 달은 성화당의
군데군데 헐어진 담모도리에
우둑키 걸리었고, 바위 위의
가마귀 한 쌍, 바람에 나래를 펴라.

엉기한 무덤들은 들먹거리며,
눈 녹아 황토 드러난 멧기슭의
여기라, 거리 불빛도 떨어져 나와
집짓고 들었노라, 오오 가슴이여

세상은 무덤보다도 다시 멀고
눈물은 물보다도 더 더움이 없어라
오오 가슴이여, 모닥불 피어오르는
내 한 세상, 마당가의 가을도 갔어라.

그러나 나는, 오히려 나는
소리를 들어라, 눈석이 물이 씩어리는
땅 위에 누워서, 밤마다 누워,
담모도리에 걸린 달을 내가 또 봄으로.

-「찬 저녁」

위의 시들을 보면 소월 시의 화자가 어떤 과정을 거쳐서 무덤에 들게 되는지 알 수 있다. 즉 세계와 분리되고, 몸과 분리된 넋이 혼자 넋두리를 하다가, 「초혼」에서 본 바와 같이 부질없이 죽은 이를 부르게 되고, 그 부르는 소리가 '소리만 남은 노래'임을 깨닫는다. 그리고 '유령의 눈결'이나 '주문의 소리'가 있는 죽음의 세계를 넘나들게 되고, 그러다가 무덤에서 자신을 부르는 소리를 듣게 된 것이다.

①에서 '소리만 남은 노래'와 '형적없는 노래'는 다시 반복된다. 무덤들만 있는 언덕은 유령의 세계, 즉 죽음의 세계다. '그림자 가득한 언덕으로 여기 저기 / 그 누가 나를 헤내는 부르는 소리'에서, 그림자는 유령들이고 부르는 소리는 바로 그 유령들의 것이다. 또 '내 넋을 잡아 끌어 헤내는 부르는 소리'를 들을 수 있는 자도 이미 살아 있는 사람이라고는 볼 수가 없다. 결국 소월의 화자는 죽은 이를 초혼하여 부르다가 그것이 실현 불가능한 것임을 깨닫고, 이제는 태도를 바꾸어 유령이 부르는 소리에 따라서 자신이 직접 죽음의 세계로 가게 된 셈이다. 여기서 '옛 조상들의 기록을 묻어둔 그 곳'이라는 구절 때문에 이 시를 민족주의적인 발상의 작품으로 해석한다고 해도 지금까지 설명한 논리에는 변함이 없다. 다만 개인의 과거가 민족의 과거로 확대 해석되는 것이 다르다면 다르다고 할 것이다. 그러나 그것도 소월의 세계와의 단절이 당대의 식민지적 상황에서 크게 기인되었음을 이미 전제한 것이므로 동일한 논리의 귀결이라 볼 수 있다.

②는 죽음의 심상들이 보다 더 구체적으로 나타나 있다. 1연에서는 성황당의 달빛, 허물어지고 퇴락한 담, 바람에 나래를 펴는 가마귀 등의 심상을 통하여 죽음의 세계를 실감있게 묘사하고 있다. 2연에서는 '엉기한 무덤들은 들먹거리며'라고 하여, 오히려 죽음의 세계를 살아 생동하는 것으로 보여준다. '거리 불빛도 떨어져 나와'라는 표현은 거리의 불빛이 떨

어져 나왔다는 뜻이 아니라, 화자가 거리의 불빛, 즉 현실적 삶의 세계로부터 떨어져 나왔다는 뜻이다. 떨어져 나온 곳은 '눈 녹아 황토 드러난 멧기슭'이다. 물론 멧기슭은 무덤들이 있는 곳이다. 그런데 화자는 바로 그곳에 '집짓고 들었노라'라고 말한다. 멧기슭의 이 집은 다름 아닌 넋이 사는 무덤인 것이다. 그리고 무덤에 들어간 화자는, '세상은 무덤보다도 다시 멀고 / 눈물은 물보다도 더 더움이 없어라'라고 말한다. 세상이 무덤보다 더 멀다면 화자는 이미 죽은 사람이나 마찬가지다. 눈물이 물보다 덥지 않다는 것도 현실적 삶의 논리가 아닐 뿐만 아니라, 이미 생명이 소진되어 모든 것이 싸늘하게 식었음을 뜻하는 것이다. 마지막 연에 그려진 것처럼 이제 화자는 무덤 속에 들어가 있다.

소월의 시는 화자가 완전히 무덤 속으로 들어가면서 끝난다. 무덤으로 이행하는 과정은 사실 처음부터 예정되어 있었던 것이라 할 수 있다. 삶에 대한 미래적 전망이 차단되어 순수지각 공전역이 비롯되었을 때 죽음의 씨앗은 뿌려졌던 것이다. 시간이 흐를수록 넓어지는 공전역은 그대로 무덤이 되고 말았다. 소월의 시는 하염없는 넋두리에서 시작하여 '소리만 남은 노래'로 죽은 이를 부르다가 마침내 넋들이 자신을 부르는 소리에 이끌려 무덤 속으로 들어가는 데서 끝나게 된다.

소월이 살았던 1920년대의 식민지적 시대상황은 극단적으로 말해서 현실적인 굴종의 삶과 비현실적인 넋의 떠돌이 삶 중 어느 하나를 선택하도록 강요했다고도 할 수 있을 것이다. 그러나 소월처럼 특이한 경로를 밟은 사람은 드물다. 아마도 소월 개인이 지닌 특이한 정신의 분석적 해명에 더 많은 것을 기대해야 할지 모른다.[52] 어쨌든 소월은 그의 시에 나타난 바와 같이 이 세상에서 더 오래 머물지 못하고 33세의 젊은 나이

---

52) 소월의 전기를 정신병리학적 관점에서 분석한 김종은의 논문 「소월의 병적」, ≪문학사상≫(1974.5)은 이와 같은 관심의 일단이다.

로 요절하였다. 그것도 한 증언에 의하면 아편을 먹고 자살한 것이라고 하니, 그의 시에 나타난 의식현상에 비추어 볼 때 그의 자살은 어쩌면 필연적인 것이었는지도 모른다.

5. 소월 시의 한계

지금까지 시간과 의식현상을 토대로 해서 소월 시의 본질을 밝혀 보았다. 논의한 바를 간명하게 요약하면 다음과 같다.

1) 세계 내 존재로서의 인간의 삶은 세계와 주체가 맺고 있는 교섭의 과정이라고 할 수 있다. 세계와 주체가 동질적인 가치와 이념 위에 서 있을 때는 행복한 일체성을 들어낼 터이지만 그러지 못할 때는 분열과 갈등의 양상을 빚게 마련이다. 소월의 삶은 불행하게도 가장 혹독한 식민지 시대에 영위되었다. 그가 살았던 시대적 상황은 다소의 차이를 불문하고 주체와 세계의 단절이 숙명적으로 전제된 시기였다고 할 수 있다.

그런데 소월의 경우, 그 주체와 세계의 단절양상은 의식과 시간현상의 관계에서 매우 특이하게 나타나고 있음을 보여준다.

2) 주체와 세계의 단절은 소월 시에서 무엇보다 먼저 미래부재의 현상으로 나타난다. 실존적 삶의 시간은 객관적 시간의 흐름과는 달리 미래로부터 현재와 과거를 향하여 흐르는 양상을 보여주고 있으므로 미래의 부재는 결국 현재부재를 초래한다. 소월의 시에는 과거만 보일 뿐 현재와 미래가 보이지 않는다. 그러나 「못잊어」, 「진달래꽃」 등에서 보이는 것처럼 역설과 가정법 그리고 의례구조에 의해서 가상적인 미래가 나타나기도 한다. 그런데 의례구조 안에 나타난 그 미래는 선험적인 것이 아니라 이미 일정한 의미로 규정된 과거가 반조된 것이다. 그리고 과거는

미래가 반조된 것이다. 다시 말하면 미래란 과거를 그대로 회복하고자 하는 소원이고, 과거란 그 미래의 소원을 다시 그대로 반조한 회상이다. 즉 반조된 기대의 과거라는 기묘한 시간의 순환적 폐쇄성이 소월 시에 나타난 특질의 하나다.

3) 현재시간은 미래적 행동을 겨누는 의식의 지향성, 즉 관심에 의해서 구성된다. 미래적 행동이 차단된 상황에서는 관심이 생길 수 없으므로 진정한 의미에서 미래도 현재도 발생할 수가 없다. 따라서 관심의 부재는 시간의 근원인 순수지각의 부재를 초래하고, 순수지각의 부재는 현재의 부재를 초래하게 된다. 소월 시에서 순수지각의 부재는 화자의 '하염없음'의 태도로 나타나게 되는데, 이 하염없음에 의해서 시적 대상은 무심한 경물로 드러난다. 소월 시의 기본구조는 하염없음의 태도와 무심한 경물의 구성이라 할 수 있다. 전자를 A라 하고, 후자를 B라 할 때, 소월의 시는 이 A와 B를 다양하게 변주하면서 구성한 것에 불과하다.

4) 하염없음은 거울과 같은 의식의 수동성을 낳게 된다. 그 의식은 외부에 대하여 대상복사적이고 내부에 대하여 자기반복적인 특징을 나타낸다. 그리고 하염없음은 순수지각 공전역을 낳게 되는데 이 공전역이 바로 '저만치'로 표시되는 거리라고 할 수 있다. 이 공전역의 거리가 한과 갈등이 발생하는 근원적인 구조다.

5) 대상복사적이고 자기반복적인 의식의 수동성은 그 자체의 운동과 같이 넋두리를 유발한다. 넋두리의 특징은 하염없음, 영탄, 도치적 화법, 논리적 사고의 단절, 반복어법 등으로 나타난다. 그리고 그 넋두리의 반복을 용이하게 하는 것은 공식적 어구나 관습적 표현 등인데, 이점에 있어서 특히 민요의 구조와 매우 닮았다는 것이 주목된다. 이와 같이 소월의 시가 근본적으로 넋두리의 형식이기 때문에 그의 시에서는 세계에 대한 인식도 찾아볼 수 없고 유기적인 사고의 흔적도 찾아볼 수가 없다. 그

의 시에 물들어 있는 것은 다만 낙백한 자의 몽롱한 비애감뿐이다.

6) 순수지각 공전역은 시간이 흐를수록 증대하기 때문에 세계의 흐름과 함께 흐르지 못하고 정체되어 있는 의식은 필연적으로 심각한 허무주의에 빠지게 된다. 그런데 소월의 시에 나타난 덧없음은 단순히 존재의 유한성에서 오는 허무감만이 아니라 존재의 뜻 없음으로부터 오는 것이다. 결국 순수지각 공전역은 무덤이 되고 소월 시의 화자는 넋이 되어 그 무덤에 묻히고 만다.

이 글에서 논의한 바는 대략 이상과 같이 요약할 수 있다. 이것을 다시 한마디로 줄여서 말한다면, 소월의 시는 순수지각의 부재가 초래한 하염없음 때문에 처음부터 끝까지 넋두리일 수밖에 없었다고 할 수 있을 것이다. 넋두리는 어느 정도 자기위무가 될 수 있는 것이다. 그러나 그것이 마치 폐쇄회로를 무한히 맴도는 양상을 보이게 된다면 절망일 수밖에 없다. 이런 의미에서 소월의 자살설은 상당히 개연성이 있는 것으로 여겨진다.

앞으로 소월은 민족적으로 가장 암울했던 1920년대의 가장 뛰어난 시인으로 기록되어 문학사에 오래 남을 것이다. 그러나 넋두리를 할 수밖에 없었던 식민지의 가혹한 상황이 다시 도래하지 않는 한, 그리고 과거와 같이 넋두리의 위무라도 절실할 수밖에 없었던, 소외된 민중들이 많지 않은 한, 그의 시가 앞으로도 여전히 예전처럼 독자들의 변함없는 사랑을 받으리라는 보장은 그리 많지 않은 듯하다.

넋굿의 구조와 소월 시의 원리

1. 넋굿과 한국시의 전통성

　문학연구와 민속의 관계는 빈번히 제재론題材論의 범주에서 이루어지거나, 민속문학이 예술문학에 어떻게 수용되었으며 전자가 후자에 어떤 영향을 끼쳤는가 하는 비교문학적 관점에서 비롯된다. 그리고 민속비평론·신화비평론 등은 바로 이와 같은 양자의 관계가 좀 더 정교하게 이론적으로 다듬어진 결과들이다.

　민속이란 민간의 풍속, 즉 기층문화를 뜻한다. 기층문화란 한 민족의 다수 구성원인 민중들이 향유하는 문화를 가리키는 것이므로 거기에는 사상, 풍속, 생활양식, 습관, 종교의례 등은 물론 설화, 속담 등 민속문학이 포함된다. 이러한 문화양식들이 기층문화가 되기 위해서는 당연히 오랜 역사와 전통을 지니고 있어야 하며 그 민족이 보편적으로 공유하고 있는 생활양식이어야 한다. 따라서 민속은 한 민족의 고유한 정서와 사상의 전통을 비교적 그 원형을 유지하면서 간직하고 있다고 볼 수 있는 것이다. 이런 의미에서 민속학은 민족학이 될 수 있다.

　민속학이 바로 민족학이 될 수 있다는 점에서 문학과 민속의 관계는 단순한 비교문학적 관점으로부터 한 걸음 더 나아가 민족문학의 정체성, 혹은 전통의 모색과 이어지고, 한 민족의 삶의 의미와 원리, 그리고 삶의 심층에 자리 잡고 있는 민족의 심상을 탐색하는 작업과 연결된다.

> 　민간전승은 결코 역사적인 소원(溯源)이란 뜻으로 지역사회에 있어서의 원초나 근원이 아닌 것이다. 어느 시대에 있어서나 민중의 생활양식 그 문화형태 등이 그곳에서부터 비롯된다는 뜻에 있어서 한 원초요 근원인 것이다. 주어진 시대에 있어서 그 시대의 민중생활과 그 문화를 지장하고 있는 규범이란 뜻에서 그것은 근원적인 것이고 원초형인 것이다. 그것은 또한 시대를 초월해서 반복된다는 뜻에서도 원초형이다. −(중략)− 따라서 민간전승은 발전이나 변화이기보다는 한 지속이고 반복이라는 성격이 강하다. 사실 민간전승들은 왕왕 불변의 것으로 우리 앞에 나타나 우리들로 하여금 그 초시대성에 경탄케 하는 것이다. 이런 면에서 민간전승은 한 민족의 구원의 생명이라는 근대민속학 초창기의 낭만주의가 고개를 들었던 것도 있음직한 일일 것이다.[1]

　위의 인용문에서 말하고 있는 바와 같이 민속은 거의 초시대적인 불변성을 지니고서 지속되고 반복되는 원초형이다. 독일 낭만주의에서 민요를 근원시로 열렬히 숭앙했던 것도, 오늘날 신화비평론 등이 현대문학 속에서 초시대적으로 반복 지속되고 있는 원형을 탐색하고 있는 것도 다 민속이 지닌 이와 같은 원초형적 특성에 기인하고 있는 것이다. 현대문

---

1) 김열규, 「민간전승과 한국적인 것」, 『한국사상의 원천』(박영사, 1976), 43~44쪽.

학의 연구와 민속의 관련은 그동안 한국 현대시의 연구에 있어서도 주목되어 왔던 것이 사실이다. 특히 한국 현대시의 전통에 관한 모색에 있어서 민요와의 관계에 대한 연구는 괄목할 만한 성과들이 있었다. 이른바 상승문화재설을 바탕으로 해서 현대시를 포함한 한국시의 전통적 율격을 민요와 관련하여 파악하고 있는 것이나,[2] 현대시의 율격은 물론 시의 구조와 주제, 그리고 소재에 이르기까지 그 근원을 민요에서 탐색하고 있는 것이 그 대표적인 경우들이다.[3]

현대시의 전통의 근원이 민요에서 모색될 수 있다면, 한 걸음 더 나아가서 그 민요를 배태시킨 보다 근원적인 토양에 대한 탐색도 가능할 것이다. 어쩌면 그러한 탐색이 자칫 발생론적 연구에 따르기 쉬운 환원주의에 빠지지만 않는다면 현대시의 전통성만이 아니라 민족의 보편적 심상을 파악하는 데에 있어서 그것은 더욱 중요하게 요청되는 연구라고 보여진다.

그렇다면 민요가 뿌리를 박고 있는 민족의 보편적 심상과 정서 혹은 민중의 화법은 어디서 찾을 수 있을까. 현대시를 포함하여 민요의 기원과 근원을 찾을 때 제일 먼저 자연스럽게 떠오르는 것은 더 말할 것 없이 무속이다. 왜냐하면 민중생활의 정신적 물질적 토대가 되는 전통재를 분류할 때 정신현상의 기저를 이루는 것이 그 민족의 신앙이기 때문이다.[4]

우리 민족의 고유신앙이라 할 수 있는 무속은 민족국가가 형성되기 이전부터 존재했다. 삼국시대 이래 불교, 유교, 도교 등이 전래되면서 무속

---

2) 조동일, 『한국시가의 전통과 율격』(한길사, 1982).
3) 김대행, 『한국시의 전통 연구』(개문사, 1980).
4) 김태곤 편, 『한국민속학원론』(시인사, 1984), 49쪽. 김태곤은 여기서 전통재를 다음과 같이 분류하고 있다. (1) 사회현상(촌 조직, 가족 친족 조직, 성 집단, 연령 집단, 노동 집단, 직업 집단, 예능 집단, 신앙 집단, 사회계층 집단), (2) 물질현상(의식주, 민구, 생산, 교역, 교통, 통신), (3) 정신현상(신앙, 관습, 구비문학, 예술, 오락 유희, 경기, 고전문학 작품).

은 사회의 지도이념으로서의 위치는 상실했지만, 외래사조를 수용하는 문화적 유형이자 심리적 본이 되어서 민중의 생활과 의식을 지배했고 전통문화를 창조하는 데 기여해 왔다. 따라서 우리의 전통문화를 이해하기 위해서는 무속의 이해가 불가피하게 요구된다. 문학을 포함한 예술의 기원이 제의에 있다는 견해가 세계적으로 보편화된 정설이라는 점을 생각한다면 더욱 그렇다. 우리 문학의 기원이 고대국가의 제천의식에 있으며, 그 제천의식의 음주가무가 망아(trance)와 황홀경(ecstasy)을 더불어 진행되는 무속의 원형이었다는 점은 이미 여러 선학들의 논증에 의해서 밝혀진 바다.[5]

이와 관련하여 다음의 인용문을 보자.

> 그러나 제천의식에서 불려진 노래의 내용을 추찰하기 위해서는 민요보다도 무가와의 비교가 더 적절하리라고 보며 제의의 성격이나 분위기를 헤아리는 데도 마을굿 등의 무속제전을 참조하는 것이 이해를 직접적으로 돕는 길이라 생각된다.
>
> 영고, 무천, 동맹, 오월제 등은 오늘날 마을에서 정기적으로 행해지는 별신굿, 도당굿, 대동굿 등의 촌락공동의 풍요제와 같은 성격의 제의이고, 여기서 불려진 노래 또한 풍년을 기원하고 마을의 안녕을 위해 재앙을 물리치는 축원 주술의 무가였으리라고 본다.[6]

위의 인용문에서 말하고 있는 바와 같이 그 노래의 성격이 민요이거나 무가이거나 간에 최초의 고가요가 비롯한 태반은 제천의식이고, 그 의식은 오늘날의 무속적 제의라는 사실을 알 수 있다. 여기서 중요한 것은 고대의 제천의식이 오늘날의 무속과 동일한 성격의 것이며, 그 무속의 형

---

5) 유동식, 「한국무교의 종교적 특성」, 『한국무속의 종합적 고찰』(고려대학교 민족문화연구소, 1985), 131쪽.
6) 서대석, 「무속과 국문학」, 위의 책, 184쪽.

식과 내용이 시대의 변천과 더불어 상당한 변화를 겪었을 것임이 분명함에도 불구하고, 모든 민속이 드러내고 있는 시대적 불변성을 통해서 여전히 그 무속의 내용과 형식의 핵심을 이루고 있는 원형성을 그대로 간직하고 있으리라는 사실이다. 이러한 사실은 불확실한 역사적 소급과 유추에 의지하지 않고서도 바로 현재의 시점에서 한국시의 근저에 맥맥히 흐르고 있는 전통적 요소의 편린이나마 파악해 볼 수 있는 부동의 단서를 제공하고 있다는 점에서 매우 고무적인 일이라고 할 수 있을 것이다.

  이 글의 목적은 위와 같은 논리를 전제하고 한국 현대시에 깊이 내장되어 있는 전통의 일면, 혹은 민속적 상상력의 양상을 파악하기 위해서 무속의 제의와 현대시를 비교해 보고자 하는 것이다. 그러나 무속의 전반과 현대시의 여러 양상을 비교 검토하는 일은 방대한 작업이 될 것이므로 우선 이 글에서는 무속의 제의 중 넋굿의 넋두리와 흔히 민족시인이라 불려지는 김소월 시의 몇 가지 특성에 한정해서 논의와 분석을 진행하고자 한다. 흔히 진오귀굿으로 불려지는 넋굿을 검토의 대상으로 삼은 까닭은, 첫째, 이 굿이 전국적으로 가장 광범위하고 빈번하게 실현되고 있기 때문에 굿의 보편성을 확보할 수 있다는 점, 둘째, 인간의 마음 혹은 영혼과 관련된 굿으로서 가장 종교적인 성격을 지니고 있기 때문에 진지한 정신활동의 소산인 시작행위와 비교해 볼 수 있는 가능성이 크다는 점 등이다. 그리고 김소월의 시작품으로 분석의 범위를 한정한 까닭은 잘 알려진 바와 같이 김소월은 대표적인 민족시인으로서 흔히 민요시인이라 불려질 만큼 그의 시가 전통적인 민족정서와 상상의 세계를 가장 잘 표현하고 있다고 볼 수 있기 때문이다.

  이 양자의 비교와 검토를 위해서 우선 제2장에서는 굿의 의미를 자세히 살펴보겠다. 그리고 제3장에서는 굿에서 분석된 결과를 소월 시와 비교하면서 그 적용의 가능성과 타당성을 모색해 보고자 한다.[7]

2. 넋굿과 넋두리의 구조

1) 넋굿의 기능과 구성

민간인들의 전통적인 생활습속을 살펴보면 한국인은 출생에서부터 사망에 이르기까지 모든 생존의 과정을 굿에 의존하고 있다고 보아도 과장이 아닐 것이다. 우선 사람은 삼신풀이, 기자축원祈子祝願, 불도佛道맞이 등 기자제의祈子祭儀를 통해서 이 세상에 태어나게 된다. 그리고 살아가는 동안은 칠성제七星祭로 수명장수를 기원하고, 병굿으로 질병을 퇴치하고, 재수굿이나 성주굿으로 제액초복除厄招福을 하면서 행복한 삶을 영위하고자 한다. 그리고 마지막으로 죽은 뒤에는 진오귀나 오구굿을 통해서 극락세계에 왕생하여 영원히 살고자 하는 것이다.

일 년 내내 곳곳에서 벌어지는 굿의 종류만 해도 헤아릴 수 없이 많다. 우선 굿의 분류는 목적에 따라서 우환굿, 재수굿, 진오귀굿 등으로, 굿의 주체가 개인이냐 집단이냐에 따라서 가정굿, 도당굿 등으로, 계절에 따라서는 꽃맞이굿, 잎맞이굿, 단풍맞이굿 등으로 나누어진다.[8] 또 각 지역에 따라서 각기 다르거나 대동소이한 굿들이 헤아릴 수 없이 많은데, 서울 지역의 굿의 종류와 목적만을 예로 든다면 다음과 같은 것들이 있다.[9]

---

7) 졸고, 「소월시의 넋두리와 지각현상」, 『인문논총』 제7집(배재대학교, 1993). 이 논문에서 필자는 소월 시와 넋두리의 관계에 대하여 이야기한 바 있다. 그러므로 이 글에서는 앞의 논문에서 불충분했던 넋두리의 구조와 특징을 자세히 살펴보고 그 결과를 간략히 소월 시에 적용해 보고자 한다.

8) 김태곤, 『한국무속연구』(집문당, 1980); 최길성, 「무속신앙」, 『한국민속종합보고서』(문화공보부 문화재관리국, 1979) 참조.

9) 김태곤, 위의 책, 348쪽 참조.

(1) 재수굿－제액초복을 목적으로 하는 굿.

(2) 병굿－치병을 목적으로 하는 굿.

(3) 진오귀－망인의 저승 천도.

(4) 성주맞이－이사 가거나 새 집을 지었을 때 가신인 성주신의 봉안.

(5) 내림굿－무(巫)의 강신제. 성무제의(成巫祭儀).

(6) 당굿－마을의 수호와 풍요를 목적으로 하는 굿.

(7) 진적－무업(巫業)의 번창을 위해 무신에게 올리는 굿.

(8) 겜심바침－기자(祈子)의 발원.

(9) 여탑－조상에게 혼사를 고하고 성혼 후의 행복 기원.

(10) 푸닥거리－치병제의로 닭이 환자의 액운을 대신 맡아 나간다.

(11) 영장지기－푸닥거리보다 더욱 강화된 것으로서 환자의 매장을
상징하는 굿.

(12) 집가심－상가의 정화와 망인의 천도.

(13) 액매기－정초에 그 해의 재액을 물리치는 굿.

이렇게 많은 굿들은 그 제차가 대개 기본적인 12거리로 구성되어 있고, 굿의 종류와 성격에 따라서 거리의 순서가 바뀌거나 보다 많은 거리의 과정이 첨가되기도 한다. 그리고 각 과정의 거리에 대한 명칭도 무당과 지역에 따라서 약간씩 차이가 나거나 다르기 때문에 어떤 것이 전형적인 굿의 형태인지는 확실히 알 수가 없다.

이렇게 많은 굿의 종류와 그것이 연면히 지속되어 온 장구한 세월을 생각한다면 한국인은 굿에 의해서 이승에 왔다가 굿을 통해서 평생을 마치고 굿에 의해서 저승의 극락세계로 간다고 할 수 있다. 이런 의미에서 굿이야말로 가장 한국적인 문화현상이며, 한국인의 보편적인 정서와 심상을 가장 핵심적으로 표현하고 있다고 보아도 좋을 것이다.

이 많은 굿 중에서도 죽은 영혼을 다스리는 사령제인 넋굿은 이미 앞에서 말한 바와 같이 오늘날에도 가장 광범위한 지역에서 빈번하게 실행

되고 있으므로 한국인의 심성이 보편적으로 잘 반영된 대표적인 굿이라 할 수 있다. 넋굿은 지역에 따라 진오귀굿, 수망굿, 넋건지기굿, 다리굿, 씻김굿, 무혼굿, 망묵굿, 새남굿, 귀양풀이, 요왕맞이, 시왕맞이 등 각기 다른 명칭으로 불려지고 있는데 대동소이한 차이점을 제외한다면 본질적으로 그 구성이나 내용은 다를 바가 없다.[10)

넋굿의 목적은 죽음의 때를 벗기고 맺힌 한을 풀어서 죽은 이의 영혼을 극락세계로 천도하고자 하는 것이다. 또는 생존자의 질병과 액운이 사자의 풀리지 않은 한이나 노여움의 빌미에 의한 것이라고 판단될 때 그 사자의 한을 풀고 영혼을 극락으로 이끌어 주어서 생존자 혹은 자손들의 번영을 빌기 위한 것이다. 씻김굿에서 향물로 영혼을 깨끗이 씻기고 고를 푸는 의례행위가 상징하는 바는 바로 죽음의 때를 벗기고 한을 풀어주는 것을 의미한다.

그런데 모든 굿의 목적은 자세히 따지고 보면 결국 이승의 생존자의 행복을 겨냥하고 있다.[11) 넋굿에서 죽은 이의 영혼을 극락세계로 천도하는 것도 궁극적으로는 장차 있을지도 모르는 어떤 재앙을 미리 예방하고자 하는 것이라고 할 수 있다. 그러므로 넋굿은 현실세계에서 질병, 재앙, 사고 등이 생겼을 때, 즉 생존자의 현실에 이상이 나타났을 때 그것을 잘 치료하고 극복하려는 목적으로 하거나, 장차 그러한 이상을 예방하려는 목적으로 실행된다. 넋굿이 실행되는 이와 같은 계기에 대하여 분석심리학자는 다음과 같이 설명하고 있다.

---

10) 죽은 영혼을 다스리는 넓은 의미의 사령제 무의(巫儀)로서는 이외에도 맹격(盲覡)이 독경방법으로 진행하는 초혼, 죽음의 때(死穢)가 강한 살(殺)이 질병을 일으켰다고 믿어질 때 마술적 치료로서 행해지는 살풀이 등이 있다. 이부영, 「사령의 무속치료에 대한 분석심리학적 연구」, 『최신의학』(1970, 1호) 참조.
11) 김태곤, 앞의 책, 162쪽.

이것이 하나의 긴박성(Not)을 전제로 하며 평범치 않은 사건에 의하여 제기되고 신의(神意)에 의한 결정을 토대로 행하여진다는 점이다. 따라서 이 무의는 질병, 재앙이라는 하나의 현상, 즉 증세(Symptoms), 신점을 통한 판단, 즉 진단(Diagnosis), 사령공양, 즉 치료의 과정을 밟고 있는 것이다. Shamanism에서도 의식의 힘으로 불가해한 사건이 생겼을 때만 Shaman이 개입하는 것으로 되어 있고 그 밖의 통례적인 제사는 제사장이 하는 것이 특징이다. 우리나라의 무속 사령제의 경우 무당은 제사장의 역할을 Shaman의 그것과 겸하고 있다고 볼 수 있다.[12]

넋굿은 '평범치 않은 사건', '의식의 힘으로 불가해한 사건' 정신적으로 '긴박성'을 띠고 있는 계기에 의하여 실행된다. 바꾸어 말하면 넋굿은 평범하지 않은 긴박한 현상 혹은 문제를 굿의 과정을 통해서 해결하는 것이다.

그리고 넋굿의 대상이 되는 사령은 넋굿의 목적에서 알 수 있듯이 비명에 죽었거나, 억울하게 죽었거나, 죽은 지 얼마 안 되어 살이 강한 영혼, 즉 풀어야 할 한이 많은 원혼들이다. 그러므로 넋굿은 한마디로 죽은 이의 맺힌 한을 풀어주는 의례행위라고 할 수 있다.

넋굿의 제차와 그 명칭은 지역과 무당에 따라서 조금씩 다르고 거리의 종류도 일정하지 않아서 어떤 것이 전형적인 제차인지 알 수가 없다. 서울 지역은 다음과 같다.[13]

(1) 부정거리 (2) 가망거리 (3) 말명거리 (4) 산상거리 (5) 별상거리 (6) 대감거리 (7) 제석거리 (8) 호구거리 (9) 성주거리 (10) 군웅거리 (11) 창부거리 (12) 뜬대왕 (13) 중디청배 (14) 아린말명 (15) 사제삼성 (16) 말미 (17) 넋청 (18) 넋보냄 (19) 뒷전.

---

12) 이부영, 앞의 글, 64쪽.
13) 김태곤, 앞의 책, 48~49쪽.

무당 김금화의 넋굿은 다음과 같다.[14]

    (1) 신청울림 (2) 본향거리 (3) 초부정굿 (4) 열수왕굿 (5) 사자얼름 (6) 넋
대잡기 (7) 맑은 혼신맞기 (8) 대감놀이 (9) 수왕천가르기 (10) 서낭굿
(11) 조상굿 (12) 마당굿.

또 경기지방의 제차는 다음과 같다.[15]

    (1) 주당퇴산 (2) 부정 (3) 산마누라 (4) 별성 (5) 대감 (6) 영의 (7) 사자
(8) 말미 (9) 도량 (10) 넋전 (11) 시왕군웅 (12) 뒷전.

이와 같이 제차가 일정하지 않으나 그 내용과 의미를 중심으로 살펴본
다면 다 같이 세 부분으로 나누어진다. 즉 굿마당을 정화하고 여러 신들
을 불러 공양한 뒤에 개별적으로 수호신들을 불러들여 공수를 받는 앞부
분, 죽은 이의 영혼을 불러서 그 한을 풀어주고 위로하며, 사자를 후하게
대접하여 저승길을 닦고 영혼을 저승으로 보내는 중심 부분, 넋전을 불
태우고 잡귀들을 풀어먹이는 뒷부분이 그것이다. 여기에서 가장 핵심적
인 부분은 망자의 넋두리가 전개되는 중심 부분인데 경기지방의 제차를
기준으로 본다면 (6) 영의로부터 (10) 넋전까지가 이에 해당된다.

2) 넋두리의 의미

넋두리는 넋굿을 받는 죽은 이의 영혼이 무당의 입을 통하여 생전의
온갖 한을 풀어내는 말이다. 망자의 혼에 빙의된 무당이 직접 일인칭 화

---

14) 김금화, 『김금화의 무가집』(문음사, 1995), 373쪽.
15) 이부영, 앞의 글, 64쪽.

법으로 실감나게 엮어가는 이 넋두리야말로 넋굿의 가장 핵심적인 부분이다. 그러나 이 본격적인 넋두리에 들어가기 전에 여러 제차에서 공수를 하게 되는데, 이 공수도 무당이 신의 말을 전달하는 것이므로 넓은 의미에서는 넋두리라고 할 수 있는 것이다. 어떤 경우는 첫 순서에 해당하는 초부정에서부터 넋두리가 시작되기도 한다.[16] 이렇게 볼 때 넋굿은 처음부터 끝까지 온통 슬픈 넋두리라고 할 수 있다.

그러나 공수와 망자의 넋두리는 여러모로 다르다. 공수가 이루어지는 마당에서는 무당이 굿에 참여하고 있는 여러 사람들과 굿에 관련하여 이야기를 주고받기도 하고 때로는 연극적인 몸짓과 말씨로 좌중을 웃기기도 한다. 그리고 공수를 할 때도 말을 하는 주체가 신과 무당 자신의 양자 사이를 아주 쉽게 넘나든다. 게다가 공수의 내용도 마지막에는 대개 생자들에게 주는 윤리적이고 교훈적인 말, 혹은 세상을 살아가면서 경계해야 할 것 등을 말하는 것으로 끝난다. 다시 말하면 망자의 넋두리가 시작되기 전에는 무당이 상당히 현실적이고 객관적인 그리고 의식적이고 합리적인 태도와 입장을 지니고 있다고 할 수 있다.

그런데 무당이 망자의 영의를 입고 흰 무명 손수건을 손에 들고 춤을 추면서 완연히 망자가 되어 넋두리를 할 때는 분위기가 사뭇 달라진다. 이때 무당은 완전히 망자와 일체가 된다. 넋두리는 한과 탄식으로 채워지고 자기 고백적인 실감의 어투는 굿마당의 참석자들을 강렬한 공감의 상태로 몰입하게 만든다. 말투는 청승맞은 푸념으로 이어지다가 갑자기 격정적인 어조로 바뀌기도 하고, 때로는 분노하거나 흐느끼기도 한다. 감정의 고조 때문에 같거나 비슷한 말이 반복되기도 하고 맥락이 닿지 않는 말들이 독백처럼 이어지기도 한다. 요약하여 말하면 넋두리를 하는 무당은 망자와 일체가 되어서 비현실적이고 주관적인, 그리고 무의식적

---

16) 『황해도 지노귀굿』(열화당, 1993), 103쪽.

이고 불합리한 태도와 입장을 지닌다고 할 수 있다.

한을 풀어내는 넋두리는 같지만 공수가 이루어지는 마당과 망자의 넋
두리가 본격적으로 이루어지는 마당은 그 구조와 원리가 다르다. 이와
같은 굿마당의 구조를 도식화한다면 다음과 같이 나타낼 수 있을 것
이다.

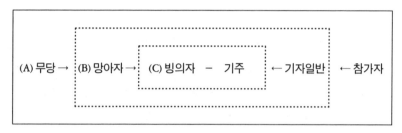

<표 1>

위의 도표는 굿마당의 구조를 나타낸 것이다. 선으로 표시된 (A)의 공
간이 굿마당이고 선 밖의 공간은 일상적인 현실의 공간이다. 굿마당은
금줄을 치거나 물을 뿌리거나 황토를 펴는 등의 정화의식에 의해서 현실
의 세속적인 공간과 구별되는 신성한 공간이다. 따라서 세속적인 현실공
간으로부터 굿마당에 들어온 무당이나 참가자는 굿이라고 하는 텍스트
의 한 요소로서 현실공간의 그들과는 엄밀한 의미에서 다르다고 할 수
있다. (B)의 공간은 굿의 절차가 진행되면서 수호신과 조상신들이 차례
로 들어와 공수를 하는 공간이다. 망아자忘我者는 망아(Trance)의 상태에
서 신의 역할로 전환되는 무당이다.17) 기자일반祈者一般은 굿을 청한 가

_____

17) 김광일, 「굿과 정신치료」, 『문화인류학』(1972.12), 89쪽 참조. 엄밀히 말해서 망아(Trance)
의 상태와 빙의(Possession)의 상태는 구별된다. 망아는 현실적 자아를 잃어버린 상태고,
빙의는 전혀 다른 인격으로 전환된 상태를 뜻한다. 그러나 이 둘은 흔히 구별 없이 같이
쓰이기도 한다. 여기서 필자는 무당이 현실적 자아와 신격 사이를 가볍게 오가는 상태,

족들, 그리고 그 가족 혹은 망인과 심정적 공감을 나누는 적극적 참가자들이다. 그러나 이들은 망아의 상태에 있는 무당이 실현하는 반의식적 망아의 공간에서 공감을 나눌 뿐이지 그들 자신이 망아의 상태에 있는 것은 아니다. 빙의자는 망인과 일체가 되어 넋두리를 하는 무당이고 기주祈主는 굿을 청한 가족 중의 한 사람으로서 망자의 넋두리를 가장 가깝게 공감하면서 망자와 대화를 나누는 사람이다. 이 기주도 역시 빙의상태에 있는 무당이 실현하고 있는 무의식적인 빙의의 공간에서 공감을 나누고 있을 뿐이지 그 자신이 빙의상태에 있는 것은 아니다.

(A)의 공간은 엄밀히 구별해서 세속적인 현실공간과 형식적으로 다르지만 내적 맥락에서 그것은 현실지평과 가장 가까운 연속성을 유지하고 있다고 볼 수 있다. 그러기 때문에 이 공간에서는 무당과 참가자들이 굿 밖의 현실적인 일들에 대해서 대화를 하거나, 굿 자체에 관해서도 객관적으로 이야기를 나누기도 한다.

그러나 (B)의 공간은 현실지평과 단속적인 불연속성을 유지한다. 망아자는 수호신이나 조상신들로 전환되어서 공수를 주기 때문에 이 공간은 이미 현실지평과는 단절된 비현실적 시공이 실현된 곳이다. 그러나 그 단절은 지속적인 것이 아니고 단속적이다. 그것은 공수의 내용에서 단적으로 드러난다. 수호신은 말할 것도 없고 여기 등장하는 조상신들은 이미 이승의 한과 죽음의 때를 완전히 벗어버린 이른바 '맑은 혼신'들이다. 그러기 때문에 이들의 말은 비교적 자기집착과 주관적 감정을 떠나서 객관적이고도 윤리적인 색채를 띠고 있다. 또한 망아자는 아직 신격과 무당 자신의 자아 사이를 넘나들면서 망아의 상태를 의식적으로 모방하거나 반의식적인 상태에서 신격으로 전환되거나 한다. 따라서 공수의 내용

즉 황홀체험(Ecstasy)을 거쳐 빙의상태로 가기 전의 의식적 혹은 반의식적 상태를 뜻하는 개념으로 망아라는 용어를 사용한다.

이 객관적인 정도로, 그리고 망아자가 반의식적인 상태를 유지하고 있는 정도로 이 공간은 현실지평과 단속적인 불연속성을 드러내고 있다고 할 수 있을 것이다.

(C)의 공간은 무당이 망아의 과정을 지나서 망자에 빙의되고 완전히 망자와 일체가 된 비현실적 공간이다. 망자는 죽은 지 얼마 되지 않아서 이승의 한과 죽음의 때를 그대로 간직하고 있기 때문에 아직 그의 넋두리는 그만큼 자기몰입적이고 감정적이고 주관적이다.

요약컨대 위의 도표가 의미하는 바를, 현실과 관련해 말한다면 (A) → (B) → (C)의 순서를 따라 각 공간은 현실지평과 멀어지고, 의식意識수준에서 말한다면 위의 순서를 따라 점차 무의식을 향하여 깊어지고, 넋두리를 하는 화자를 기준으로 말한다면 위의 순서를 따라 3인칭의 발화에서 1인칭의 발화로 이행되고, 넋두리의 내용을 기준으로 말한다면 위의 순서에 따라 객관지향에서 주관지향으로, 사실적 인식에서 감정적 자기위안으로 각기 이행되어 간다고 할 수 있을 것이다.

삶의 온갖 슬픔과 한을 풀어내는 넋두리는 넋굿의 처음이자 끝이다. 물론 넋두리는 넋굿에서만 볼 수 있는 것은 아니다. 넋굿을 받는 망자의 넋두리는 넋굿의 제차에만 있는 것이지만 그것을 제외한다면 다른 모든 굿도 따지고 보면 처음부터 끝까지 넓은 의미의 넋두리로 일관되고 있다고 할 수 있다. 굿은 넋두리고 넋두리는 곧 굿이다.

그런데 이렇게 굿의 본질이라 할 수 있는 넋두리에서 주목해야 할 점은 넋두리를 하는 주체, 또는 화자가 둘이면서 하나요, 하나이면서 둘이라는 점이다. 넋두리의 주체는 신이나 망자라고 볼 수도 있고 무당이라고 볼 수도 있다. 전자로 본다면 형식적으로는 신과 무당이라는 두 주체가 존재하는 것이지만 후자로 본다면 무당이라는 한 주체가 분열된 현상에 불과하다. 그러나 순수한 민속학적 관점이라면 몰라도 그렇지 않다면 후자의 관점에서 보는 것이 일단은 합리적이다.

이렇게 본다면, 망자는 과거의 존재이므로 무당은 언제나 과거를 지향하면서 자신의 현재를 그 과거와 동일시하여 넋두리를 하는 것이라고 할 수 있을 것이다. 결국 망자의 한과 슬픔은 무당이 현재 지니고 있는 자신의 한과 슬픔이다. 넋굿에서 무당의 자아는 현재와 과거로 분열된다. 실제로 굿을 관찰해 보면 무당은 자신이 알고 있는 망자의 정보에 따라서, 그리고 자신이 겪은 희로애락과 사무친 한의 정도에 따라서 넋두리를 엮어 간다.

넋두리의 주체에 관한 위와 같은 관점은 다음의 분석심리학적 설명에 의해서 좀 더 분명해진다.

> 사령의 한이 생자의 무의식에서 투사된 심적내용, 감정적 경향이라면 넋두리와 이와 유사한 현상은 사자뿐 아니라 생자의 무의식 속에 있는 감정적 콤플렉스를 그의 의식세계로 환기시키고 재체험하는 과정이다. 콤플렉스란 융에 의하면 어떤 감정적 체험에 의하여 형성된 심상군이다. 그렇기 때문에 이것을 소화시키려면 강한 정동이 수반되고 또 수반되어야 한다. ―(중략)― 넋두리는 그것이 감정에 호소하며 더욱이 잊혀졌던 회한을 자극하여 재체험시키는 점에서 분석심리학적 정신요법에서 무의식 속에 숨은 콤플렉스를 의식면으로 올려 그것을 소화하는 이른바 의식화과정과 비슷하다.[18]

인용문의 요지는 넋두리가 무의식 속의 콤플렉스를 의식세계로 환기시켜 재체험하는 과정이며, 그것은 강한 정동이 수반되는 것이며, 감정에 호소하는 의식화과정이라는 것이다. 그래서 빙신의 상태도 자아의 무의식적 콤플렉스에 의한 능동적 지배상태라고 해석된다.[19] 이렇게 본다

---

18) 이부영, 앞의 글, 66쪽.

면 넋두리는 마음속에 있는 모종의 맺힘, 즉 분석심리학적으로 콤플렉스에 해당하는 것을 강한 정동에 의하여 환기하고, 그것을 감정에 호소하여 해결하려고 하는 품의 행위라 할 수 있다. 다시 말해서 넋두리는 '맺힘'과 '품'의 연쇄가 빚어내는 감정적 호소다.

3) 굿과 여성

이미 여러 번 반복했거니와 넋굿은 말할 것도 없고 모든 굿의 핵심은 넋두리에 있다. 굿에서 넋두리를 빼고 나면 아무것도 남지 않는다. 굿의 정신은 곧 넋두리다. 그렇다면 그 넋두리를 하는 주체, 혹은 넋두리라고 하는 특정한 화법으로 푸념을 하고 있는 화자는 도대체 누구인가. 다시 말해서 넋두리를 하고 있는 사람은 남성인가 여성인가. 그들의 심리적 공통분모는 무엇이며 그들의 사회적 신분은 어떠한가. 넋두리의 의미를 좀 더 확실히 파악하기 위해서는 이들 물음에 대한 해답이 무엇보다도 먼저 선결되어야만 할 것이다.

앞에서 넋두리는 망자가 영어靈語를 이야기하는 형식으로 표현되고 있지만, 그 실제적인 주체는 일단 무당이라고 규정한 바 있다. 한국 무속의 중심을 이루고 있는 무당은 남녀 성별에 의해서 그 자격이 주어지는 것은 아니지만 일반적으로 여성이 많다. 그리고 무속 또한 주로 여성의 지지층에 의해서 그 명맥을 유지해 왔다. 보통 무당이라고 말할 때 그것은 으레 무녀를 가리키는 말이며, 특히 남자 무당을 가리킬 경우는 박수라는 명칭을 따로 쓴다. 더구나 박수라 하더라도 굿을 할 때는 여장을 하거나 여성적인 태도를 취하는 것이 일반적인 특징이다. 그리고 중부 이북 무속의 강신무에서는 여성적인 특성이 더욱 강하다고 한다.[20]

---

19) 위의 글, 67쪽.

넋두리를 하는 무당은 주로 여성들이고, 그 무당이 중심이 되어 있는 무속의 지지층도 또한 주로 여성들이다. 다시 말하면 넋두리는 바로 여성적 화법이라고 할 수 있다. 맺힌 한을 푸는 넋두리가 여성적 화법이라는 사실은 곧바로 여성들이 한을 지니고 살아올 수밖에 없었음을 뜻한다. 과거에 여성들이 그 신분의 상하나 빈부의 차이와 관계없이 모든 계급과 계층에서 한을 지닐 수밖에 없는 사회구조의 강요 속에 놓여 있었음은 이미 잘 알려진 바다. 여기에서 한국적 한의 내포가 여성편향성을 중요한 하나의 속성으로 지니고 있음을 알 수 있다. 어떤 이는 이러한 여성편향적인 한국적 한을 '여자의 한은 오뉴월에도 서리친다'라는 속담과 관련하여 다음과 같이 말하고 있다.

> 막스 셸러에 의하면 르상티망(ressentiment, 원한감정)이 생길 수 있는 요인은 개인적 소질이나 처지에서 볼 때는 일반적으로 남성보다는 여성에게, 젊은이보다는 노인에게, 군인보다는 승려에게 더 많은 개연성을 가지고 있으며, 그것은 그들(여성 · 늙은이 · 승려)이 상대방(남성 · 젊은이 · 군인)보다는 훨씬 약하고 불만족스런 조건에 있음에도 불구하고 그러한 불리한 조건에 반격을 가하거나, 최소한 드러내놓고 그것을 해소시킬 수 있을 만한 처지에 놓여 있지 못한 때문이라는 요지의 말을 하고 있다. 이 속담에 있어서 한이라는 말의 코노테이션이 유달리 농도 짙은 이유는 철저히 폐쇄적 · 수직적인 유교 윤리하에서 인종만을 미덕으로 강요당해온 조선시대 여성들의 참혹한 처지가 은연중 이 속담에 반영되어 있다고 보아야 할 것이다.[21]

일반적으로 여성에게 한이 발생할 수 있는 개연성이 훨씬 많다. 우리의 경우 역사적으로 볼 때는 특히 조선조의 유교적 이념에 의해서 여성

20) 최길성, 「무속에 있어서 집과 여성」, 고려대학교 민족문화연구소 편, 앞의 책, 118쪽.
21) 천이두, 『한의 구조 연구』(문학과 지성사, 1993), 16~17쪽.

의 한은 더욱 극단적으로 강화된 것이 사실이다. 그런데 이러한 여성의 한이 유독 굿 속의 넋두리를 통해서 지속적으로 표현되고 있는 까닭은 무엇일까. 다시 말하면 여성의 한이 어떻게 굿과 관련되었으며, 굿과 여성은 어떤 관계에 있는 것일까. 이 물음은 넋두리와 굿의 심층적 의미를 파악하는 데에 있어서 매우 긴요한 것으로 보인다.

이 물음에 대한 해답의 실마리는 한국 무속의 사회인류학적 연구에 크게 기여한 일인학자 아끼바秋葉隆의 부락제部落祭에 대한 연구 논문에서 발견된다. 그에 의하면 서양 문명에 의해서 영향을 받지 않은 상태의 한국사회는 대체로 여성을 중심으로 한 무속적 문화와 남성적 유교문화의 이중조직으로 되어 있다는 것이다. 그리고 전자는 보다 고문화에 속하고 무식한 하층민의 것으로 경멸과 탄압을 받아 왔으며, 후자는 신문화에 속하고 유식한 상층 계급의 문화인데, 이 두 가지가 서로 대립을 하면서 이중적인 기능을 하고 있음은 물론, 이것이 그대로 부락제에 반영되어 있다는 것이다. 즉 부락제는 유교풍의 동제洞祭와 무속의 무제巫祭라는 두 가지 유형이 있는데 이러한 이중구조는 바로 그와 같은 한국사회를 반영하고 있다는 것이다.[22]

아끼바의 이 글은 남녀 성별에 의해서 한국사회의 현상을 파악한 최초의 것이라 할 수 있는데, 이러한 이중구조에 대한 연구는 이후에 더욱 발전된다.

> 부락공동제를 기준으로 대충 요약한다면, 고려시대 이전의 남녀 군취적 무속이 이조에 들어와서 여성의 무속식과 남성의 유교식이 이중 구조적 민간신앙으로 변모한 것 같다. 본토에는 최근 여성들의 무속적 부락제는 완전히 없어졌고, 남성 유교식만이 남아 있다. 제주도에는 아

---

[22] 최길성, 앞의 글, 94쪽 참조. 굿과 여성의 관계에 대한 이하의 논지는 주로 이 글의 내용을 참조한 것이다.

직도 여성사회가 건재하다고 할 수 있으며, 무속 자체가 현재도 유교적 관점에서 미신시되고 항상 타파의 대상이 되어 있다. 또 제주도에서는 부락공동제는 남성 유교식의 하나로 되는 경향이 있고, 무속은 본토와 마찬가지로 역시 여성의 가족주의적 민간신앙으로 가라앉는 것 같다. 그리하여 여명을 유지해 갈 것 같다.[23]

인용문의 요지는 원초적인 부락제는 무속적인 것이고 남녀 혼합적인 것이었는데, 그것이 유교에 의한 남녀 성별에 의해서 분화되어 갔다는 것이다. 즉 유교의 도덕 윤리로써 남성 중심의 부계제가 강조되면서 이 것이 유교식 남성의 동제로 되었고, 여기에 대립하여 여성이 무속적 부락제를 담당하면서 부락제의 남녀 성별에 대한 분화가 생긴 것이다. 유교는 남성문화요 무속은 여성문화다.

이렇게 본다면 일반적으로 여성적 한이 넋두리를 핵심으로 하는 굿과 긴밀하게 관련을 가질 수밖에 없는데, 그 개연성이 조선조의 유교 이념과 사회구조에 의해서 더욱 강화되면서 양자의 관계는 하나의 필연성으로 굳어지게 된 것이라는 것을 알 수 있다. 부부유별이란 성별의 분리와 안과 밖의 분리가 유교에 의해 시행되고 강화된 것이다.

내외는 공간적 거리를 분리시키면서 비롯된다. 안은 여성이고 밖은 남성으로 상징된다. 이러한 안과 밖의 공간적 분리는 무속신앙의 구조에도 그대로 반영되고 있다.

가정에서 하는 굿에서는 안과 밖이란 공간적 거리가 비교적 강하게 의식되고 있다. 굿이 행해지는 곳은 크게 안과 밖으로 구분된다. 안에서 하는 굿을 '안굿', 밖에서 하는 굿을 '바깥굿'이라 하여 구분한다.

－(중략)－

---

23) 장주근, 『한국의 민간신앙』, 위의 글, 95쪽에서 재인용.

집의 안과 밖의 경계는 울타리이고, 보다 상징적인 공간적 경계는 대문이다. 집의 경계는 집의 건물이 기준이 아니고 집이 있는 터를 의미한다. 예컨대 건물 안의 공간인 안마당도 집의 안에 속한다. 따라서 굿에서 말하는 집의 안과 밖은 주로 대문의 안과 밖이 된다.[24)]

굿에서는 안과 밖의 공간적 구분이 선명하다. 집안에서 행해지는 굿도 안굿과 바깥굿으로 구별하지만, 일반적으로 확실하게 그것을 구분하는 기준은 집의 대문과 울타리이며, 집도 건물이 있는 터라는 장소를 의미한다. 집안에는 여기 저기 신들이 관할하는 영역이 있다. 각기 그 장소를 관할하는 신들은 터줏대감, 성주신, 삼신 또는 제석신, 조왕각시, 수문신장, 측신 등등이며, 이들이 바로 안굿에서 모셔지는 가정신들이다. 집의 테두리 밖에 존재하는 신은 서낭당, 산신 등으로서 부락제에서 모셔지는 부락신이다.

앞에서 말한 바와 같이 집안에서 하는 굿은 여성들이 하고 부락제는 유교식으로 남성들이 한다. 이렇게 볼 때, 집을 벗어나서는 마을이라는 공동체를 의식하고 있는 한국인의 의식구조가 신앙적 특징으로 나타난다고 할 수 있다. 즉 집과 마을이라는 이중원二重圓 안에 개인이나 가족이 존재하는 것이다.

<표 2>[25)]

---

24) 최길성, 앞의 글, 99쪽.
25) 위의 글, 103쪽.

<표 2>에 보이는 것처럼 한국인의 신앙적 의식구조는 집과 마을이라는 이중원 속에 잘 드러난다. 남성들은 유교풍의 부락제를 통하여 공동체의 안녕을 빌고, 여성들은 집안에서 무속적인 굿을 통해 주로 가족 구성원의 평안을 빈다. 남성의 활동범위는 집으로부터 마을 밖으로 멀리 나아가지만 여성의 활동범위는 주로 집안으로 한정되어 있으며 고작해야 마을 밖을 벗어나지 않는다. 유교적 이념에 의한 내외공간의 분리는 여성을 집안이라는 테두리 속에 가두게 되고, 이러한 결과는 여성과 무속신앙의 관계를 더욱 더 공고한 것으로 만들게 되었다.

전통사회에서 사회결합의 두 가지 원리는 지연地緣과 혈연血緣이라 할 수 있다. 혈연은 일반적으로 유교적 이념의 남성사회에서 강조되고 있으며, 그것은 제사에 의해서 표현된다. 그런데 무속에서는 집과 마을이라는 지연성이 대단히 강하게 작용하고 있다. 무속의 신들은 각기 관할하는 영역이 있고 그 영역이라는 장소를 벗어나지 않는다. 굿을 하거나 고사를 지낼 때에도 제물을 신들이 관할하는 장소에 여기 저기 따로 바친다. 장소가 강조될 뿐이지 어떤 개인이나 가족에 대한 특성은 보이지 않는다. 그래서 굿을 할 때는 집의 대표자를 대주垈主라 하여 그 장소를 대표하는 사람임을 나타낸다. 그리고 공수를 할 때도 '아무 가중', '너의 집'이라는 말로 호칭하여 어떤 개인보다 그 장소의 관념이 선명하게 강조되고 있다.

그런데 무속신앙에 보이는 지연성의 강조는 무속과 강하게 결속된 여성의 존재를 마을과 집안이라는 장소에 안정시키면서도 동시에 그만큼 불안한 존재로 만든다. 왜냐하면 여성은 결혼에 의해서 안정감을 주었던 바로 그 지연을 떠나지 않으면 안 되기 때문이다. 태어나서 살던 집과 마을, 안정된 존재의 느낌을 주었던 그 최초의 장소를 떠나서 시집이라는 낯선 장소에서 일생을 보내야만 하기 때문이다. 더구나 일단 시집을 가게 되면, 이른바 출가외인이라 하여 혈족으로부터 단절되면서도 시집에서는 역시 시집살이에 의해서 타인이라는 의식을 완전히 떨쳐버리기 어려운 환경이었기 때문에, 여성은 언제나 소외와 고립감 속에서 짙은 상실의식을 느낄 수밖에 없다.

혈연이나 지연을 떠나지 않고서도 평생을 살아갈 수 있는 남성이 처음부터 안정된 존재라면, 여성은 처음부터 불안한 존재다. 이 불안을 극복하기 위해서도 여성은 집안의 무속신앙에 더욱 매달렸을 것이다.

> 부인들은 새로운 환경에의 적응의 하나로서 그 집의 종교적 생활에 관심을 두었던 것 같다. 새로운 환경에서의 갈등이나 억압된 생활의 탈출구를 가정신앙에 기울였다고 할 수 있다. 이와 같이 여성이 가정신앙에 열중할 수 있는 소지를 가지고 있고, 여기에 무속신앙이 결합하게 된 것일 것이다. 고사나 무속신앙은 주로 집을 단위로 하는 신앙이며, 여성들에 의한 신앙이다. 여성과 집의 관계는 지연성에 의한 결합이라고 할 수 있다. −(중략)− 유교식 가례가 만들어지고 유교식 동제에서 여성이 소외되게 되어 여성의 무속에 대한 집념이나 신앙은 더해갔다고 할 수 있다.26)

4) 굿과 미분성의 지향

굿은 한의 '맺힘'에 대한 '풂'의 제의적 행위이다. 넋굿은 죽은 이의 한을 푸는 것이고, 그 외의 모든 굿은 아직 이승에 살아 있는 사람들의 온갖 한을 푸는 것이다. 굿에 의해서 풀고자 하는 한은 인간의 출생으로부터 죽음을 넘어 내세에 이르기까지 관련되어 있다. 굿을 통해서 보면 이승에서의 인간의 삶은 한 자체인 듯하다.

---

26) 위의 글, 117~118쪽.

한이란 무엇인가. 어떤 이는 한을 원한怨恨, 원한冤恨, 한탄恨歎, 정한情恨, 원한願恨, 비애悲哀 등으로 분류하여 그 의미의 차이를 말하기도 하고, 좌절과 상실을 당하여 상대방에 대해 갖는 외향적 공격성인 일차적 정서 현상으로서의 원怨과, 뒤이어 무력한 자아를 되돌아보고 자책하고 한탄하는 내향적 공격성인 이차적 정서현상으로서의 탄歎으로 나누어 그것을 설명하기도 한다.[27]

그러나 한이 지닌 다종다기한 하위적 개념에 상관없이 그것은 동일한 구조와 원리에서 발생한다고 할 수 있다. 그것은 언제나 '바람직한 세계'와 '바람직하지 않은 세계'로 분화된 양극구조를 전제하고 있다. 전자는 충족된 존재와 그 세계요, 후자는 결핍된 존재와 그 세계다. 이와 같은 양극구조에 의해서 자아는 언제나 분열되어 있다. 바람직하지 않은 세계에서 바람직한 세계를 바라볼 때 바로 한이라는 감정이 발생한다. 예컨대, 가난한 사람은 재물이 결핍된 사람, 즉 자기 존재와 재물이라는 존재가 서로 단절 분열된 바람직하지 않은 세계의 바람직하지 않은 자아로서, 자기 존재와 재물의 존재가 하나로 미분되고 지속되어 있는 바람직한 세계의 바람직한 자아를 꿈꾼다. 꿈꾸는 한 세계와 자아는 각기 분열되어 있고, 단절 되고 분열되어 있는 한 사람은 미련과 좌절과 그리움 등 한의 발생 동인을 갖게 된다. 결국 한의 해소는 결핍된 존재를 충족시키는 것이고, 결핍된 존재의 충족이라는 것은 분열 단절된 두 세계와 자아의 미분적 통합에 불과하다고 할 수 있다.

이승의 세계는 가난, 질병, 이별, 불화, 죽음 등등 무수한 단절과 분열의 조건 위에 존재한다. 이승의 삶은 필연적으로 한을 낳게 될 수밖에 없다. 그럼에도 불구하고 사람들은 굿을 통해 끊임없이 세계와 자아의 미분적 통합을 기원한다. 무가에서는 이러한 기원이 직접 언어로 서술되고

---

27) 천이두, 앞의 책, 14~52쪽.

있는데, 가령 다음과 같은 축원굿의 일부를 들어보자.

　　－명은 삼천갑자 동방석이 무쇠 닻줄 점지허고 / 복은 석순에 가지
복 무량 대복을 점지해 팔자 좋고 사조 좋고 / 야든이 진명되고 자장 팔
십되고 / 손 많고 가지 많고 자손 흥성하고 부귀 득명하고－재물 손재
싱물 수 없이 점지하실 적에 / 관재헌 대주에 나갈 때는 반짐을 싣고 들
올 때는 온짐을 시르러 / 손에는 쥐일 사망 발에는 디딜 사망 / 몸에 안
을 복 받을 복－28)

　위와 같은 무가는 1979년까지 조사 보고된 것만도 무려 643편이나 된
다고 한다.29) 이렇게 많은 무가를 성격상으로 분류하면, (1) 부정不淨계
통 무가 (2) 청신請神계통 무가 (3) 조상계통 무가 (4) 기자祈子계통 무가
(5) 수명장수계통 무가 (6) 초복계통 무가 (7) 제액 · 수호계통 무가 (8) 치
병계통 무가 (9) 명부－내세 천도계통 무가 (10) 송신送神계통 무가 등으
로 나누어진다.

　위에서, 제의 장소를 정화하거나, 신을 청해 오고 돌려보내는 (1), (2),
(10)의 내용을 제외한다면, 나머지는 모두 인간존재를 충족시켜 영구히
지속하고자 하는 내용이다. 즉, (3) 조상의 근원을 이어 (4) 세상에 태어나
서 (5) 오래 살면서 (6) 재물을 많이 가지고 편히 살기 위해 (7) 액운을 물
리치고 (8) 병이 나면 고쳐서 건강하게 살다가 (9) 죽은 뒤에는 영혼이 내
세의 좋은 곳으로 가서 영생하게 해 달라고 비는 내용이다. 한마디로 인
간존재의 영구지속을 희구하고 있는 것이다.

　존재의 영구지속이란 가난, 질병, 이별, 불화, 죽음 등등 무수한 결핍에
의해서 시간 · 공간적으로 단절되고 분열된 존재를 미분적인 일체로서

---

28) 김태곤, 앞의 책, 169~170쪽.
29) 위의 책, 170쪽.

통합하고자 하는 것에 불과하다. 그러나 유한한 시간과 공간의 제약을 근본적인 조건으로 삼고 있는 이승의 현실세계에서 그것은 이루어질 수 없는 하나의 꿈일 수밖에 없다. 그럼에도 불구하고 굿이라는 상징적 행위를 통해서, 그리고 그 상징행위의 간절한 기원을 통해서 인간은 끊임없이 닿지 않는 '저쪽'의 미분성의 세계를 갈구한다.

굿에서 미분성의 세계를 상징적으로 실현하는 것은 제의 장소를 정화하는 행위에서 단적으로 드러나고 있다. 제의 장소는 굿을 하기 전 3일 또는 7일 전부터 금줄을 치고 황토를 펴거나, 부정굿에서 대신칼로 사방의 부정을 제치거나, 물을 뿌리고 불을 휘둘러서 신성한 공간으로 정화한다. 그리고 대개 굿은 현실의 일상적인 활동이 끝난 밤에 거행된다. 다시 말하면 정화를 통해 분열된 이승의 현실세계를 소거함으로써 신성한 미분성의 세계를 상징적으로 실현하고 있는 것이다.

> '카오스'는 어둠의 혼돈뿐이어서 공간도 시작과 끝의 시간도 없는 세계로 무공간, 무시간의 영원계다. 그래서 제의를 하는 밤의 시간이 갖는 의미는 천지가 개벽되던 태초 이전의 시간인 '카오스' 속의 영원, 시작과 끝이 없어 무한한 시작의 가능성을 내포하고 있는 영원이다. 또 제의를 하는 일상적인 현실 공간 밖의 공간도 천지가 개벽되던 태초 이전의 공간으로 채 공간질서가 생겨나기 이전의 '카오스' 상태, 곧 무공간 상태로 공간성에 의한 형질의 생멸이 생겨나기 이전의 영원계다. ─ (중략)─ '카오스'에서 하늘과 땅이 열려 우주 공간의 질서가 생기면서 하늘과 땅이 개벽한다는 그 열림의 출발점에서 시간이 시작되고, 그 우주 공간 안에 비로소 만물이 생겨나 '카오스'가 만물의 존재근원이 된다. 제의는 이와 같은 만물의 존재근원인 '카오스'로 돌아가 결핍된 존재를 다시 획득하여 충족시키려는 행위적 현상으로 나타난다.[30]

---

30) 위의 책, 168~169쪽.

굿을 하는 장소는, 시간과 공간의 제약 때문에 불가피하게 생멸과 분열을 겪는 이승의 현실세계를 소거한 뒤에 상징적으로 실현된 무시간·무공간의 세계다. 무시간·무공간의 세계는 카오스로 표현되는 미분성의 세계를 뜻한다. 미분성의 세계는 아직 우주와 존재가 분화되기 이전이므로 결핍과 단절과 분열이 없는 완전한 충족의 세계라 할 수 있다. 굿의 공간과 시간이 내포하고 있는 이와 같은 '카오스'의 상황은 언어로 직접 서술되는 무가에서 더욱 뚜렷이 표현되고 있다.

> 천지가 혼합이 되었구나 / 천지개벽이 되었구나—
> 갑자일로 하늘의 머리 자방으로 열립니다 / 지벽어축하니 땅의 머리
> 축방으로 열립니다.—
>
> —제주도 무가 「초감제」 서두

> 하늘과 땅이 생길 적에 미륵님이 탄생한 즉 / 하늘과 땅이 서로 붙어
> 떨어지지 아니하소아 / 하늘은 북개꼭지처럼 도도라지고 / 따는 사귀에
> 구리기둥을 세우고 / 그때는 해도 둘이요 달도 둘이요 / 달 하나 띄어
> 서 북두칠성 남두칠성 마련하고 / 해 하나 띄어서 큰 별을 마련하고 /
> 작은 별은 백성의 직성별을 마련하고 / 큰 별은 임금님과 대신별 마련
> 하고—
>
> —함경도 무가 「창세가」 서두

> 천지 건진하며 일월은 언제 난고 / 천개어자하니 지벽어축하야 땅이
> 생겨 마련허고 / 화궁천 비비천 사마도리천이 열세황을 마련헐 제
> —부여지역 무가 「조왕굿」 서두

> 천지는 언제 생겼으며 일월은 언제 생겼던고 / 천지개벽지후 건곤만
> 연헌 연후에 자방 하나 생겨 있고 / 지벽어축하여 축방 땅이 생겨 있고 /
> 인방은 사람이 나고 / 팔만사천 가주대왕 인간을 눌러앉어 인간의 화복

길흉 마런헐 제-

−군산지역 무가「지두서」서두31)

위의 무가는 모두 천지가 개벽되기 이전의 혼돈 상태인 '카오스'에서 하늘과 땅이 열려 비로소 우주의 질서가 시작되고 있음을 서술하고 있다. 굿은 바로 이와 같은 천지개벽 이전의 카오스를 마련하고 이 미분성의 세계에서 결핍된 존재를 새롭게 충족시켜 존재의 영구지속을 꾀하고자 하는 것이다.

분화 단절로 인하여 결핍된 이승의 존재를 상징적으로나마 끊임없이 저승 혹은 카오스에 환원하고자 하는 굿의 의미, 그리고 그 굿을 수행하는 무당의 망아체험의 의미가, 분열되고 결핍된 존재를 하나의 완전한 존재로 회복하고자 하는 데에 있다는 것은 다음의 분석심리학적 견해에서도 확인된다.

> 떨어져 나간 이승과 저승을 연결하여 하나가 되게 하고자 하는 충동−의식과 무의식과의 분열상태를 지양하여 하나의 전체를 실현하려는 의지−이러한 것이 인간에게는 선험적으로 부여되고 있으며 인간은 그 통일에의 의지를 마음대로 저버릴 수가 없다. 그러나 인간은 망아체험을 하거나 그것을 추구하면서 실상 그 원래의 의미가 이러한 것이라는 점을 모르는 경우가 있다. 그것은 흔히 현실도피, 환상행각, 병적 흥분, 성적 탐닉 등으로 평가되고 본인들도 그렇게 의식하고 있는 경우가 많다. 그러나 이것은 전인격의 통일과 그 전체의 구현이라는 원초적 충동의 상징적 의미를 극히 통속적인 것에 환원하여 해석한 것들이다. 그리고 이와 같은 무의식의 자율적인 목적의지에 대한 곡해이다.32)

---

31) 위의 책, 167~168쪽.
32) 이부영, 「귀령현상의 분석심리학적 이해」, 이상일 외『한국사상의 원천』(박영사, 1976), 327쪽.

분석심리학적으로 볼 때, 굿의 상징적 의미는 인간공유의 보편적인 원초적 체험에 다름 아니라는 것을 알 수 있다.

그런데 이와 같이 굿의 상징행위가 지향하는 바는 존재의 원질原質인 카오스, 즉 미분적 전일성이기 때문에 그로부터 분화되어 나온 코스모스의 존재는 얼마든지 다시 그 원초적 근원인 카오스로 순환하여 영구지속할 수 있다는 믿음을 전제하고 있다. 바로 이와 같이 미분성과 순환성과 지속성을 특징으로 하는 무속적 사고가 이른바 원본사고(Archepattern)로서 민간사고의 바탕을 이루고 있는 것이다.33)

코스모스는 이승이고 카오스는 저승이다. 이승은 결핍과 분열의 세계고 저승은 충족과 미분의 세계다. 굿은 언제나 미분성의 '저쪽'을 지향한다. 시간과 공간과 존재가 분열된 바람직하지 않은 세계인 현재의 '이쪽'과 '여기'에서 바람직한 세계인 '과거' 혹은 '미래'와 '저기'와 '저쪽'을 지향한다.

3. 거리의 미학

1) 민간사고와 시적 상상력

무속은 민족국가가 형성되기 이전부터 존재해 오면서 외래사조를 수용하는 문화적 유형이자 심리적 본이 되었다. 그리하여 그것은 광범위하게 민중의 생활과 의식을 지배하면서 전통문화의 창조력으로 작용해 왔다. 앞에서 살펴본 바와 같이 무속은 굿으로 실현되고 굿의 핵심은 넋두

---

33) 김태곤, 앞의 책, 154~162쪽.

리다. 따라서 민족의 심상과 전통문화의 기저에서 작용하고 있는 창조적 힘의 하나는 한마디로 말해서 바로 넋두리의 어떤 힘이라고 말할 수 있을 것이다.

그렇다면 넋두리가 어떻게 기층 민중의 의식과 태도에 영향을 미치면서 민간사고의 바탕이 되었으며, 그것은 또 어떻게 창조적 힘으로 승화될 수 있는 계기를 가지게 되었는가. 그것이 문화적 창조의 힘으로 전환되기 위해서는 그 자체의 구조와 원리, 그리고 기능에 있어서 스스로 창조적 힘으로 전환될 수 있는 어떤 필연성을 지니고 있어야만 할 것이다. 이 점과 관련하여, 특히 넋두리가 어떻게 시적 창조의 힘으로 접맥될 수 있는가 하는 문제와 관련하여 다음의 인용문은 매우 유용한 하나의 단서를 제공하고 있어 주목된다.

> 「공수」란 그러므로 극히 개인적인 성격이나 생활체험에 따라서 많이 그 감정적 표현이 특수하게 채색되기도 하지만 그가 속하는 집단의 정신적 태도를 보편적으로 반영하는 것이기도 해서 공수를 주고 받고 하는 신인관계(神人關係) 속에 그 사회집단의 인간관계도 반영되고 있다고 보아야 한다.
>
> 그 시대의 인간관계가 굿에 있어서 신인관계를 규정짓느냐 그렇지 않으면 굿에 있어서의 신인관계가 그 시대 시대의 인간관계에 영향을 주어 특성을 결정하게 했느냐 하는 것은 쉽게 가려내기 어렵고 양쪽이 서로 영향을 주었으리라 생각된다. -(중략)- 그렇게 볼 때 굿에 있어서의 신과 인간, 그리고 인간과 인간과의 관계는 대인관계에서의 한국인의 체험의 「압축」이라는 형태를 나타낸다는 것을 알 수 있다.[34]

인용문의 요점은 무당이 하는 공수, 즉 넓은 의미의 넋두리 속에는 개

---

34) 이부영, 앞의 글, 92~93쪽.

인적 체험에 따르는 감정의 표현이 채색되어 있을 뿐만 아니라 그가 속하는 집단의 정신적 태도가 보편적으로 반영되어 있으며, 또 한편으로는 신인관계의 표현인 넋두리가 집단의 정신적 태도와 대인관계의 체험에 영향을 끼치고 있다는 말이다. 그래서 그것은 한마디로 '한국인의 체험의 압축'이라는 것이다.

넋두리가 '한국인의 체험의 압축'이라고 한다면 그것은 한국인의 보편적 정서와 사상을 가장 잘 표현해 내고 있는 전통적인 민간 화법이라고 할 수 있을 것이다. 굿판에서는 이 넋두리에 의해서 신과 인간, 그리고 인간과 인간이 서로 의미심장한 이야기를 주고받으며, 주객이 일체가 되는 공감의 체험 속에서 이른바 카타르시스라고 할 만한 감정의 정화를 겪게 된다. 주객일체가 되는 이 공감의 체험과 감정의 정화야말로 바로 시를 포함하여 모든 예술이 겨누고 있는 가장 핵심적인 기능의 하나가 아닌가.[35]

넋두리가 하나의 화법이듯이 시도 하나의 화법에 지나지 않는다. 넋두리의 화법과 시의 화법이 지닌 구조를 비교해 보면 넋두리가 어떻게 시와 접맥되고 있는가 하는 것을 쉽게 알 수 있다. 다음은 시의 화법이 지닌 구조를 나타낸 것이다.

---

35) 위의 글, 94쪽에서 이부영은 다음과 같이 말하고 있는데, 넋두리와 예술의 공감체험을 비교해 볼 수 있어 흥미롭다. "무속적 인간관─주객, 나와 너의 분명한 구별이 안 된 상태, 그러나 아주 맹목적인 것도 아니고 더러는 판별의식이 있는, 이를테면 「반의식적 정신상태」에서 오는 친밀한 감정적 관계를 말한다. 어떻게 보면 일종의 예술적 불분명성과 비슷하다. 그리고 그 내용은 굿거리에서 보는 신인관계에 잘 표현되고 있다."

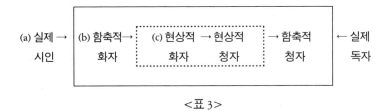

| (a) 실제 → | (b) 함축적→ | (c) 현상적 → 현상적 | → 함축적 | ← 실제 |
| 시인 | 화자 | 화자   청자 | 청자 | 독자 |

<표 3>

위의 <표 3>은 이미 앞에서 본 <표 1>의 넋두리 구조와 아주 흡사하다. 실제 시인과 실제 독자가 있는 (a)의 공간에 무당과 참가자를, 함축적 화자와 함축적 청자가 있는 (b)의 공간에 망아자와 기자 일반을, 현상적 화자와 현상적 청자가 있는 (c)의 공간에 빙의자와 기주를 대입해 놓고 보면 두 구조는 완전히 일치한다.

다만 굿이라는 텍스트는 굿판 전체의 행위를 가리키는 것이기 때문에 무당과 참가자가 모두 텍스트를 표시하는 실선 안에 포괄되는 반면에, 시의 텍스트는 직접적인 행위가 아니라 언어로 이루어지는 것이기 때문에 실제 시인과 실제 독자가 텍스트의 실선 밖에 존재한다는 점, 굿은 무당이나 참가자가 모두 화살표의 방향대로 (c)의 공간을 향하여 역동적으로 참여하면서 하나의 텍스트를 형성하고 있지만, 시는 화살표의 방향대로 실제 시인으로부터 함축적 청자에 이르기까지 일방적인 흐름을 보이고 있으며, 실제 독자가 시의 텍스트에 참여하고 있다는 점 등이 다르다. 그리고 서로 다른 점으로서 좀 더 중요하게 지적될 수 있는 것은, 굿에서 무당이 망아자로 전환될 때는 충동적 정동에 의해서지만, 시 창작에서 실제 시인이 화자로 전환될 때는 능동적 상상에 의해서 이루어진다는 점일 것이다.

넋두리와 시의 화법에서 발견되는 위와 같은 몇 가지의 차이에도 불구하고 양자는 다음과 같이 본질적으로 그 형성의 원리와 함축이 동일하다. 첫째, 무당이 굿을 하는 것은 평범하지 않은 긴박한 현상이나 문제를 해결하기 위해서인 것처럼, 시인이 시를 쓰는 것도 결국은 정신의 긴박한 현상이나 문제를 해결하기 위한 것이다. 이 경우 문제의 발견과 그것의 해소가 인식적 기능까지를 포함하고 있다는 것은 더 말할 나위가 없다. 둘째, 양자 모두 마음의 어떤 '맺힘'을 정동 혹은 정서의 환기에 의하여 드러내고, 그것을 감정에 호소하여 풀어내는 언어적 '풂'의 행위다. 셋째, 무당이 넋두리를 할 때는 자신의 개인적 체험과 감정의 영향을 받으면서 선택된 넋으로 전환되듯이, 시인도 시를 쓸 때는 일상적이고 현실적인 자아로부터 벗어나되 자신의 개인적 체험과 감정의 영향 밑에서 창조적으로 선택된 화자로 전환된다. 넷째, 두 화법이 모두 자기표현을 위주로 하는 독백의 형식이다.

이미 살펴본 <표 1>의 넋두리 구조 (A), (B), (C)의 상호관계와 의미는 또한 <표 3> 시의 화법에 나타나는 (a), (b), (c)의 공간의 그것과 완전히 일치한다. (a) → (b) → (c)의 순서에 따라, 현실지평과 현재시간으로부터 멀어지면서 과거, 혹은 미래라는 비현실적 공간으로 들어가게 되고, 의식 수준으로부터 무의식 수준으로 들어가게 되고, 사실적이고 객관적인 인식의 3인칭 세계로부터 감정적이고 주관적인 자기몰입의 1인칭 세계로 들어가게 된다. 물론 <표 3>에서 말하는 1인칭이니 3인칭이니 하는 용어는 <표 1>의 넋두리에서와는 달리 반드시 시작품 속에 실제로 1인칭 화자나 3인칭 화자가 위의 (a) → (b) → (c)와 같은 순서대로 나타남을 의미하는 것은 아니다. 그것은 대상에 대한 화자의 태도와 어조의 양상을 포괄적으로 뜻하는 것일 뿐이다. 그러므로 실제로 시작품 속에서는 1인칭 화자가 나오더라도 더러는 (b)의 공간에서처럼 현실에 대한 객관적 인식의 세계를 형상화할 수도 있고, (b)의 함축적 화자가 나오더라도 때로는 (c)의 자기몰입적 감정의 세계를 드러낼 수도 있다.[36] 이 점은 넋두리가 현장에서 직접 구술되는 반면에, 시의 화법은 보다 정교한 언어적 의장과 기교를 통해서 제작된다는 차이 때문에 나타나는 현상이라 할 수 있다.

위와 같이 두 화법의 구조와 원리를 비교해 본다면 넋두리가 아주 자연스럽게 시의 화법 속에 용해되어 들어갈 수 있는 가능성을 처음부터 지니고 있음을 알 수 있다. 넋두리가 가장 전형적으로 그리고 광범위하게 채용된 형식은 민요다. 특히 서정민요, 그리고 대부분의 부요婦謠가 이별, 비극적 사랑, 좌절 등의 한을 노래하고 있다는 것은 잘 알려진 바다. 이와 같은 전통적인 주제 자체가 필연적으로 넋두리의 형식을 요구하고 있는 것이다. 이러한 민요적 전통은 그대로 김소월의 시에 이어진다. 흔히 김소월을 국민시인이라고 부를 때 그것은 김소월의 시가 바로 민족의 보편적 정서인 한을 노래하고 있으며, 민요풍의 율조는 물론 시적 사고가 바로 넋두리에 보이는 민간사고를 바탕으로 하고 있기 때문이다.

지금까지 살펴본 넋두리의 여러 특성을 요약하면 다음과 같다. 첫째, 넋두리의 핵심적 내용은 한이며 그것을 감정에 호소한다. 둘째, 넋두리의 화자는 주로 여성이다.[37] 셋째, 화자는 과거의 넋에 빙의되어 현재와 현실을 부정하면서 본질적으로 과거를 지향한다. 넷째, 화자는 바람직하

---

36) 시작품들을 살펴보면 일반적으로 (b)의 공간에서는 함축적 화자가 등장하여 3인칭의 객관적 현실인식을 드러내고 있고, (c)의 공간에서는 1인칭의 현상적 화자가 등장하여 매우 주관인 감정의 세계를 드러내고 있다. 다시 말하면 (b)의 공간은 사실주의적 화법의 공간이고, (c)의 공간은 낭만주의적 화법의 공간이라 할 수 있다. 김소월의 시는 거의 (c)의 공간에서 이루어지고 있지만, 「산유화」, 「금잔디」 등과 같은 작품은 함축적 화자가 등장하여 비교적 (b)의 공간의 특징을 다소 보여주고 있다는 점에서 주목된다.

37) 제2장에서 설명한 바와 같이 무속신앙이 주로 여성 지지층에 의하여 지속되어 왔다는 점, 넋굿을 받는 망자가 남성일지라도 빙의된 사람은 무당인 여성이라는 점 등이 넋두리를 여성편향적인 화법으로 만드는 요소다.

지 않은 세계인 이승의 '여기'를 부정하고 바람직한 세계인 저승의 '저기'를 지향한다. 다섯째, 현실적 공간인 현재의 '여기'를 떠나서 비현실적 공간인 과거를 지향하기 때문에 현재적 지각은 몽롱하게 흐려지며, 말투는 현실적, 논리적인 맥락을 잃고, 미리 준비된 공식적이고 관용적인 어구를 그때그때의 상황에 맞추어 사용하거나 동어반복적인 독백체의 양상을 보인다.[38]

2) 순환적 시간과 하염없음

시의 구조와 의미는 화자의 성격과 그 어조에 전적으로 좌우된다고 말해도 과언이 아니다. 시작품을 읽는다는 것은 그 시작품 속에 창조된 화자가 말하고 있는 것을 듣는다는 것을 의미한다. 그러므로 화자의 개성과 성격을 파악한다는 것은 시해석의 가장 본질적인 관건이라 할 수 있다. 더구나 시적 자아의 개성과 감정이 미묘하게 채색되는 서정시의 경우는 화자의 파악이 무엇보다 우선적으로 요구된다.

여러 연구자들이 공통적으로 지적하고 있듯이 소월 시의 화자는 현재가 추방된 과거지향적 감정인 한을 토로하고 있다. 그런데 그 과거지향적 태도가 지나친 나머지 화자는 넋을 불러내는 무당이 되어 있다. 널리 알려진 「초혼」과 같은 작품은 말할 것도 없거니와 가령 다음과 같은 작품을 보더라도 그러한 사실은 쉽게 확인된다.

    그 누가 나를 헤내는 부르는 소리

---

38) 넋두리의 이러한 여러 특징들은 김소월의 시세계가 보여주는 특징과 그대로 일치하고 있다. 그리고 김소월 시의 이런 특징들은 지각현상의 특징을 제외하고는 그동안 여러 연구자들에 의해서 공통적으로 지적되어 왔다. 그러나 지금까지 그런 특징들이 어디서 연유된 것이며 전통성과 어떻게 관련되어 있는지 구체적으로 밝혀진 바가 없다.

불그스름한 언덕, 여기저기
돌무더기도 움직이며, 달빛에,
소리만 남은 노래 서러워 엉겨라
옛 조상들의 기록을 묻어둔 그 곳!
나는 두루 찾노라, 그곳에서!
형적없는 노래 흘러퍼져,
그림자 가득한 언덕으로 여기저기,
그 누가 나를 헤내는 부르는 소리
부르는 소리, 부르는 소리,
내 넋을 잡아 끌어 헤내는 부르는 소리.

－「무덤」

위의 시에서 화자는 달밤의 무덤 주위를 방황하고 있다. 그리고 무덤의 넋들이 여기저기서 자신을 부르는 소리를 듣고 있다. 넋들이 부르는 소리는 '소리만 남은 노래 서러워 엉겨라'에서처럼 서럽게 맺힌 한을 풀고자 하는 소리다. '돌무더기도 움직이며', '그림자 가득한 언덕' 등의 표현에 보이고 있듯이, 이 시적 공간은 혼령들과 그 신비한 주력呪力으로 인해서 이미 현실세계의 그것이라고는 볼 수가 없다. 한을 풀고자 하는 넋들이 여기저기서 움직이며 서럽게 하소연하고 있는 비현실적 공간인 것이다. 넋들의 소리를 들을 수 있고 그 소리에 공감하여 무엇인가 독백하고 있다면 그 사람은 바로 넋두리를 하고 있는 무당이라고 해야 할 것이다.

소월 시의 화자는 거의 이와 같이 과거의 넋에 빙의되어 있는 무당과 같은 특징을 지니고 있다. 넋두리는 본질적으로 현재의 부정과 과거의 지향이 만드는 화법이다. 이 시에서도 '옛 조상들의 기록을 묻어둔 그 곳'은 현재와 현실로부터 멀리 격절되어 있는 과거의 땅이다. 이와 같이 현재의 '여기'와 과거의 '저기' 사이에 놓여진 거리는 이 작품에서도 뚜렷이 부각되어 있는데, 바로 이 시간적 거리가 김소월 시에 보이는 여러 가지 독특한 미학을 낳고 있다.

시간적 거리는 현재를 기점으로 해서 과거나 미래의 지향을 가리킬 때 쓰는 말이다. 많은 연구자들이 소월 시에는 과거와 미래만 있을 뿐 현재는 없다고 말한다. 그런데 과연 그런 것인가. 과거와 현재와 미래라는 시간의 3분법은 일직선으로 뻗어나가는 선조적線條的 시간관, 혹은 종말론적 시간관을 전제한 것이다. 그러한 시간관은 근대의 합리적 시간관을 대표한다. 그런데 이와 같은 삼분법적인 합리적 시간관을 전제하고서 김소월의 시에 과거와 미래만 존재한다고 말할 수 있을까. 그렇게 말하기 위해서는 김소월의 시에 나타나는 미래가 선험성先驗性을 띠고 있어야만 한다. 그런데 「먼 후일」이나 「진달래꽃」 등에서 볼 수 있는 것처럼, 소월의 시에 나타나는 미래는 주술성을 띠고 있는 의례구조의 공간 속에서 나타날 뿐만 아니라, 그 미래의 의미가 새롭게 구성되는 선험성을 띠기보다 언제나 경험적 과거 자체를 지향하고 있다.[39] 다시 말해서 합리적이고 선조적인 시간관을 전제하고서 김소월의 시에 과거와 미래만 존재한다고 말하는 것은 논리의 모순이라는 말이다.

그렇다면 소월 시에 나타나는 과거와 미래는 어떻게 보아야 하는가. 소월 시에 보이는 과거와 미래는 무속적 원본사고, 혹은 그것을 바탕으로 하고 있는 민간사고의 순환적 시간관 위에서 성립되고 있다고 보아야 한다. 앞에서 설명한 바와 같이 원본사고는 존재의 원질에 대한 사고다. 존재의 원질은 카오스로 표현되는 미분성의 혼돈이며, 무시간, 무공간의 영원하고 무한한 전일성이며, 불가시적인 무형의 세계요 신의 세계인 저승이다. 그 반면에 존재의 원질인 카오스로부터 분화되어 나온 이승의 코스모스는 유한한 시간과 공간의 제약으로 인하여 모든 존재와 가치가

---

39) 졸고, 앞의 글, 13~16쪽.

분화 단절되고 대립 갈등을 일으키는 세계다. 다시 말하면 모든 고통과 불행은 미분성으로부터 시간과 공간이 분화되고, 그 시공의 제약에 의하여 모든 존재와 가치가 분화되면서 시작되는 것이다. 분화 단절된 가시적 세계는 유한하기 때문에 종말이 있고, 종말이 있으므로 그것은 다시 불가시적인 세계로 환원된다. 즉 불가시적 세계와 가시적 세계는 순환하며 지속된다.

원본사고의 이 순환성은 시간과 공간의 제약을 받지 않는 영혼의 불멸에 대한 믿음에 근거한 관념이다. 즉 인간은 영혼과 육체의 결합체인데, 유형존재인 육체는 시공적 제한 때문에 존재와 부재 사이를 넘나들지만 무형존재인 영혼은 영원히 지속될 수밖에 없다는 관념이 원본사고의 바탕이 된 것이다. 이 원본사고의 순환성 위에서 본다면 미분성의 저승은 무공간 무시간의 세계이기 때문에 단절과 갈등이 없는 완전하고 행복한 세계일 수밖에 없고, 미분성으로부터 분화되어 나온 이승은 시공의 제약 때문에 단절과 갈등으로 불행할 수밖에 없는 세계다. 그래서 이승의 불행을 소거하고 미분성의 원질로부터 다시 재생되고자 하는 상징적 행위가 굿으로 표현된 것이다.

이와 같은 원본사고에서 현재는 필연적으로 부정될 수밖에 없다. 긍정적인 시간은 오직 존재가 분화되기 이전의 과거뿐이다.

미분의 세계 카오스 과거(긍정적)	→ ←	분화의 세계 코스모스 현재(부정적)

<표 4>

위의 도표는, 분화된 세계에서 대립 갈등을 이루고 있는 존재와 가치

는 미분성이라는 동일근원성을 지니고 있어서 언제나 미분의 세계에 환원되어 상호 교체될 수 있기 때문에 그 순환의 가능성은 점선으로 표시되고, 그 순환성으로 말미암아 두 세계가 결국 하나의 폐쇄적 순환체계를 이루고 있기 때문에 전체는 실선으로 표시되고 있음을 보여준다. 원본사고의 시간관 위에서는 긍정적인 과거와 부정적인 현재뿐이다. 두 세계와 시간은 상호 순환의 관계에 있다. 현재의 시점에서 어떤 상태를 지향하고자 한다는 의미에서 보면 미래라고 할 수 있지만, 그 미래의 실체는 과거일 뿐이다. 원본사고 혹은 민간사고의 이러한 시간양상을 좀 더 정확히 표현한다면 부정적인 현재의 시간에서 지향하는 '과거적 미래'와 '미래적 과거'가 있을 뿐이라고 해야 할 것이다. 즉 과거는 관점에 따라, 선조적 시간관의 미래에 해당하는 '과거적 미래', 과거에 해당하는 '미래적 과거' 두 가지로 나누어진다.

  김소월의 시에 나타난 시간은 선조적 시간관의 과거나 미래가 아니라, 원본사고의 폐쇄적 순환성의 시간인 과거적 미래와 미래적 과거라고 해야 한다.[40] 이렇게 보아야만 「먼 후일」이나 「진달래꽃」에 나타난 미래의 의미가 바르게 이해되는 것이다. 그리고 이러한 시간의 폐쇄적 순환성이 소월 시에 나타난 퇴영적 현실도피, 허무주의, 자족적 슬픔 등을 만든다는 것도 알 수 있다. 그러나 원본사고의 순환적 시간과 삶의 폐쇄성

---

40) 김소월이 원본사고의 시간관을 지니고 있었다고 하는 것은 그의 유일한 시론인 「시혼」에서 다음과 같이 영혼불멸설을 주장하고 있다는 사실이 입증한다. "우리에게는 우리의 몸보다도 맘보다도 더욱 우리에게 각자의 그림자같이 가깝고 각자에게 있는 그림자같이 반듯한 각자의 영혼이 있습니다. −(중략)− 영혼은 절대로 완전한 영원의 존재며 불변의 성형입니다. 예술로 표현된 영혼은 그 자신의 예술에서, 사업과 행적에서 표현된 영혼은 그 자신의 사업과 행적에서 그의 첫 형체대로 끝까지 남아 있을 것입니다. 따라서 시혼도 산과도 같으며 가람과도 같으며 달 또는 별과도 같다고 할 수 있으나, 시혼 역시 본체는 영혼 그것이기 때문에 그들보다도 오히려 그는 영원의 존재며 불변의 성형일 것은 물론입니다."

을 보다 상식적이고 현실적인 차원에서, 그리고 선조적 시간관 위에서 굳이 설명한다면 다음과 같이 이야기할 수도 있을 것이다.

　「먼 후일」과 「진달래꽃」의 분석에서 알 수 있듯이, 소월시에 나타난 미래는 참다운 미래가 아니라 비실체적인 미래라고 할 수 있는데, 그 비실체적인 미래도 강력한 주술성을 띠고 있는 의례구조의 공간 속에서만 나타난다는 사실이 주목된다. 그것은 그만큼 미래적 전망이 단절된 삶의 폐쇄성을 드러내고 있는 것이라고 말할 수 있는 것이지만, 한편으로 그 의례구조의 공간에 나타난 미래의 의미가 새롭게 구성되는 선험성을 띠기보다는 언제나 경험적 과거 자체를 지향하고 있다는 것은 무엇을 뜻하는 것일까. ―(중략)― 미지성(未知性)이 기지성(旣知性)에 의해서 규정되고 과거가 미래의 통각의 기초가 된다는 것과, 미래의 공간 속에 과거 자체를 복원한다는 것은 대단히 중요한 차이가 있다. 전자는 의식의 능동성을 전제하는 것이지만, 후자는 의식의 수동성이 드러내는 자기반복적 순환성을 뜻하는 것이기 때문이다. 이런 의미에서 소월시에 나타난 기대로서의 미래는 미래의 공간에 정확하게 반조된 과거의 회상이 된다. 그리고 같은 의미에서 과거의 회상은 과거의 공간에 정확하게 반조된 미래의 기대가 된다. 반조된 회상의 미래와 반조된 기대의 과거라는 기묘한 폐쇄적 순환성이 바로 소월시의 특질을 나타내는 시간현상인 것이다.[41]

　위의 인용문과 같이, 순환적 시간관의 과거적 미래는 '반조된 회상'으로, 미래적 과거는 '반조된 기대'로 바꾸어 말할 수도 있는 것이다.
　그런데 시간은 공간과 분리될 수 있는 것이 아니다. '저쪽'의 과거를 지향하는 시간적 거리는 공간적 거리와 표리를 이루고 있다. 가령 다음의 시를 보자.

---

41) 졸고, 앞의 글, 16쪽.

퍼르스럿한 달은, 성황당의
군데군데 헐어진 담 모도리에
우둑히 걸리었고, 바위 위의
가마귀 한 쌍, 바람에 나래를 펴라

엉기한 무덤들은 들먹거리며,
눈 녹아 황토 드러난 멧기슭의,
여기라, 거리 불빛도 떨어져나와,
집짓고 들었노라, 오오 가슴이여

세상은 무덤보다도 다시 멀고
눈물은 물보다도 더더움이 없어라
오오 가슴이여, 모닥불 피어오르는
내 한세상 마당가의 가을도 갔어라

그러나 나는, 오히려 나는
소리를 들어라 눈석이물이 씨거리는
땅 위에 누워서, 밤마다 누워
담 모도리에 걸린 달을 내가 또 봄으로.

—「찬 저녁」

　이 시에서도 역시 화자는 무당처럼 멧기슭의 무덤가에서 넋들의 소리
를 듣고 있다. '집짓고 들었노라, 오오 가슴이여', '땅 위에 누워서, 밤마다
누워' 등의 구절로 볼 때, 화자는 살아 있는 사람이라기보다 이미 무덤 속
의 죽은 이의 넋이 되어 있다. 다시 말하면 화자는 과거의 넋에 빙의되어
있는 것이다. 화자가 과거의 넋으로서 세상을 바라볼 때, '세상은 무덤보
다도 다시 멀고'라는 인식이 발생하는 것은 아주 당연한 일이다. 현재와
과거의 시간적 거리는 이와 같이 공간적 거리와 짝을 이루고 있다. 이 시

에서는 '거리 불빛도 떨어져나와'라고 공간적 거리감이 명시되어 있는데, 이러한 공간적 거리는 「초혼」, 「구름」, 「옷과 밥과 자유」 등에서도 '떨어져나가 앉은 산', '하늘과 땅 사이', '저기 저' 등으로 다양하게 제시되어 있는 것을 볼 수 있다.

그런데 공간적 거리는 소월의 시에서 두 가지 양상으로 나타난다. 하나는 위의 시 구절, '세상은 무덤보다도 다시 멀고'에서 보는 것처럼, 과거라는 넋의 공간에서 현실세계를 바라볼 때의 아득한 거리감이고, 또 하나는 「산유화」의 '저만치'라는 표현에서 볼 수 있는 것처럼, 분화 단절된 현실세계에서 저쪽의 미분적인 초월의 세계를 바라볼 때 발생하는 거리감이다.[42] 이 공간적 거리는 앞의 <표 1>과 <표 3>에서 A(a)와 C(c)의 거리에 해당되는 것이고, 한편으로는 의식과 무의식, 그리고 현실과 꿈의 거리에 대응되는 것이라고 할 수도 있을 것이다.

과거의 넋에 사로잡힌, 즉 과거지향적인 화자가 이쪽의 현실에서 저쪽의 초월세계를 바라보거나, 저쪽의 과거의 꿈속에서 이쪽의 현실을 바라보거나 간에 거기에서 발생하는 거리감은 아주 특이한 지각현상을 낳게 되는데, 그것이 바로 '시름없음' 혹은 '하염없음'의 정서다. 과거의 넋에 사로잡힌 화자가 바라보는 현재의 세계는 멀고 불투명하게 느껴질 수밖에 없다. 다시 말하면 화자는 과거에 의식의 초점을 두고 있으므로 현재의 세계는 그만큼 흐려지면서, 의식은 세계를 규정하는 능동성을 상실하고 마치 거울과 같은 의식의 수동성을 보이게 되는 것이다. 의식의 초점에 의해서 현재의 지각이 발생하고, 현재의 지각에 의해서 세계의 의미가 능동적으로 구성된다고 한다면, 현재시간에 의식의 초점이 없는 상태

---

42) 「산유화」의 '저만치'라는 표현은 이와 달리 과거의 넋에 사로잡힌 화자가 자신과 무관하게 저쪽에서 흘러가는 현실의 자연세계를 바라볼 때 느끼는 거리감으로도 볼 수 있다.

는 얼빠진 상태, 즉 넋이 나간 상태라 할 수 있다. 다시 말하면 넋은 과거에 있지 현재시간에 있는 것이 아니다. 이와 같이 의식의 초점이 능동적으로 현재의 지각을 구성하지 못하고, 초점 없는 의식의 수동성이 마치 거울처럼 외계의 사물을 무심하게 반영하는 상태가 바로 '하염없음'의 태도다. 바꾸어 말해서 현재의 넋이 나가고 과거의 넋에 사로잡혀서 중얼거리는 말을 넋두리라고 하므로 하염없음은 또한 넋두리의 상태이기도 한 것이다.

소월의 시에는 하염없음의 태도, 혹은 그 정서가 일관되게 나타나고 있는데, 가령 다음의 시를 보자.

> 마소의 무리와 사람들은 돌아들고, 적적한 빈 들에
> 엉머구리 소리 우거져라.
> 푸른 하늘은 더욱 낮추, 먼 산비탈길 어둔데
> 우뚝우뚝 드높은 나무, 잘 새도 깃들여라.
>
> 볼수록 넓은 벌의
> 물빛을 물끄러미 들여다보며
> 고개 수그리고 박은 듯이 홀로 서서
> 긴 한숨을 짓느냐, 왜 이다지!
>
> 온 것을 아주 잊었어라, 깊은 밤 에서 함께
> 몸이 생각에 가비엽고, 맘이 더 높이 떠오를 때
> 문득, 멀지 않은 갈숲 새로
> 별빛이 솟구어라.
>
> — 「저녁 때」

이 시는 제2연에 지각현상을 특징짓는 화자의 태도 하염없음이 아주 잘 드러나 있다. '물끄러미'라는 부사는 바로 '하염없이'와 같은 뜻의 말이다. '고개 수그리고 박은 듯이 홀로 서' 있는 것도 하염없기는 마찬가지다. 화자가 '긴 한숨'을 지으며 박은 듯이 홀로 서 있는 까닭은 현재의 세계에 대한 지각을 능동적으로 구성하지 못하고 과거에 사로잡힌 의식이 정체성을 보이고 있기 때문이다. 하염없음에 맞닿아 있는 세계, 즉 수동적으로 반영된 세계의 심상들은 마소의 무리들, 사람들, 빈 들, 엉머구리 소리, 푸른 하늘, 산 비탈길, 나무, 잘 새 등으로 나타나 있다. 능동적인 의식의 지향적 관심에 의해서 대상들이 일정한 의미로 규정될 때만이 참된 지각은 형성된다. 그런데 여기 열거된 대상들은 어떤 관심, 즉 가치의 원근법에 의해서 규정된 것이 아니라, 마치 현상학적 판단정지에 의하여 기술된 것처럼 가치중립적이고 평면적이다. 그것들은 객관적 세계에 저만치 떨어져 무표정하게 존재하고 있을 뿐이다. 이와 같은 심상들이 수동적 의식에 반영될 때, 그 심상들은 무심한 경물景物로 떠오르게 마련이다. 위의 시는 하염없는 수동적 의식에 하염없는 경물들이 어떻게 반영되고 있는지 잘 보여주고 있다.

소월의 모든 시는 거의 예외 없이 이와 같은 넋두리의 하염없음을 보여주고 있는데, 그것을 명시적으로 가리키는 어휘를 사용하고 있는 것만도 헤아릴 수 없이 많다. 잡히는 대로 몇 가지만 들어본다.

> 외로움에 아픔에 다만 혼자서
> <u>하염없는</u> 눈물에 저는 웁니다.
>
> ―「옛이야기」

> 나의 <u>하염없는</u> 쓸쓸한 많은 날은
> 너와 한가지로 지나가리.
>
> ―「담배」

달 아래 <u>싀멋없이</u> 섰던 그 여자
서 있던 그 여자의 헷슥한 얼골

—「기억」

<u>우둑키</u> 문어귀에 혼자 섰으면
흰 눈의 잎사귀, 지연이 뜬다.

—「지연」

나는 혼자 거울에 얼골을 묻고
<u>뜻없이</u> <u>생각없이</u> 들여다보노라.

—「황촉불」

보라 때에 길손도 머뭇거리며
<u>지향없이</u> 갈 발이 곳을 몰라라.

—「오는 봄」

위와 같은 하염없음은 일정한 테두리를 맴돌고 있는 의식의 정체성 때문에 어조에 있어서 반복의 원리를 낳게 된다. 반복의 원리는 형태, 의미, 이미지 등의 단순한 되풀이, 또는 변화의 굴절과 비교, 대조 등을 통해서 나타나게 되며, 또한 자동적인 공식적 어구나 관습적 표현의 빈번한 사용을 통해서도 나타난다.[43] 김소월의 시에서 이러한 반복의 원리는 그의 정형적 율조와 아울러 가장 중요한 시작의 기법이 되고 있는데, 이 반복어법도 넋두리의 한 특징임은 위에서 말한 대로다.

---

43) 김소월 시의 반복원리가 민요와 넋두리에 관련되고 있음은 위의 졸고 36~40쪽을 참고할 것.

3) 집과 여성

　김소월의 시는 몇 편을 제외하고서는 거의 대부분의 작품이 여성화자
를 채용하고 있다. 이런 현상은 김영랑이나 한용운 등의 시에서도 마찬
가지다. 흔히 이를 두고 여성편향성이라고 지적하고 있는데, 문제는 그
와 같은 여성편향성이 어떻게 해서 한국의 전통적 서정시의 주류를 이루
고 있는가 하는 것이다.

　여성편향성이 어떻게 전통성과 관련되고 있으며, 또 그것이 어떻게 일
제 식민주의 시대의 여러 대표적 시인들의 작품에 공통적으로 나타나게
되었는가 하는 것은 이미 무속과 여성의 관계를 설명하면서 어느 정도
암시한 바 있다. 무당은 거의가 여성이고, 더러 남성일지라도 그들은 예
외 없이 여성적 특징을 강조하고 있으며, 그들에 의해서 명맥이 유지되
는 무속은 또한 주로 여성들에 의해서 지지되어 왔다. 그리고 한은 남성
보다 약한 위치에 있는 여성들이 더 많이 가질 수밖에 없으며, 그러한 여
성의 한은 더욱 조선조의 유교적 이념에 의해서 심화되었다. 그래서 한
을 푸는 굿의 넋두리는 자연스럽게 여성적 화법이 될 수밖에 없었다.

　넋두리의 여성적 화법이 좀 더 세련된 양식으로 변용되면서 출현하는
것이 서정민요라 할 수 있다. 이들 민요에서 여성화자가 드러내고 있는
주된 내용은 시집살이의 어려움, 현실의 고통, 이별의 한 등이며, 또한 동
시에 이러한 억압적 삶의 고통이 해소된 고향과 집에 대한 그리움이다.
앞에서 설명한 바 있지만 남성과 달리 여성은 제 집과 고향을 떠나야만
하는 불안한 존재다. 대부분의 민요는 궁극적으로 제 집과 고향을 상실
했기 때문에 비롯되는 온갖 삶의 고통과 한을 노래하고 있다. 바로 이 지
점에서 집과 고향을 상실한 자의 억압받는 삶의 고통은 일제 식민주의
시대에 나라를 잃은 자의 슬픔과 삶의 고통으로 이어지면서 여성적 화법

은 상당한 정도로 일반화된다. 즉 넋두리는 한을 토로하는 보편적 민간 화법으로서 민요를 거쳐서 현대시에까지 이르고 있는 것이다.[44]

여타의 시인들이 슬픔과 한을 효과적으로 토로하기 위해서 단순히 민간화법의 한 요소라 할 수 있는 여성화자를 원용하고 있다면, 이에 비해서 김소월의 경우는 당대의 고통스러운 삶을 노래하되 온전히 전통적인 넋두리의 양식을 그대로 밀고 나아갔다는 점이 다르다. 그의 시 속에는 넋두리의 여성화법뿐만이 아니라, 그 화법이 발원된 고대적 삶의 의미와 정서가 고스란히 채색되어 있는 것이다.

앞서 부락제의 이중조직에 대해서 설명한 바와 같이 전통적으로 여성들은 집과 마을이라는 이중원 안에 갇혀서 생활해야만 했다. 집은 모태적母胎的 안식과 평화를 상징한다. 그리고 그 집이 확대된 것이 마을이요 고향이다. 그런데 집과 마을의 안에서만 생활하던 여성들은 출가를 맞이해서 본래의 집과 마을을 벗어나 밖으로 내몰리지 않으면 안 되었다. 그리고 밖에 있는 또 하나의 집과 마을, 즉 시집살이가 비롯되는 시가와 시가의 낯선 마을이라는 이중원 속에 다시 갇혀서 살아갈 수밖에 없었던 것이다. 이 경우 시가는 안식과 평화가 처음부터 보장된 곳이라기보다 뿌리 뽑혀진 불안과 고통을 주는 곳이다. 시가와 시가의 마을은 여성에게 이화감을 주는 가숙假宿 같은 느낌, 행려行旅의 고혼孤魂으로 떠도는 듯한 느낌을 주는 곳이다. 이렇게 볼 때 여성은 무의식의 깊은 곳에 고향상실 의식과 행려의식을 원초적으로 지니고 있다고 보아야 할 것이다.

---

44) 이부영은 앞의 「사령의 무속적 치료에 대한 분석심리학적 연구」, 83쪽에서 무조 바리공주를 다음과 같이 설명하고 있는데, 바리공주와 넋두리의 여성화자를 크게는 하나의 범주로 볼 수 있기 때문에 여성화자의 의미를 보다 심화 확대하여 이해할 수 있다는 점에서 주목된다. "바리공주는 전통적 남성본위의 사회의식에 의하여 버림받은 민족의 영혼(Seele, Anima)이라 할 수 있다. 이와 같은 인습적 통념과 결별하고 오랜 고통을 극복하여 병들고 죽은 인습적 관념을 탈피하여 이른바 집단의식을 새롭게 신생시키는 능력을 얻은 것이다. 병들고 죽은 국왕은 바로 이와 같은 인습적 집단의식의 상징이다."

밖에 있는 또 하나의 집과 마을에 갇혀 있는 여성은 모태적 평화와 안식을 주던 본래의 집과 마을, 즉 원초적 의미의 고향을 동경하고 그리워한다. 다시 말하면 현재의 가숙에서 과거의 고향을 꿈꾸는 것이다. 가숙은 본래 밖에 존재했던 것이므로 그것은 진정한 집과 마을의 안이 아니라 끝내 낯선 타관이요 밖일 뿐이다.

> 집뒷산 솔버섯
> 다투던 동무야
> 어느뉘 가문에
> 시집을 갔느냐.
>
> 공중에 뜬새도
> 의지가 있건만
> 이몸은 팔베개
> 뜬풀로 돌지요.
>
> ―「팔베개 노래」

화자는 뿌리가 뽑혀진 '뜬 풀'의 신세가 되어 고향의 옛 동무를 그리워하고 있다. 그리고 공중을 나는 새도 의지하는 집이 있는데 자신은 의지할 집을 잃고 떠돌고 있다고 탄식한다. 진정한 안식처가 될 수 없는 현재의 가숙을 '이몸은 팔베개'라는 간명한 표현이 아주 잘 드러내 주고 있다.

> 떠도는 몸이거든
> 고향이 탓이 되어
> 부모님 기억 동생들 생각
> 꿈에라도 항상 그곳서 뵈웁니다

고향이 마음속에 있습니까
마음속에 고향도 있습니다
제 넋이 고향에 있습니까
고향에도 제 넋이 있습니다

마음에 있으니까 꿈에 뵈지요
꿈에 보는 고향이 그립습니다
그곳에 넋이 있어 꿈에 가지요
꿈에 가는 고향이 그립습니다.

— 「고향」

떠도는 몸은 현재의 가숙에서 팔베개로 지내는 고단한 신세일 수밖에
없다. 그래서 '제 넋이 고향에 있습니까 / 고향에도 제 넋이 있습니다'와
같은 자문자답의 넋두리가 보여주고 있듯이 화자는 과거의 고향에 사로
잡혀 있다. 가숙과 고향, 현재와 과거, 몸과 마음이 뛰어넘을 수 없는 거
리를 사이에 두고 분열되어 있는 한 화자는 일정한 테두리를 맴돌면서
넋두리를 할 수밖에 없는 것이다. 그리고 고향을 그리워하는 한 그는 언
제나 길 위에서 떠돈다.

「젊어서 꽃같은 오늘날로
금의로 환고향하옵소서.」
객선만 중중─떠나간다
사면에 백여 리, 나 어찌 갈까

— 「집생각」

삭주구성은 산너머
먼 육천 리
가끔가끔 꿈에는 사오천 리

가다 오다 돌아오는 길이겠지요

-「삭주구성」

앞 강물, 뒷 강물,
흐르는 물은
어서 따라오라고 따라가자고
흘러도 연달아 흐릅디다려.

-「가는 길」

여보소 공중에
저 기러기
열십자 복판에 내가 섰소.

갈래갈래 갈린 길
길이라도
내게 바이 갈 길은 하나 없소.

-「길」

 소월의 어떤 시편을 보더라도 위와 같이 길의 이미지는 쉽게 발견된다. 길은 정처에 이르는 과정이므로 그것은 늘 한 곳에 멈추어 있지 못하고 어디론가 흐르고 있다. 길의 흐름은 무엇이든지 뿌리를 내리지 못하게 하여 떠돌게 만든다. 그런데 아무리 길 위를 떠돌고 헤매어도 정처인 집과 고향에 도달할 수가 없다. 화자가 그리워하는 집과 고향은 너무나 멀리 떨어져 있는 것이다. 소월의 시에 널리 나타나는 공간적 거리감은 위의 작품들에서 좀 더 구체적인 거리로 표시되고 있는데, 그러나 '사면에 백여 리', '먼 육천 리', '꿈에는 사오천 리' 등등의 거리는 도달할 수 없는 절망적인 관념이나 유폐감의 거리일 뿐 실제의 거리가 아니다.

 다시 말하거니와 화자는 밖에 있는 현재의 가숙, 즉 시가와 시가의 마을이라는 이중원 속에 갇혀 있다. 이중원 속에 갇혀 있지만, 그 이중원은 가숙이라는 점에서 진정한 정처가 아니라 거칠고 낯선 밖의 길일 뿐이다. 그 이중원 안에 갇혀서 본래의 정처인 고향의 막혀있는 이중원을 바라볼 때, 그 막막한 거리와 격절감은 그야말로 산첩첩 물첩첩이다. 다음의 시는 이러한 절망감을 잘 드러내고 있다.

> 삼수갑산 내 왜 왔노 삼수갑산이 어디뇨
> 오고나니 기험타 아하 물도 많고 산 첩첩이라 아하하
>
> 내 고향을 도로 가자 내 고향을 내 못 가네
> 삼수갑산 멀더라 아하 촉도지난 예로구나 아하하
>
> 삼수갑산이 어디뇨 내가 오고 내 못 가네
> 불귀로다 내 고향 아하 새가 되면 떠가리라 아하하
>
> 님 계신 곳 내 고향을 내 못 가네 내 못 가네
> 오다가다 야속타 아하 삼수갑산 날 가두었네 아하하
>
> 내 고향을 가고지고 오호 삼수갑산 날 가두었네
> 불귀로다 내 몸이야 아하 삼수갑산 못 벗어난다 아하하
>
> ─「삼수갑산」

화자는 삼수갑산에 갇혀서 '내 고향을 가고지고' 하지만, 고향에 돌아갈 수 없음을 누구보다 그 자신이 더 잘 알고 있다. '불귀로다 내 몸이야 아하 삼수갑산 못 벗어난다'에서 보이는 것처럼, 화자는 몸과 넋이 분열되어 있다. 몸은 삼수갑산에 갇혀 있고 넋은 고향에 가 있다. 다시 말하면 몸은 타관의 길 위를 떠돌고 있지만 넋은 언제나 고향을 꿈꾸고 있는 것

이다. 고향으로 가는 길은 오직 꿈밖에 없다. 그래서 소월은 「꿈」에서 '꿈? 영靈의 해적임. 설움의 고향'이라고 쓰고 있다.

소월의 시에 나타나고 있는 공간적 거리는 일차적으로 님, 집, 고향 등에 돌아갈 수 없는 회복불능의 절망적인 격절감의 표현이요, 불가항력적인 현재적 상황의 유폐감에 대한 표현이다. 그리고 이러한 상실의식은 또한 소월 당대의 국권상실의 표현이기도 하다. 그러나 그 절망적인 거리감이나 귀향불가능성은 근원적으로 저 원초적 과거의 미분성에 대한 향수를 바탕에 깔고 있는 것이다. 민간의 원본사고에 젖어 있는 무의식과 꿈의 차원에서 원초적 과거인 미분성의 세계는 순환의 논리에 따라 회복 가능한 것으로 꿈꾸어지지만, 현실의 몸과 의식의 차원에서는 그것은 한낱 꿈일 뿐이다. 몸과 마음이 어긋나 있고, 의식과 무의식이 갈등을 일으키고 있으며, 현재와 과거가 단절되어 있는 것이다. 단절과 갈등은 일정한 방향으로 나아가는 선택을 불가능하게 하고, 방향이 선택되지 않으면 의식은 한 지점을 맴돌 수밖에 없게 된다. 뒤로도 앞으로도 나아가지 못하고 한 곳을 맴돌게 될 때, 바로 거기서 한이 발생하고 넋두리가 생긴다.

4. 넋두리의 한계와 바리공주 무가

지금까지 넋굿의 넋두리와 김소월의 시를 비교하면서 전통적인 민간의 사고와 상상력이 어떻게 현대시에 드러나고 있는지 살펴보았다. 논의한 결과를 요약하면 대개 다음과 같다.

첫째, 넋두리는 한을 푸는 화법으로서 감정에 호소하는 것인데, 소월의 시도 한을 노래하고 있으며 주로 주관적인 감정을 표출하고 있다.

둘째, 넋두리는 여성화자의 화법이라 할 수 있는데, 소월의 대부분의 시는 여성화자가 등장하고 있다.

셋째, 넋두리와 시의 화법은 그 구조와 원리가 본질적으로 동일하다고 할 수 있는데, 다만 전자는 직접적인 행위로 이루어지는 반면에 후자는 언어로 이루어진다는 점이 다르다.

넷째, 넋두리는 현재를 부정하고 과거의 넋에 빙의되어 한을 토로하는데, 김소월의 시도 한을 노래하되 현재를 부정하면서 과거를 지향하고 있다. 그리고 과거지향은 시간적 거리를 낳게 되는데, 거기에서 발생하는 과거와 미래는 민간사고의 순환적 시간관에 의해서 '미래적 과거'와 '과거적 미래'라고 할 수 있다.

다섯째, 넋두리는 현재의 '여기'인 분화의 세계를 부정하고 원초적 과거인 '저기'의 미분의 세계를 지향하고 있는데, 그러한 양상은 김소월의 시에서도 마찬가지로 나타난다. 그리고 이와 같은 미분성의 지향은 소월 시의 특징의 하나인 공간적 거리감을 낳게 된다.

여섯째, 넋두리는 현재의 지각에 초점이 없으므로 '하염없음'의 태도와 정서가 발생하게 되는데, 이 점은 김소월의 시에서도 아주 전형적으로 드러나 있다.

일곱째, 넋두리의 화법은 반복원리를 특징으로 지니고 있는데, 김소월의 시도 동일한 양상을 보이고 있다.

위와 같이 넋두리와 김소월의 시가 여러 면에서 일치하고 있는 점을 생각한다면 넋두리의 한계는 또한 소월 시의 한계로 지적될 수 있을 것이다. 그렇다면 넋두리의 한계는 무엇인가. 첫째, 넋두리는 본질적으로 개인의 슬픔과 고통이라는 한의 범위를 벗어나지 못하고 있다는 점이다. 즉 그것은 개인의 영구지속의 소원과 긴밀하게 관련되어 있는 반면에 사회적 공동체로 나아가는 보다 넓은 통로는 매우 협소하게 제한되어 있다. 그러기 때문에 넋두리는 능동적이고 적극적으로 그 슬픔과 고통을 극복 지양하려고 하기보다는 소극적이고 수동적으로 원초적 과거의 미분성에 회귀하려고 하는 것이다. 둘째, 넋두리는 원본사고의 폐쇄적 순환체계 때문에 한을 완전히 해결하지 못하고 계속적으로 반복되는 속성을 지니고 있다는 점이다. 여러 논자들이 김소월의 시가 개인주의의 한계를 벗어나지 못하고 있으며 자족적 슬픔을 보이고 있다고 말하는 것은 바로 이와 같은 넋두리의 한계에서 비롯되는 것이라 할 수 있다.

보편적 민간화법인 넋두리가 부정적인 그 한계를 넘어서기 위해서는 개인적인 공간으로부터 사회적인 공간으로 나아갈 수 있는 통로를 보다 넓게 열어 놓아야 할 것이다. 그런데 이 점과 관련하여 주목되는 것은 실제의 넋굿을 보면 넋두리의 사적 공간이 보다 넓은 공적 공간으로 열려 있다는 점이다. 넋굿이 실행되는 제차를 살펴보면 망자의 넋두리를 하기 전후에 바리공주 무가를 구송하게 되는데, 바리공주는 개인의 고통을 극복하여 집단을 새롭게 태어나게 하는 상징적 인물이다. 따라서 넋두리의 개인적인 고통의 영역이 집단적인 고통의 영역으로 확장되고, 인간적이고 개인적인 고통이 신적이고 우주적인 고통으로 지양될 수 있는 가능성이 넋굿의 제차 속에 이미 마련되어 있다고 볼 수 있다.

넋굿의 넋두리와 무가는 본질적으로 동공이곡이라 할 수 있는 것이다. 이런 점에서 바리공주 무가는 넋두리의 전통성의 계승이라는 관점에서 여러 모로 주목되어야 할 가치가 있다고 본다.

제2부

윤동주의 시

모순의 인식과 내면화

1. 실존적 자기응시의 내면공간

식민지 시대의 암흑기에 시인 윤동주(1917~1945)는 외지인 만주 북간도 명동촌明東村을 육신의 고향으로 삼고 태어나 적지인 일본의 큐우슈우九州 후쿠오카福岡 감옥에서 29세라는 더없이 짧고 순결한 생애를 마쳤다. 바꾸어 말하면 처음부터 영혼의 고향을 빼앗긴 채, 그리고 그의 한 시 구절의 표현처럼 '손들어 표할 하늘도 없는' 극한적인 생존의 상황 속에서 삶을 마친 것이다. 이러한 그의 비극적이고도 상징적인 삶은 1948년 그의 유고시집 『하늘과 바람과 별과 시』가 묶여진 이래 대소 백여 편의 연구논문이 바쳐졌음에도 불구하고 아직도 압도적으로 다가오는 그 선시적先詩的인 심각성과 비극미 때문에 많은 연구자의 학문적 탐색과 호기심의 마르지 않는 원천이 되고 있다.

지금까지 윤동주에 관한 논의는 대체로 두 가지 양상을 띠고 나타났다. 첫째는 그의 시를 저항시로 규정하는 태도이고,[1] 둘째는 순수한 내면적 인간의 고뇌로 이해하려는 입장이다.[2]

우선 저항시로 이해하려는 논거는 크게 보아 세 가지로 압축된다. 첫째는 윤동주가 생장한 가정 · 교육환경과 간도라는 특수한 역사적 공간이 지니고 있는 정신적 토양이다. 여러 논자들이 주목하는 바와 같이 윤동주는 기독교 장로인 할아버지 윤하현(1875~1947)과 외삼촌이 되는 독립운동가이며 교육자인 규암 김약연(1862~1942) 선생의 영향을 깊이 받으면서 자랐다고 한다. 당시의 기독교화 운동이 직접 간접으로 민족운동과 연계되어 있음을 상기한다면 간도지방에서 신문화를 도입하고 교육과 구국운동에 앞장섰던 이 두 사람의 영향과 함께 기독교 계통의 학교에서만 수학했던 윤동주의 교육환경은 그의 문학을 이해하는 데 있어서 쉽사리 비켜갈 수 없는 요소로 작용한다고 볼 수 있다. 더구나 그가 태어난 명동촌이 당시 선각자들이 이주해 들어오면서 종교와 교육, 그리고 독립운동의 중심지가 되어 있었다는 사실은 윤동주의 정신 속에서 저항적 요소를 읽어내고자 하는 사람들의 확고한 심정적 근거가 되고 있다. 이와 같이 간도가 지니고 있는 민족주의적 정신토양은 다음과 같은 '간민교육회'에 대한 설명서에서 단적으로 증언된다.

---

1) 이러한 입장의 대표적인 것들을 몇 가지 든다면 다음과 같다. 이상비, 「시대와 시의 자세―윤동주론」, ≪자유문학≫(1960.11.12); 백철, 「암흑기 하늘의 별」, 『하늘과 바람과 별과 시』(정음사, 1968), 199~200쪽; 김윤식 · 김현, 『한국문학사』(민음사, 1974), 207~209쪽; 김우종, 「암흑기 최후의 별」, ≪문학사상≫(1976.4), 188~196쪽; 염무웅, 「시와 행동」, ≪나라사랑≫ 23집(1976년 여름호), 56~68쪽.
2) 다음과 같은 것들이 있다. 이유식, 「아웃사이더적 인간상」, ≪현대문학≫(1963.10), 163~181쪽; 김열규, 「윤동주론」, ≪국어국문학≫ 27호(1964.8); 정한모, 『한국 현대시의 정수』(서울대 출판부, 1980), 189~197쪽; 김윤식, 『한국 근대 작가론고』(일지사, 1974), 259~271쪽; 오세영, 「윤동주의 시는 저항시인가?」, ≪문학사상≫(1976.4), 223~233쪽.

'간민교육회'에서는 1913년 단오절에 2일간 '연병학생 연합 대운동
　회'를 국자가 연길교 모랫벌에서 개최하였는데 명동중학교를 비롯한
　4~5십 리 원근 각처의 중소학교 학생과 한인들이 무려 일만 오천 명이
　나 모였다. 더욱 장관을 이룬 것은 수십 학교의 나팔수와 대소 고수가
　동원되어 그 수가 사백여 명이나 되었다. 그리고 한인들은 광복가를 제
　창하고 -(중략)- 이들은 2일간에 걸친 모든 운동경기 행사를 끝내고
　만세 삼창을 하였으며 시가행진의 시위도 하였다.3)

　여기 '간민교육회'의 회장은 바로 명동학교를 설립하고 교육 구국운동
을 실천했던 김약연 목사였다.

　두 번째 저항시적 논거는 그의 적지에서의 옥사. 일제 암흑기의 옥
사라고 하는 특이한 죽음은 그 시대를 몸소 겪었던 사람들에게는 물론이
려니와 당시의 암울한 시대적 상황을 다만 문자를 통해서 간접적으로밖
에 접해 볼 수 없는 후대인들에게 있어서는 더욱 충격적인 사건이라고
할 수 있다. 그것이 충격적인 만큼 그 의미의 파장이 상징화와 신비화의
굴절을 겪을 수밖에 없는 것도 어찌 보면 당연한 것인지 모른다. 그러나
윤동주의 수감기록에 적시된 '① 사상불온, 독립운동, ② 비일본신민, ③
온건하나 서구사상이 농후' 등의 죄목 자체가 당시 일제경찰의 탄압 수
법에 흔히 쓰인 일반적 의미라고 한다면 옥사 자체를 곧바로 저항시의
단서로 삼는다는 것은 지나친 논리의 비약이 아닌가 하는 유보를 낳을
수 있을 것이다.4)

　저항시의 세 번째 논거는 「십자가」, 「슬픈 족속」, 「참회록」, 「새벽이
올 때까지」 등의 작품 속에 나타난 민족의식, 속죄양의식, 예언자적 태
도, 역사적 자각 등이다.

---

3) 국사편찬위원회, 「국외항일운동」, 『국외항일운동사』(1965), 541쪽.
4) 김흥규, 「운동주론」, 『문학과 역사적 인간』(창작과 비평사, 1980), 117쪽.

이와는 달리 그의 생전의 지우들이 회상 증언하는 그의 내면적 성격과 더불어 작품이 내포하고 있는 순수한 내면 의식과 서정성을 들어 비저항시로 보려는 논점도 상당한 설득력을 지니고 있다. 비저항시의 논거로서 한 연구자는 첫째, 저항이란 그 작품이 발표된 시대적 상황과 분리하여 생각할 수 없기 때문에 발표되지 않은 윤동주의 시를 저항시로 볼 수 없으며, 둘째, 윤동주 시의 미학으로 지적되는 부끄러움은 행동이 없는 부끄러움이기 때문에 저항이 아니며, 셋째, 윤동주는 자기 자신이 산 시대와 상황을 투철하게 인식했다기보다는 소박한 휴머니즘을 드러내고 있다는 점들을 내세우고 있다.5) 그리하여 이러한 견해는 윤동주의 시에 나타난 내면공간을 자폐적인 상황 속의 의식분열이 낳은 유희공간으로 파악하는 관점에까지 확산된다.6)

간략히 살펴본 바와 같이 저항시적 견해나 비저항시적 견해 모두가 그 나름의 확고하고 타당한 논리 위에 서 있음을 볼 수 있다. 그러나 두 가지 대립적인 견해가 타당한 논리를 지닐수록 그것들이 단일한 전체의 상보적 단면이라는 결론이 도출될 수밖에 없는 것 또한 자명한 귀결이라 할 수 있다. 다시 말하면 윤동주 시의 참된 해명은 두 대립적인 논리를 하나의 질서 속에 변증법적으로 통합시킬 수 있을 때 이루어질 수 있다는 말이다. 이것을 다시 뒤집어 말한다면 위의 두 논리는 모두 매우 상대적인 가정 위에서 출발하고 있다고 볼 수 있다. 즉 저항시적 논리의 경우, 저항이라는 개념이 일차적으로는 행동적, 실천적, 전투적인 의미영역을 지칭하는 것이며, 좀 더 넓게 본다 하더라도 저항 대상에 대한 투철한 인식과 비판 그리고 거기에 상응하는 주체적 대응에 기초하는 것임에도 불구하고, 저항의 개념의 폭을 반성적 · 자책적 의식, 소박한 민족의식, 종교적

---

5) 오세영, 앞의 글.
6) 김열규, 앞의 글.

인 속죄양의식 등에까지 확장시킨 지점에서 출발하고 있다는 점이다. 물론 시의 저항성이란 실제의 행동과는 근본적으로 차원을 달리하는 것이라고 볼 때 이러한 개념의 확장이 잘못된 것이라고는 말할 수 없다. 다만 그 입지가 상대적인 가정일 뿐이라는 점이다.

같은 논리로 비저항시적 관점도 매우 잠정적인 상대적 가정 위에 서 있다. 왜냐하면 순수한 내성적 의식이라는 의미공간의 폭을 어디까지로 제한하느냐에 따라서 관점은 달라질 것이기 때문이다.

즉 한 편에서 저항적 내포로 수용하고 있는 시대적 고뇌, 민족의식, 반성적 자아의 순절의식 등을 행동이 없다는 이유로 휴머니즘이나 의식분열의 개인적 유희공간으로 파악할 수 있다고 한다면 두 논리 사이에서 뚜렷한 불연속적 간극을 찾아내는 것보다 오히려 의미의 연속성 혹은 변증법적 지속성을 발견하는 것이 순리라는 말이다. 이와 같이 볼 때 위의 두 대립적 논리를 하나의 발전적 질서로 통합하여, 윤동주의 시에 대하여 개인적 체험을 역사적 국면의 경험으로 확장한 것이라고 보거나,[7] 심미적 발견을 통한 윤리적 완성[8] 등으로 보는 견해는 보다 강화된 설득력을 지닌다고 볼 수 있다.

위의 간략한 개관을 통하여 우리는 윤동주 시의 특질을 규명하는 데 있어서 자성적 내면의식과 사회적 혹은 윤리적 행동 사이에는 다른 경우처럼 일도양단으로 명쾌히 자를 수 없는 모종의 함수가 내재해 있음을 알 수 있다. 이러한 사정은 더구나 윤동주의 창작시기를 전제할 때 더욱 그렇다. 주지하다시피 윤동주가 작품을 제작한 1930년대 후반부터 해방 전까지의 시기는 이른바 일제 말기로서 가장 암담한 시기였다. 이 무렵

---

7) 김흥규, 앞의 글.
8) 김우창, 「손들어 표할 하늘도 없는 곳에서」, ≪문학사상≫(1976.4), 206~222쪽. 이와 비슷한 관점의 글로는 다음의 것이 있다. 김시태, 「밤의 인식과 자기 성찰」, ≪현대문학≫(1976.9), 273~288쪽.

은 일제가 갖가지 한국민족 말소정책에 박차를 가하여 한국어 교육을 불가능하도록 만든 1938년의 교육령 개정을 필두로 국어보급, 정신대의 발족, ≪문장≫, ≪인문평론≫, ≪동아일보≫, ≪조선일보≫ 등의 폐간, 조선문인협회를 통한 문학활동의 제한 등과 같은 탄압정책들이 강압적으로 실시된 시기였다. 이러한 상황에서 1941년 말경에 『하늘과 바람과 별과 시』의 상재가 끝내 시도로 끝나고 말았던 것이다. 그리고 일제말기의 그와 같은 시대적 상황은 직접 간접으로 우리 시문학의 방향을 탈사회적 방향 혹은 순수시의 폐쇄적 공간 속으로 내몰게 되었고, 그리하여 그것이 원시생명이나 자연친화를 통하여 겨우 명맥을 유지하다가 끝내는 완전히 암흑 속에 묻히게 되었던 사정을 우리는 잘 알고 있다.

이러한 시대적 상황을 전제한 다음, 윤동주의 시에 이르러 우리의 시문학사가 비로소 실존적인 자기응시의 내면공간을 획득했다는 주장을 수긍한다면9) 이제 우리는 당연히 그 내면공간의 시적 해명에 주목해야 한다. 그리고 그 내면공간의 탐색이 윤리적 행동을 향한 자의식의 반응과 변화양상에 모아질 때, 위에서 말한 윤동주 시의 상반된 두 논리는 확고한 통합의 근거가 마련될 것이다.

이 글은 윤동주의 시적 자아가 시대적 상황이 가중하는 윤리적 행동을 향하여 어떠한 내면적 궤적을 그리고 있는지 관심을 가지면서 우선 그의 가장 초기작품이라 할 수 있는 몇 편의 시와 동시를 고찰하여 이후의 본격적인 연구의 출발점으로 삼고자 한다.

---

9) 김용직, 「비극적 상황과 시의 길」, 『윤동주평전』(문학세계사, 1981), 199~230쪽.

2. 심미적 실존과 모순의 인식

한 시인의 시세계를 의식의 발전적 궤적을 따라 질서화하고자 할 때, 특히 윤동주처럼 시대적 상황으로부터 끊임없이 강박적인 윤리적 행동을 요구받고 있는 내면의식의 변화양상을 밝히고자 할 경우, 분석대상이 되는 작품의 창작시기는 흔들릴 수 없는 기본적인 지표가 된다. 다행히 현재 남아 있는 윤동주의 작품에는 거의 빠짐없이 창작일자가 부기되어 있다.

윤동주의 작품이 최초로 활자화된 것은 그의 나이 20세가 되는 1936년, 간도 연길에서 발행되던 천주교 기관지 ≪가톨릭 소년≫에 발표한 「병아리」(11월호), 「빗자루」(12월호) 등이다. 그러나 작품마다 부기된 창작년대로 보면 이보다 두 해 전, 1934년 12월 24일 하루 동안에 쓴 「내일은 없다」, 「삶과 죽음」, 「초 한 대」 등 세 편의 작품이 그의 가장 최초의 작품으로 기록된다. 이 세 편의 작품들은 아직 그 시적 사고의 형상화에 있어서나 짜임새에 있어서 매우 미숙하고 유치한 단계에 머물러 있다. 그러나 이러한 미숙성 속에 앞으로 전개될 시세계의 방향이나 특질이 잠재되어 있다는 점, 그리고 그와 같은 미숙성 때문에 시세계의 방향이나 특질이 해독하기 어려운 시적 의장 속에 가려져 있지 않고 단적으로 드러날 수 있다는 점 등은 오히려 연구의 확고한 디딤돌이 되어 준다고 하겠다.

> 삶은 오늘도 죽음의 서곡을 노래하였다.
> 이 노래가 언제나 끝나랴.
>
> 세상 사람은

뼈를 녹여 내는 듯한 삶의 노래에
춤을 춘다.
사람들은 해가 넘어가기 전
이 노래 끝의 공포를
생각할 사이가 없었다.

하늘 복판에 알새기듯이
이 노래를 부른 자가 누구뇨.

그리고 소낙비 그친 뒤 같이도
이 노래를 그친 자가 누구뇨.

죽고 뼈만 남은
죽음의 승리자 위인들!

— 「삶과 죽음」(1934.12.24)

　　매우 단순한 시상 속에 주제가 선명히 부각되어 있다. 즉 삶을 '죽음의 서곡'이라고 파악한 것이 그것이다. 삶이 죽음의 시작에 불과하다는 이러한 인식은 한 편으로 상투적인 발상이라고도 할 수 있지만 그러한 인식이 지속적으로 변주 반복될 때는 심장한 시적 의미의 부호가 되고 있음을 주목해야 한다. 제2연에서 화자는 세상 사람들이 죽음이라는 종말을 생각할 사이도 없이 '뼈를 녹여 내는 듯한 삶의 노래' 즉 감각적이고 찰라적인 쾌락을 아무 자각 없이 탐닉하고 있음을 직설적으로 드러내 주고 있다. 이것을 역으로 말하면 화자는 적어도 인간의 유한한 삶의 모순과 실존상황을 자각하고 있으며, 따라서 감각적 쾌락 속에서 숙명적인 시간의 흐름에 수동적으로 순응하고 있는 세속인들을 반성적으로 대상화하고 있다는 말에 다름 아니다. 윤동주의 서구 교양체험 속에 키어케고어의 독서 경험이 상당한 영향을 주었으리라는 것은 여러 사람들이 지적해 온 터이지만 여기 보는 바와 같이 그러한 독서 경험 이전에 그는 이미 그와 같은 실존적 인식을 스스로 체득하고 있었던 것으로 보인다.

키어케고어에 의하면 실존은 구체적으로 세 단계를 통해 나타나게 되는데 첫째 단계는 심미적 실존(aesthetic existence), 둘째 단계는 윤리적 실존(ethical existence), 셋째 단계는 종교적 실존(religious existence) 등이 바로 그것들이라는 것이다.[10) 위의 시에서 화자가 반성적으로 대상화하고 있는 삶은 바로 심미적 실존에 해당한다고 볼 수 있다. 심미적 실존의 삶은 행동의 선택을 거부하고 생의 본질인 권태를 잊기 위하여 직접적이고 수동적인 감각에 따라서 이른바 쾌락의 윤작으로 영위되는 삶이다. 그러므로 심미적 실존은 윤리적 선택이 배제되는 까닭에 인생에 대해서 진실성과 성실성이 부족하다는 근본적인 결여를 내포하게 된다. 다시 말하면 심미적 태도는 인간의 깊은 영성과 인격에 대한 이해의 결여로 말미암아 인간을 얕은 외면성 혹은 감성의 질서에서만 바라볼 뿐 인간의 깊은 내면성과 정신성의 차원에는 이르지 못한다는 말이다. 감성의 질서와 외면성에 머무는 한 시간의 흐름과 변화를 물리적으로 수용할 수밖에 없고, 시간의 변화에 즉물적으로 순응하는 한, 시간의 불변성 위에서 성립되는 인격적 동일성과 신념은 기대할 수가 없다. 시간의 비인격적 불연속성을 거부하는 지점에서 신념이 배태되고 그 신념에 의해서 윤리적 선택은 이루어지기 때문이다.[11)

---

10) 「키어케고어」, 『세계의 대사상』(휘문출판사, 1972), 26~37쪽.

11) 윤동주가 「삶과 죽음」과 함께 같은 날 쓴 「내일은 없다」라는 작품에도 심미적 삶이 지닌 시간의 불연속성과 순간성, 그리고 그에 대한 절망적 인식이 드러나 있다. 참고로 전문을 보이면 다음과 같다. "내일, 내일하기에 / 물었더니 / 밤을 자고 동틀 때 / 내일이라고 // 새 날을 찾던 나는 / 잠을 자고 돌보니 / 그때는 내일이 아니라 / 오늘이더라 // 무리여! 동무여! / 내일은 없나니"

화자가 심미적 실존상황을 대상화한다는 것은 이미 감성의 질서가 도덕적 질서로 바뀌기 시작하고 외면성이 내면성으로 전환하게 된다는 신호라고 볼 수 있다. 윤동주의 내면화는 물론 다음에 이야기할 동시적 과정을 거쳐서 깊어지긴 하지만 그 발단은 바로 이 지점에서 이루어진다고 할 수 있다. 삶이 '죽음의 서곡'이라는 인식은 권태, 우울, 절망 등으로 드러나는 실존적 불안의식에 대한 시적 언표에 불과하고, 불안이라는 감정의 경험은 실존에 대한 각성의 초기 경험으로서 이러한 실존의식을 통해서 비로소 자유의 가능성과 도덕적 선택의 지평이 열리며 동시에 윤리적 실존의 단계로 도약할 수 있기 때문이다. 즉 윤동주의 내면화는 심미적 단계에서 윤리적 단계로 나아가는 출발점이 되고 있다.

제3연과 4연의 의미는 위와 같은 실존의식에 비추어 볼 때 단순치 않은 내포를 띠게 된다. 쾌락의 윤작으로서의 심미적 삶을 아무리 '하늘 복판에 알새기듯이' 노래 불러도 그것은 다만 '소낙비 그친 뒤 같이' 소멸이라는 시간원리에 의하여 무화되고 만다는 시적 사고를 이 두 연은 형상화하고 있다. 이 경우 여기의 '하늘'은 윤동주 시에서 아주 빈번히 나타나는 상징의 하나인데 심미적 시간원리를 거부하는 동시에 불변성의 가치를 표상하는 심상이라고 할 수 있다. 불변성이야말로 확고한 도덕적 신념과 양심의 원천이 될 수 있고, 참된 본래적 자아를 비추어 보는 반성적 거울이 될 수 있는 것이다. 이러한 불변성의 감각과 본래적 자아의 양심, 그리고 순수성을 암시하는 '하늘'이 그러나 여기서는 매우 간접적인 이중의 문맥 속에 사용되고 있다. 즉 도덕적 원천인 그 '하늘'에 양심을 새기듯이 산 사람이 누구인가를 3연에서 묻고 있고, 4연에서는 심미적 시간원리에 의하여 무화되어버린 사람은 누구인가를 물으면서 두 상반된 삶을 대조하고 있다고 볼 수 있기 때문이다. 어쨌든 '하늘'에 알새기듯이 심미적 삶을 새겨도 그것은 소낙비 그친 뒤같이 허무한 것이라고 해석하거나 상반된 두 삶의 태도를 대조해 보이고 있다고 해석하거나 '하늘'이 지닌 상징적 함의는 크게 달라지지 않는다. 보다 중요한 것은 어떠한 삶의 태도이건 간에 마지막 연이 드러내고 있는 것처럼 다 같이 '죽음'을 맞이하고 만다는 절망적 인식이다. 그러나 이 마지막 연의 의미도 3연의 의미를 도덕적 삶으로 해석할 경우는 다 같은 죽음이지만 '죽음의 승리자'로서의 '위인'이라는 긍정적 인식의 흔적을 완전히 지울 수는 없게 된다. 그럴 경우 이 화자는 삶이 곧 죽음이라는 실존상황에 대한 절망적인 인식 속에서도 죽음의 승리로서의 도덕적 삶의 가능성을 암시적으로 유보하고 있다고 볼 수 있다.

결국 이 작품이 윤동주의 시세계를 유기적으로 질서화하는 데 있어서 차지하는 의미는 그의 전체 시에 파급되는 근본적인 동력으로서의 실존적인 모순의 인식을 극명하게 드러내고 있다는 점이다. 삶과 죽음, 심미적 가변성과 도덕적 불변성, 외면성과 내면성 등등이 일으키는 역설을 시작의 가장 이른 시기에 보이고 있다는 점은 그의 시세계의 전개가 단순치 않은 갈등을 겪게 되리라는 것을 암시하고 있다고 할 수 있다. 근원적으로 우리의 삶과 현실이 안고 있는 이러한 모순에 대한 인식은 뒤에 「태초의 아침」과 같은 작품에서 보다 각성된 의식으로 확인되고 있다.

그 전날 밤에
그 전날 밤에
모든 것이 마련되었네.

사랑은 뱀과 함께
독은 어린 꽃과 함께.

— 「태초의 아침」 3, 4연(1941)

'사랑 / 뱀', '독 / 어린 꽃'이라는 모순과 역설은 선택에 의해서 주어진 것이 아니라 '그전날 밤에' 원초적인 삶의 조건으로서 주어진 것이다. 이 선험적 조건을 인간은 뛰어넘을 수가 없다. 그러나 이러한 모순을 초월 하고 해결하고자 할 때 인간은 인간다운 윤리적 삶의 단계로 도약할 수 가 있다. 키어케고어도 심미적 실존이 쾌락의 윤작으로부터 근본적인 해 결을 보지 못하고 결국은 허무의식 속에서 자기부정, 자기모순, 자가당 착을 겪기 때문에 심미적 실존과 윤리적 실존 사이에는 아이러니가 개재 한다고 말한 바 있지만[12] 윤동주 시에 드러난 모순의 인식도 미상불 윤 리적 단계로 도약하는 지점에 놓여 있는 아이러니라고 할 수 있을 것 이다.

우리의 삶이 원초적으로 지니고 있는 삶과 죽음, 외면과 내면, 자아와 세계, 선과 악 등등의 무수한 단절과 모순을 어떤 방식으로든지 통합 해 결해야만 비로소 우리는 자기동일성 위에 인격을 세울 수 있고 신념을 내면화할 수 있으며 연속적 행동의 선택을 통하여 윤리적 삶을 영위해 나갈 수가 있다. 단절과 모순을 무반성적으로 수용해 나가는 것은 인간 의 의식의 빛으로 인도되는 가치적 삶이 아니라 동물의 본능에 가깝기 때문이다.

3. 초월적 가치를 향한 종교적 헌신

우리의 삶과 현실의 분열 · 모순을 통합 해결하는 방법은 대체로 세 가 지 방향을 택할 수 있을 것이다. 첫째는 지극히 주관적이고 환상적인 자

---

12) 「키어케고어」, 앞의 책, 27쪽.

폐적 공간, 즉 자족적인 퇴행의 공간 속에서 이루어지는 유아적 해결의 방법이거나, 주관적이고 자족적이되 각성된 인식의 이상적 공간에서 이루어지는 미래지향적 방법이고, 둘째는 모순 전체를 자각적으로 껴안으면서 부단히 초극하려는 태도, 즉 모순을 성실하게 겪음으로써만 그 모순을 해결할 수 있다는 변증법적 방법이고, 셋째는 종교적인 주체의 초월과 헌신의 방법이다. 윤동주의 시에는 이러한 세 가지 방향이 다 드러나고 있음이 주목된다. 실제는 둘째의 방식만이 정당한 의미에 있어서 보편적이고 실천적인 것이라 할 수 있고 또한 인간적인 위대한 삶의 가치를 드러낼 수 있는 것이라고 할 수 있을 것이다.

윤동주가 기독교의 정신 속에서 성장하고 깊이 영향을 받은 탓이겠지만 위에서 분석한 「삶과 죽음」과 함께 같은 날 창작한 「초 한 대」에는 종교적 초월과 헌신의 이미지가 아주 선명하게 나타나 있다.

초 한 대
내 방에 풍긴 향내를 맡는다.

광명의 제단이 무너지기 전
나는 깨끗한 제물을 보았다.

염소의 갈비뼈 같은 그의 몸
그의 생명인 심지까지
백옥같은 눈물과 피를 흘려
불살라 버린다.

그리고도 책상머리에 아롱거리며
선녀처럼 촛불은 춤을 춘다.

매를 본 꿩이 도망하듯이
암흑이 창구멍으로 도망한
나의 방에 풍긴
제물의 위대한 향내를 맛보노라.

　　　　　　　　　　－「초 한 대」(1934.12.24)

　이 시에는 '방'과 '암흑이 창구멍으로 도망한' 외계가 근본적인 대립구
조를 보이고 있다. 그리고 이것은 다시, 방이 촛불에 의해서 밝고 어둠이
도망한 외계가 암흑의 세계이므로 명암의 대립구조에 의해서 심화되고
있다고 볼 수 있다. '방'은 윤동주 시에서 반성적 자의식의 내면공간을 표
상하는 것으로 아주 빈번히 나타나는 심상이다. 외계와 자아의 갈등을,
그리고 어둠과 밝음의 갈등을 촛불이라는 자기헌신적 심상에 의해서 매
개하고 있다.
　삶과 현실의 모순을 자기헌신에 의해서 해결한다고 하는 것은 가장 완
전한 해결일지 모른다. 완전한 만큼 이상주의적이고 이상주의의 손짓인
만큼 '위대한 향내'를 풍길지는 모르지만 동시에 실현 가능성도 그 만큼
희박한 것이다. 자기헌신의 종교적 초월이란 기독교의 속죄양의식에 곧
바로 연결되는 것으로서 그것이 죽음을 전제하고 성립되는 방식이기 때
문에 실제에 있어서는 관념적 가치에 가까운 것이지 실천적 가치로 성립
되기에는 거의 불가능하다고 볼 수 있다. 더구나 그 종교적인 죽음에 의
해서 실현되는 가치가 개별적이고 현세적인 종가치가 아니라 근원적이
고 초월적인 유가치라고 한다면 윤동주의 시가 드러내고 있는 자기헌신
이란 현실적 삶의 모순이나 암흑기의 시대적 갈등의 해결에는 그 만큼
비현실적인 것이며 동시에 관념적 추상성을 드러내고 있는 것이라고 보
아야 할 것이다. 그것은 어디까지나 하나의 믿음이요 신념의 차원일 터
이다. 동양인의 기독교적 종교체험이 서구적 교양체험 이상으로 깊이 육

화될 수 없음이 부정할 수 없는 일반적 현상이라면 신의 사랑과 구원을 전제한 자기헌신 역시 거의 관념적인 신념에 불과하다. 「초 한 대」의 화자가 '제물의 위대한 향내를 맛보노라'라고 할 때 '위대한'이란 관형어와 '~노라'라는 어투는 바로 그러한 관념적 포즈에 해당한다고 볼 수 있다.

이 초기시에 유혹적으로 나타난 종교적 헌신의 관념은 윤동주의 여러 작품에서 단편적으로 드러나고 있는데 그 대표적인 작품이 「십자가」이다.

> 쫓아오던 햇빛인데
> 지금 교회당 꼭대기
> 십자가에 걸리었습니다.
>
> 첨탑이 저렇게도 높은데
> 어떻게 올라갈 수 있을까요.
>
> 종소리도 들려 오지 않는데
> 휘파람이나 불며 서성거리다가,
>
> 괴로왔던 사나이
> 행복한 예수 그리스도에게
> 처럼
> 십자가가 허락된다면
>
> 모가지를 드리우고
> 꽃처럼 피어나는 피를
> 어두워 가는 하늘 밑에
> 조용히 흘리겠습니다.
>
> ―「십자가」(1941.5.31)

화자는 대속적代贖的 의미의 십자가를 하나의 실천 가능성으로서 바라보고 있는 것이 아니라 다만 동경과 이상의 대상으로서 바라보고 있다. 이러한 시선은 제2연의 솔직하고 일면 어린이다운 찬탄의 어조에 선명하게 부각되어 있다. 이 어조 속에는 숙명적인 자기한계의 선험적 인식이 슬픔의 색조로 옅게 물들어 있다. 그리하여 '종소리도 들려 오지 않는데 / 휘파람이나 불며 서성거리'는 모습은 이상적 행동과 현실의 까마득한 거리를 아프게 인식한 한 내면적 인간이 자의식의 공간에서 반추하는 고독한 방황으로 해석된다. 그러기 때문에 자의식의 공간에서 반추되는 독백은 언제나 '십자가가 허락된다면'과 같은 가정법 위에서만 성립된다. 가정의 세계는 주체의 능동적인 실천의 뒤에 오는 것이 아니라 객체의 변화 가능성에 대한 주관의 수동적 태도 위에서 성립되는 것이다 그러므로 마지막 연의 '꽃처럼 피어나는 피'에서 '피'에 대한 '꽃처럼'이라는 비유의 관념적인 낭만취는 더 말할 것 없거니와 '조용히 흘리겠습니다.'라는 다짐도 강한 의지미래의 어법이 아니라 '조용히 흘리고 싶다'는 화자의 단순한 소원적 발언에 불과하다고 볼 수 있다.

모순과 분열을 통합 해결하는 세 가지 방식 중 첫째의 자족적 방식과 세 번째의 종교적 헌신의 방식은 일면 가장 완전한 해결 방식으로 여겨진다. 그러나 전자는 주체의 환상적 극대화라는 점에서, 후자는 주체의 초월적 소멸이라는 점에서 비현실적이기는 마찬가지다. 두 번째의 변증법적 대응방식이야말로 성숙한 정신의 유일한 실천적 태도라고 볼 수 있다. 그 대응방식은 모순과 분열을 온몸으로 겪음으로써 완성되는 것일 뿐만 아니라 그러한 과정에서의 갈등과 괴로움은 오직 성숙한 정신만이 발전적으로 감내할 수 있는 것이기 때문이다. 그럼에도 불구하고 윤동주의 시에는 자족적 방식과 종교적 헌신의 방식이 시적 사고의 의장 속에 상당 부분 잠복되어 있다. 아마도 이것은 그 자신의 남다른 결벽과 함께

완전주의를 지향하는 이상적 경향과 순수성의 탓일지 모른다.13)

4. 이상적 가치의 동시

윤동주의 시적 과정은 외계와 자아의 통합을 위한 행동의 모색, 즉 윤
리적 자아의 변증법적 반응을 보이기 전에 상당히 긴 시간을 예의 자족
적 방식의 시적 세계에 몰입하게 된다. 그것은 다름 아닌 동시의 창작
이다.

윤동주의 작품 총 116편 중 약 35편이 동시이다. 그런데 주목되는 것
은 그가 동시로부터 시작생활을 시작한 것이 아니라 한 동안 시작을 하
다가 동시의 세계로 몰입했다는 사실이다. 더구나 그 시기가 1936년 신
사참배의 거부로 숭실학교가 폐교되자 고향인 용정으로 돌아와 광명학
원 중학부 4년에 전학한 무렵부터이다. 그의 나이 20세에 이르러 시작의
방향을 갑자기 선회한 까닭은, 마침 간도 연길에서 발행되는 천주교 기
관지 ≪카톨릭 소년≫을 쉽게 접할 수 있었고 또 용정 중앙교회 주일학
교의 아동지도를 맡았었다는 외부적인 요인 외에도, 더욱 본질적인 정신
적 이유가 있었던 것으로 여겨진다. 왜냐하면 이미 분석한 바와 같이 삶
과 현실의 모순 혹은 시대적 갈등과 어둠을 시작생활의 출발부터 깊이
인식했던 그로서, 더구나 그러한 모순의 첨예한 노정이라 할 수 있는 폐

---

13) 윤동주의 결벽과 완적주의적 엄격함에 대해서는 다음과 같은 단편적 증언이 있다. "외
   유내강, 동주 형을 아는 분이라면 누구나 그를 이렇게 표현하는 데 이의가 없을 것이다.
   그는 대인관계에서 모가 나는 일이 없었고 따라서 적이 없었다. 누구도 그를 지탄하고
   싫어하는 사람은 없었다. 그러나 그는 자신에게는 엄격하였다. 남을 이해하고 용서하고
   변명하는 일에는 너그러웠지마는 스스로를 용서하는 일은 없었다." 정병욱, 「인간 동주
   의 편모」, ≪크리스챤 문학≫ 5집(1973.3).

교와 전학을 겪으면서 순수한 화해의 세계라 할 수 있는 동시를 쓰기 시작했기 때문이다.

이러한 사정은 윤동주의 시적 선회를 퇴행심리의 반영으로 해독할 수 있는 여지를 제공하고 있다. 바꾸어 말해서 고뇌에 찬 젊은이의 시각이 천진난만한 어린이의 그것으로 변화했다는 사실은 일견 현실의 모순에 대한 성인적 고뇌를 일탈하기 위한 도피적 전환이 아닌가 하는 의심을 갖게 한다.

한 연구자의 다음과 같은 해독이 그러한 예를 이룬다.

> 심리적 에너지가 후퇴했을 때에 개아는 '오티즘'의 세계를 구조하고, 현실과의 객관적 유대를 단절한 채 그 사고가 상징화에로 기울어지듯이 유아기에로 퇴행하기도 하는 것이다.
> 인간의 생에 있어 가장 보호받았던 존재이던 유아기에의 퇴행은 그만큼 현실생활의 파탄을 의미하게 된다.14)

앞서 필자는 모순의 자족적 해결방식을 퇴행적 공간과 이상적 공간의 두 가지로 구분하여 제시한 바 있다. 다 같이 주관의 극대화와 환상적 경향을 지니는 것이지만 전자가 비정상적 심리상태로서 폐쇄적, 무반성적, 과거지향적, 고착적인 것이라면 후자는 정상적 심리상태로서 개방적, 반성적, 미래지향적, 유동적인 것이라는 점에서 그것들은 각기 방향을 달리한다고 볼 수 있다.15)

윤동주의 동시에로의 전환은 자족적인 세계의 지향이라는 점에서 퇴행으로 읽힐 수도 있겠지만 윤동주의 이상주의적 경향과 이후의 본격적

---

14) 김열규, 「윤동주론」, 『국어국문학』 27호, 106쪽.
15) 논리상 자족적이면서 동시에 개방적이고 미래지향적일 수는 없다. 그러나 상대적인 비교를 통해 구별하기 위한 것일 뿐이므로 적절한 용어를 찾을 수 없어 그대로 쓴다.

인 윤리적 행동의 모색과정을 생각한다면 그것은 이상적 공간에서 이루어지는 잠정적인 시적 해결이라고 보는 것이 보다 진실에 가까운 것이다.

퇴행의 공간에서는 현실의 모순과 파탄의 그림자가 말끔히 가셔 있기 마련이고 그러기에 다시 현실로 귀환할 수 있는 통로는 막혀 있기 마련이다. 동시의 세계란 자아와 세계의 구분이 무너져버린 화해의 세계 위에서 미분성을 드러내는 것이 그 특성으로 지적되는 것이지만 윤동주의 동시는 곳곳에서 분열과 모순의 현실적 음영이 물들어 있다. 바로 이런 점이 윤동주가 어린이의 시각을 통한 '세계의 특수한 체험'으로서의 동시를 의식적이고 전략적으로 선택하지 않았는가 하는 개연성을 낳게 한다. 어린이의 시각을 통한 특수한 체험으로서의 세계는 두말할 필요 없이 모순과 분열이 이상적으로 해소된 아름다운 화해의 공간인 만큼 윤동주의 결벽과 이상주의적 순수성이 시적 전개의 한 과정으로서 필연적으로 통과할 수밖에 없었지 않았는가 하는 생각인 것이다.

> 아씨처럼 나린다
> 보슬보슬 해ㅅ비
> 맞아 주자 다 같이
>
> 옥수숫대처럼 크게
> 닷 자 엿 자 자라게
> 햇님이 웃는다
> 나보고 웃는다.
>
> 하늘 다리 놓였다.
> 알룽달룽 무지개
> 노래하자 즐겁게

동무들아 이리 오나
다 같이 춤을 추자
햇님이 웃는다.
즐거워 웃는다.

—「햇비」(1936.9.9)

자아와 세계가, 사물과 사물이, 유정물과 무정물이 아름답게 융화된
시적 공간을 보여주고 있다. 하나의 완전한 시원적 평화와 친화의 세계
를 드러내고 있다. 완전하고 시원적인 만큼 그것은 또한 이상과 동경의
세계일 터이다.
　　그러나 다음의 동시는 이와 음영을 달리 하고 있다.

빨래줄에 걸어 논
요에다 그린 지도
지난 밤에 내 동생
오줌 싸 그린 지도

꿈에 가 본 엄마 계신
별 나라 지돈가?
돈 벌러 간 아빠 계신
만주 땅 지돈가?

—「오줌싸개 지도」(1936)

동생이 오줌을 싼 요에 대한 어린이의 천진난만하고 장난스러운 발상
이 티 없이 그려져 있다. 그러나 제2연에서는 이와 대조되는 어두운 그림
자가 어린이의 천진한 어투 속에 가려져 있음을 볼 수 있다. 즉 엄마는 이
미 이승의 사람이 아니고 아빠는 돈 벌러 멀리 떠나 있다. 여기 나타난 고

아의식 혹은 단절의식은 앞서 이야기한 대로 현실파탄의 음영이 반영된 것이라고 보여진다.

퇴행의 공간이 현실의 그림자가 말끔히 가셔져 있고, 가셔진 만큼 현실로의 귀환의 통로가 막혀 있다고 한다면, 여기 동시가 드러내는 이상적 공간은 어쩔 수 없이 현실이 굴절되어 들어올 수밖에 없고 동시에 현실이 굴절되어 들어온 만큼 다시 그 현실로 귀환할 수 있는 통로가 되어 줄 수 있는 것이라고 할 수 있을 것이다.

이와 같이 동시 속에 나타나는 고아의식은 「고향집」에서는 실향의식으로, 「편지」에서는 예의 단절의식으로, 「애기의 새벽」에는 궁핍의식으로 조금씩 변주되면서 드러나고 있다. 이러한 일종의 결여의식은 서두에서 이야기한 바 있지만 윤동주의 특수한 생애, 즉 처음부터 영혼의 고향을 빼앗긴 채 외지와 적지에서 삶의 시종을 맞이할 수밖에 없었다는 사실로부터 비롯되는 것이라고 볼 수 있다. 그리고 여기에다 시대적 제반 여건이 그것을 강화하는 요인이 되었을 것이라는 것은 어렵지 않게 추측할 수 있는 일이다.

5. 맺음말

서두에서 이야기한 바와 같이 윤동주의 시는 논자의 관점에 따라 저항시로도 읽히고 비저항시로도 읽힌다. 저항시의 지표인 윤리적 행동과 비저항시의 지표인 내면적 고뇌를 통일된 하나의 설명체계 속에 꿰어 넣기 위해서는 그의 시가 특징적으로 보여 주고 있는 내면공간의 탐색이 전제되지 않을 수 없다.

윤동주 시의 내면공간을 탐색하기 위하여 우선 이 글에서는 그의 초기작 몇 편과 동시만을 대상으로 그 내면화의 과정을 간략히 살펴보았다. 그 결과 우리는 윤동주 시에서 내면화가 이루어지는 계기는 심미적 실존을 대상화할 때이며, 그것은 또한 심미적 실존이 안고 있는 모순에 대한 인식은 초월적 가치로서의 종교적 헌신의 해결방식과 이상적 가치로서의 동시적 해결방식을 낳고 있음을 볼 수 있었다.

이제 이 글은 『하늘과 바람과 별과 시』에서 보다 본격적으로 전개되는 그의 내면적 과정에 대한 분석과 해명을 과제로 남겨 놓고 있다.

내면의식과 행동의 비극적 거리

1. 내면공간의 탐색

　윤동주의 시에 관한 모든 논의는 다소의 차이를 막론하고 저항시적 관점과 비저항시적 관점의 두 시각 위에서 출발하고 있다. 그러나 한편 이러한 상반되는 두 관점이 제각기 타당한 설득력과 의의를 지니면 지닐수록 역설적이게도 두 관점의 상반성, 모순성, 단절성 등이 오히려 하나의 전체에 대한 상보성 혹은 연속성으로 드러나는 것이기도 하다는 점을 우리는 유념하지 않을 수 없다. 이렇게 볼 때 윤동주의 시에 이르러 우리의 시문학사가 비로소 실존적인 자기응시의 내면공간을 획득하게 되었다고 전제한다면 저항시적 지표인 윤리적 행동과 비저항시적 지표인 내면적 고뇌를 하나의 연속성으로 파악하여 일관된 설명체계 속에 꿰어 넣기 위해서 우리의 노력은 마땅히 그의 시가 특징적으로 보여 주고 있는 문제의 내면공간의 탐색에 바쳐져야 할 것이다.

그의 시가 이른바 쾌락의 윤작으로서의 심미적 실존의 모순과 분열을 극복 해결하기 위하여 순수한 이상적 가치를 지향하는 동시童詩의 창작 혹은 자족적인 방식과 역시 하나의 이상주의적 관념일 뿐인 종교적 헌신의 방식으로부터 벗어나 비로소 윤리적 자아로서 실천적 행동을 향한 변증법적 대응방식을 보이기 시작한 것은 『하늘과 바람과 별과 시』에서부터이다.1) 다시 말하여 이념이 이상적 가치의 체계에 다름아니지만 그것이 현실에 직접 대응하는 실천적 동력으로 작용한다는 점에서 순수 초월적인 이상과 구별되는 것이라면 자족적인 방식과 종교적 헌신의 방식이 다 같이 드러내고 있는 이상주의적 경향이 이념으로 굴절하지 않으면 안 되는데 그러한 이념으로의 굴절과 윤리적 행동의 발전과정이 『하늘과 바람과 별과 시』에 나타나 있다는 말이다.

『하늘과 바람과 별과 시』에 묶여진 작품들은 물론 때때로 종교적 헌신의 관념적 추상성이 드러나기도 하지만 전체적으로 볼 때는 윤리적 행동을 향한 내면공간의 고독한 투쟁을 일관되게 보여 주고 있다. 자의식의 투쟁과정에서 끊임없이 실존적인 자기확인, 행동에의 다짐, 좌절과 부끄러움, 자기분열 등을 드러내고 있는데 창작시기의 순서대로 따라가면서 자세히 관찰하게 되면 그 시적 전개의 양상이 매우 질서 정연한 형식 속에 나타나고 있음을 볼 수 있다. 즉 반성적 자아가 활동하는 내면의식의 표상, 표상 의미의 공간적 특징, 표출정서, 화자의 태도, 화자의 의지의 방향 등이 의미 있는 형식적 전개를 이루고 있다.

이 글은 바로 이와 같은 점에 유의하면서 그의 마지막 작품으로 추정

---

1) 필자는 「모순의 인식과 내면화」, ≪어문논총≫ 제2집(경희대학원, 1986)에서 윤동주의 초기시와 동시가 드러내고 있는 '이상적 가치의 동시'와 '초월적 가치의 종교적 헌신'이라는 관념을 분석하고 윤리적 행동을 향한 변증법적 대응방식은 『하늘과 바람과 별과 시』를 대상으로 분석되어야 함을 지적한 바 있다.

되는 「쉽게 쓰여진 시」에 이르기까지 시인의 내면의식이 어떠한 발전 경로를 겪어 윤리적 행동의 지점으로 나아가게 되는지 면밀한 작품의 분석을 통하여 자세히 살펴보고자 한다.

2. 「자화상」

심미적 실존을 대상화할 때 감성의 질서는 도덕적 질서로 바뀌게 되고 외면성은 내면성으로 전환된다. 따라서 윤리적 실존으로서의 참다운 행동은 욕망과 감정의 충동에 의한 즉물적 반동이 아니라 반성적 내면으로부터 외면으로 실현되는 명령으로서의 행위라고 할 수 있다. 전자는 깊이가 없는 외면적 평면성을 지니지만 후자는 내면적 깊이를 지닌 입체성을 띠게 된다. 이와 같은 내면적 깊이로서의 의식공간을 최초로 형상화하여 보여 주고 있는 작품이 「자화상」이다.

> 산모퉁이를 돌아 논 가 외딴 우물을 홀로 찾아가선
> 가만히 들여다봅니다.
>
> 우물 속에는 달이 밝고 구름이 흐르고 하늘이 펼치고 파아란 바람이
> 불고 가을이 있습니다.
>
> 그리고 한 사나이가 있습니다.
> 어쩐지 그 사나이가 미워져 돌아갑니다.
>
> 돌아가다 생각하니 그 사나이가 가엾어집니다.
> 도로 가 들여다보니 사나이는 그대로 있습니다.

다시 그 사나이가 미워져 돌아갑니다.
돌아가다 생각하니 그 사나이가 그리워집니다.

　우물 속에는 달이 밝고 구름이 흐르고 하늘이 펼치고 파아란 바람이
불고 가을이 있고 추억처럼 사나이가 있습니다.

—「자화상」(1939.9)

　나르시시즘에 비교되는 전형적인 시상이다. 자기를 비추어 보는 내면
의식의 표상으로 우물이 제시되고 있는데 그 우물이 '외딴곳'이라고 하
는 것은 사회 현실, 즉 외부와 격리된 의식공간을 지칭하고 있다고 볼 수
있다. 그리고 '산모퉁이를 돌아 외딴' 곳인 만큼 그 곳은 비일상적 공간이
며 초속적超俗的 공간이다. 따라서 그 우물은 의식을 넘어서 무의식의 깊
이까지 암시하고 있다고 볼 수 있다. 그리하여 물의 깊이는 내면적 깊이
가 되고 추억의 깊이에까지 이르면서 이른바 물의 내밀성內密性을 이루
게 된다.2)
　바슐라르는 '깊이 꿈꾸기 위해서는 물질과 함께 꿈꾸지 않으면 안 된
다'고 말하면서 다음과 같이 말하고 있다.3)

　　먼저 물의 거울의 심리학적 효용성을 이해하지 않으면 안된다. 즉
　　물은 우리의 이미지를 자연화하여 내면적인 명상의 오만함에 약간의
　　순진함과 자연스러움을 되돌려 주는데 쓰이는 것이다.4)

　물이 내면적인 명상에 순진함과 자연스러움을 부여한다는 것은 인간
의 의지력에 대항하는 바다와 같은 '난폭한 물'이 아니라 호수나 강물 혹

---

2) 송욱, 『문학평전』(일조각, 1974), 233~238쪽 참조.
3) 가스통 바슐라르, 『물과 꿈』, 이가림 역(문예출판사, 1980), 38쪽.
4) 위의 책, 36~37쪽.

은 우물과 같은 '부드러운 물'을 상정한 말이다. 바꾸어 말하면 물의 자연스러움은 능동적인 의지의 작용이라기보다 원초적인 무의식의 자발성을 암시하고 있다. 「자화상」의 화자가 우물을 '가만히 들여다본다'는 것은 의지의 행위라기보다 거의 무의식의 꿈속으로 침잠하는 행위를 가리킨다. 그것이 물이 주는 꿈의 자연스러움이다. 그리하여 무의식의 물질성은 우주적으로 확대되고 개체적인 나르시시즘이 우주적 나르시시즘으로 변용되면서 시원적인 통일과 고요와 평화를 이루게 된다. 제2연의 달·구름·하늘·바람·가을 등의 친화적인 조화와 통합적인 세계는 바로 그렇게 해서 성립된다. 이러한 친화적 세계 속에 있는 '이상적 자아'로서의 사나이가 한편으로는 내면의 깊이에, 즉 '추억'의 깊이 속에 있는 것이기도 함을 마지막 연은 다시 한 번 반복하고 있다. 물론 그러한 이상적 자아를 응시하는 반성적 자아는 현재 외계와 자아 그리고 외면과 내면 등이 갈등을 일으키고 있기 때문에 이상적 자아와 분열이 되어 있는 상태다.

여기 추억의 깊이에서 조화된 세계 속에 통합된 이상적 자아는 더 말할 필요도 없이 동시의 이상적 공간 속에서 세계와 통합되어 있던 화자와 일치한다. 그러므로 이 시의 추억은 일차적으로 과거의 시간과 관련된다 하더라도 윤동주가 동시의 세계를 경과했다는 의미에서 그것 역시 동시를 지탱하고 있는 이상성에 의해 단순히 과거시제만으로는 볼 수 없는 것이 된다. 동시가 어린이의 화자를 통해 어린이다운 세계를 나타낸다는 점만으로 과거지향이 될 수 없듯이 실존적 개인이 겪는 퇴행으로서의 과거지향과, 이상성 혹은 관념적 추상성으로서의 과거가 대상이 된 추억은 구별되어야 한다.

그러나 이 시의 화자는 반성적 자아의 의식 때문에 추억의 무의식적 깊이에까지는 침잠할 수가 없다. 3, 4, 5연은 그러한 사정을 아주 극명히 드러내고 있다. 우물을 들여다보는, 즉 추억의 깊이로 잠입하려는 무의식의 견인력과 추억 속의 이상적 자아에 대한 애증을 나타내는 반성적 의식이 일진일퇴를 거듭하면서 서로 꼬리를 물고 안타깝게 순환하고 있다. 이 순환을 도식화하게 되면 그 순환의 의미가 보다 선명해진다.

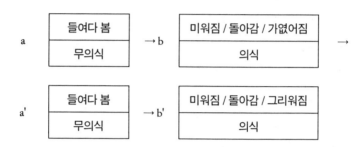

물의 깊이는 내면적 깊이와 조응하게 되고 그 우물을 들여다보는 행위는 추억의 깊이로 침잠하게 되는 무의식의 자연스러움, 즉 무의지적 자발성을 뜻한다. 깊이로 침잠하려는 순간, 그 깊이에서 자연과 융화를 이룬 이상적 자아에 대한 거부감, 즉 미움이 반성적 의식에 의해서 각성된다. 그래서 돌아가다가 다시 들여다보고, 들여다보면 다시 미워져 돌아가게 된다. 의식과 무의식이 돌아가고 돌아오는 상징적 행위 속에서 반복되면서 순환하고 있다.

다시 위의 도표를 자세히 살펴보면 무의식적 행위보다 의식적 행위가 더 세분되어 있고 복합적인 양상을 띠고 있음이 관찰된다. 특히 '돌아간다'는 신체적 행동을 축으로 해서 드러나는 감정의 양상은 미묘하게 대조되고 있다. 이것을 다시 다음과 같이 도표화 해 보자.

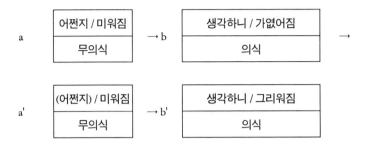

동일한 의식적 행위임에도 불구하고 그 감정의 색조는 미묘하게 대조되고 있다. '어쩐지' 미워진다고 할 때 그것은 무의식적인 행위에 가깝다고 할 수 있다. 그러나 '생각하니' 가엾어진다고 할 때 생각한다는 행위는 가장 뚜렷한 의식의 행위인 것이다. 의식적 행위 속에서도 이렇게 보면 앞서와 마찬가지로 무의식과 의식이 순환하고 있는 것이다. 이러한 순환과 함께 이 시의 구조 자체도 순환적임이 주목된다. 즉 1연(들여다 봄) → 3연(돌아감) → 4연(들여다 봄) → 5연(돌아감)과 같이 순환하고 있고, 미분적 혼융의 상태로 평화를 이룬 이상적 세계가 2연과 6연에서 반복 순환되고 있다. 다만 1연과 3연이 2연을 축으로 해서 순환하는 데 비하여 4연과 5연은 축에 해당하는 6연의 매개 없이 직접 순환의 접속을 이루고 있다. 이 변화는 오히려 기계적인 정형성의 단조로움을 깨버린 신선한 효과를 자아내고 있다고 할 것이다.

돌아가고 돌아오고 미워지고 그리워지는 반복이나 의식과 무의식의 순환이나 모두가 어느 일정한 방향을 취하여 나아가는 움직임이 아니다. 그것은 멈칫거림이요 제자리 걸음이요 고여 있음이요 일정한 테두리를 벗어날 수 없는 상태임을 가리킨다. 이러한 순환의 시적 의미는 일정한 방향으로 흐를 수 없는, 그래서 하나의 테두리 안에 갇혀 있는 우물의 이미지와 밀접한 내적 관련을 갖고 있다. 흐르는 강물은 무의식적 꿈으로

하여금 동적인 변화와 개방성과 방향을 갖게 하지만 우물은 다만 꿈의 깊이를 줄 뿐이다. 그 우물의 테두리 안에서 완벽한 화해의 세계가 정태적으로 관조되고 있음은 바로 그것이 자족적인 세계임을 말해 주고 있는 것이다. 그 자족적인 세계 안에 있는 이상적 자아는 다시 반복되는 말이지만 동시의 친화적인 세계 안에 반영된 시적 자아에 다름 아니다.

이제 비로소 우물 속의 이상적 자아를 향한 반성적 자아의 애증이 무슨 의미를 내포하고 있는지 드러나게 되었다. 이미 앞에서 이야기한 바와 같이 모순을 해결하는 방식으로서 자족적인 방식은 하나의 관념적 이상이요 동경일 뿐 근본적인 해결책이 못 된다. 그것은 실천적 개념이 아니다. 참다운 해결은 깨어 있는 의식을 지닌 주체가 도덕적 결단을 통하여 역사의 지평을 타개해 나갈 때, 반복되는 희망과 좌절을 통하여 모순과 분열을 온몸으로 껴안을 때 비로소 역설적으로 성취되는 의미의 가능성인 것이다. 자족적인 세계는 이러한 의미 가능성을 향하여 열려 있는 역사가 없다. 역사가 없는 자족적인 세계의 이상적 자아는 그러므로 무의식적인 성질을 띠고 있지만 역사를 추진하는 반성적 자아는 깨어 있는 의식이다.

따라서 무의식적으로 우물 속의 자아를 들여다보고 그리워하는 반면에, 반성적 의식으로 그 행위를 거부하고 미워하는 것은 당연한 논리의 귀결이자 당위이기도 한 것이다. 다시 말하면 윤동주의 반성적 자아는 우물의 무의식적이고 자족적인 테두리를 벗어나고자 한다.[5] 그럼에도 불구하고 계속 멈칫거리고 순환하는 까닭은 무의식과 달리 의식이란 엄청난 노력과 의지력을 요구하는 것이며, 고통과 갈등을 회피하지 않고

---

5) 이와 같이 좁은 테두리를 벗어나 역사의 실천적 지평으로 나아가려는 의식은 「자화상」보다 먼저 쓰여진 작품 「한난계」에도 아주 뚜렷이 나타나 있다. 다음과 같은 구절을 보라. "나는 아마도 진실한 세기의 계절을 따라 / 하늘만 보이는 울타리 안을 뛰쳐, / 역사같은 포지션을 지켜야 봅니다."

수용하여 견뎌낼 수 있는 힘을 요구하는 것이기 때문이다. 이런 의미에서 어른으로 성숙되어 간다는 것은 어린이의 무의식의 영역을 좁히면서 의식의 영역을 확장해 나간다는 것에 다름 아니다.

그러나 「자화상」에서 무엇보다도 주목되는 것은 멈칫거림의 무의식적 현상을 통해서나마 매우 조용하고 암시적이긴 하지만 도덕에의 의지를 내비치고 있다는 사실이다. 그것은 바로 '돌아간다'는 화자의 행위와 더불어 자연적 물상들이 빠짐없이 비치고 있는 티없이 맑은 물의 이미지로부터 환기되고 있다. '맑은 물'은 언제나 도덕적 순수화에 대한 의지를 불러일으키는 역동적 상상력에 관련되기 때문이다.6) 또한 그 맑은 물에 펼쳐진 하늘은 도덕적 원천으로 작용하는 이미지로서 윤동주의 상상체계 속에서는 매우 빈번히 나타나는 핵심적인 심상이기도 하다. 이 시에 나타나 있는 이와 같은 도덕적 의지의 암시는 뒤에 「서시」로 이어지면서 보다 강화되고 명료해진다.

「자화상」에 나타난 특징들을 요약해 보자. 첫째, 내면의식의 표상으로 '우물'이 있고, 둘째, 폐쇄적 내면공간의 상징인 '방'을 기준으로 볼 때 우물은 외부에 위치해 있으며, 셋째, 표출된 주조적 정서는 '그리움'이고,7) 넷째, 화자의 태도는 멈칫거림이다. 그리고 마지막으로 화자의 의지의 방향은 아직 행동을 위한 향외적向外的 상승도 보이지 않을 뿐더러 향내적向內的 하강도 보이지 않고 있다.

---

6) 가스통 바슐라르, 앞의 책, 284쪽.
7) 표출된 정서는 미움, 가여움, 그리움 등으로 나타나지만 미움과 가여움이 결국 변증법적인 지양을 거쳐 그리움이 된 것으로 본다.

3. 「서시」, 「무서운 시간」, 「돌아와 보는 밤」

「서시」는 윤동주의 대표작으로 가장 많이 애송되는 작품의 하나다. 압축된 간결한 형식과 높은 이상과 엄격한 극기의 자세 등이 독자를 압도하며 쉽게 사라지지 않는 감동의 충격을 주는 작품이다.

> 죽는 날까지 하늘을 우러러
> 한 점 부끄럼이 없기를,
> 잎새에 이는 바람에도
> 나는 괴로와 했다.
> 별을 노래하는 마음으로
> 모든 죽어 가는 것을 사랑해야지.
> 그리고 나한테 주어진 길을
> 걸어가야겠다.
>
> 오늘 밤에도 별이 바람에 스치운다.
>
> ―「서시」(1941.2)

우선 이 시는 문맥적 의미로 보아 제1연을 4행까지로 끊어서 2연으로 나누어 볼 수 있다. 그 다음 의미의 소절을 다시 나눈다면 1, 2행과 3, 4행과 5, 6행과 7, 8행의 4분절이 된다. 이렇게 볼 때 4행까지의 1연이 화자의 곡진한 원망에 대해서 말하고 있다면 8행까지의 2연은 그 원망을 향한 실천적 방향을 제시하고 있다고 볼 수 있다.

의미의 단위를 4분절하여 볼 때 1소절은 화자의 인생론적 목표요 원망의 표출이라 할 수 있다. 그런데 여기서 문제가 되는 것은 '부끄러움'이라는 윤동주 시의 지배적인 정서다. 부끄러움이란 언제나 내면성을 전제로 성립되는 것이며, 그 내면의식 속에서 피반성적 자아와 반성적 자아의 분열로 말미암아 전자에 대한 후자의 느낌으로 환기되는 정서라 할 수 있다. 그러므로 그것은 외면성의 감각이 행동의 기초가 되는 심미적 실존의 단계에서는 발견될 수 없는 것이며 오직 내면성의 도덕을 기초로 하는 윤리적 실존 이상의 단계에서만 발견되는 정서인 것이다. 따라서 부끄러움은 높은 가치의식, 즉 도덕적 감각으로부터 우러나온다. 이 시에서 부끄러움을 유발하는 그 도덕적 거울, 즉 반성적 자아가 활동하는 내면공간의 표상은 하늘이다. 하늘은 「자화상」의 분석에서도 잠시 이야기한 바와 같이 도덕적 순수화에의 의지에 작용하는 역동적 상상력으로서의 '맑은 물'과 동가적인 심상이다. 즉 우러러 볼 수 있는 하늘은 도덕적 원천으로서 순수와 완전함을 표상한다.[8]

그런데 이렇게 하늘을 우러러 한 점 부끄럼이 없기를 바란다는 것은 거의 지상에서 이루어질 수 없는 초월적 가치를 요구하는 것에 다름 아니다. 이러한 의미에서 절대적인 순수 · 완전을 표상하는 하늘과 함께 이 원망의 태도가 종교적인 것임을 쉽게 짐작할 수 있다. 따라서 여기의 하늘은 내재적인 도덕의식을 넘어 초월적인 종교의식의 신의 의미로 미묘하게 기울어 있다.[9] 이것은 윤동주의 기독교적 영향이라고 보여지는데

---

8) 하나의 가치의식으로서의 도덕감은 외면적이고 감각적인 변화의 공간성 위에서, 그리고 자기동일성을 발견할 수 없는 순간성의 시간원리 위에서는 성립되지 않는다. 그것은 공간적으로 시간적으로 지속성과 불변성의 감각 위에서 성립되는 개념이다. 이런 의미에서 이 시의 무상성을 드러내는 '바람'이라는 이미지와 대조하여 하늘이 지닌 도덕성을 이해해야 한다.

9) 필자가 여기서 '미묘하게 기울어 있다'라고 조심스럽게 표현하는 까닭은 그 하늘의 의미가 기독교적 신의 의미를 어느 정도 함축하고 있다는 말이다. 물론 앙천불괴(仰天不愧)라는 말이 우리 동양인들에게 있어서 매우 익숙한 수신적 성어의 하나라고 할 때, 하늘의 의미를 기독교적 의미만으로 볼 수는 없을 것이다. 그러나 여기서는 전체적인 시적 의미구조의 맥락에서 보아야 하고, 그럴 때 이 시의 후반에 나타난 기독교적 박애정신과 호응하는 의미로 본다면 그것은 기독교적 신의 함의를 상당량 지닌 것이라고 이해되는 것이다.

문제는 화자가 지향하는 그 원망이 도덕적이고 지상적인 인력을 벗어나 일방적으로 천상을 향하여 높이 상승하는 양상을 보인다는 사실이다.

동양의 내재적 도덕의식으로서의 하늘과 서양의 초월적 종교의식으로서의 하늘이 그렇다면 어떻게 다른 것인가. 중국의 한 철학자는 이에 대하여 다음과 같이 말하고 있는데 문제의 핵심에 이른 매우 요령 있는 파악으로 보인다.

> ㉠ 이 천(天)은 서양에서의 하느님과 비슷한 것으로 우주의 최고 주재자라고 할 수 있으나 그 천의 명(命)은 오히려 인간의 도덕에 의해서 결정된다는 점이다. 이것이 서양 종교의식에서의 하느님 사상과 큰 차이가 있는 점이다.
> … 천명지도(天命之道)는 우환의식으로 생겨나는 경(敬)을 통해서 한 발 한 발 아래로 하관(下貫)해 내려와 인간에게로 흘러 들어오는 것이다. … 다시 말해서 자기를 내 던지는 자아부정이 아니라 자아긍정인 것이다.10)
> ㉡ 서양사상에서의 천명은 인간에게 있어서 영원히 바라기만 하는 가망적(可望的)인 것일 뿐 인간인 내 몸에 즉(卽)할 수 없다. 그들은 오직 하느님 신이 차견(差遣)해 내려 보낸 예수 그리스도를 통해서만 구속할 수 있다고 말할 뿐 천명지위성(天命之謂性)이라 하여 인간 자신의 각오를 정시한다는 등의 것은 말하지 않는다. … 서양사상에서의 천인관계는 의연히 종교적 형태로만 머물러 있다.11)

㉠에서는 주로 동양적 하늘에 대한 의식을, ㉡에서는 서양적 하늘에 대한 의식을 설명하면서 서로의 차이점을 비교하고 있다. 동양에서는 천명이 인간의 도덕에 의해서 결정된다. 하늘의 명은 지상의 인간에게로

---

10) 모종삼, 『중국철학의 특질』, 송항룡 역(동화출판공사, 1983), 30~31쪽.
11) 위의 책, 35쪽.

하관해 내려와서 천명지위성의 천인합일을 이루고 있으므로 인간의 내면에는 그 명을 갖추고 있다.[12] 그 명이 마음속에서 양심으로 자각되고 그 양심이 외면으로 실현될 때 도덕의식이 생기고 그 도덕의식에 따라 윤리적 행동이 사회화되는 것이다. 내재적인 천명에 의하여 자아긍정이 이루어지므로 자아긍정 위에서 확고한 주체가 성립될 수 있고 주체가 성립되어야 지상의 역사를 통하여 이상의 실천이 이루어진다. 어디까지나 동양적 사상 전통 속에서는 하늘이 도덕의식에 의해서 역사적 의미를 띠게 된다. 이와 달리 서양에서의 하늘의 관념은 지상의 인간과는 너무 먼 거리에 있어서, 그리고 신성神性과 인성人性은 엄격히 구별되는 것이어서 영원히 '가망적可望的'인 것일 뿐이다.

따라서 그 하늘에 이르기 위해서는 오직 자아부정, 즉 기독교적 헌신을 통과해야만 한다. 그것은 지상의 역사를 부정하는 구원사관 위에 놓여 있는 것이다. 따라서 동양은 주체성, 즉 자아긍정을 중심으로 해서 하늘과 합일되고 서양은 객체성, 즉 자아부정을 중심으로 해서 하늘과 합일된다. 전자의 하늘이 내재적인 만큼 불완전해 보인다면 후자는 초월적인 만큼 절대적으로 순수성과 완전성을 구유한 것으로 보인다.

「서시」의 화자가 종교적 의식으로 기울어진 하늘을 우러러 보고 있다면 그 하늘이 절대적인 순수성과 완전성을 표상하는 만큼 실제에 있어 화자의 원망은 적어도 역사적 실천 속에서 이루어질 수 없음이 자명하다. 역사적 실천 속에서 이루어질 수 없다면 부끄러움은 지상적 삶이 존속되는 한 끝내 소멸되지 않을 것이다. 이러한 부끄러움은 바로 기독교적 원죄의식에 궁극적으로 맞닿게 된다고 볼 수 있다.

---

12) 맹자는 이와 같은 의미를 「진심장구」에서 이렇게도 말하고 있다. "그 마음을 다하는 사람은 그 성을 알 수 있고 그 성을 알게 되면 하늘을 알게 된다(盡其心者 知其性也 知其性則知天矣)."; "그 마음을 잘 간직하여 순리대로 거스르지 않고 그 성을 따르는 것이 하늘을 섬기는 바다(存其心 養其性 所以事天也)."

그렇다면 그와 같은 절대적 순수에의 지향에 있어서 화자는 구체적으로 어떠한 태도를 지니고 있는가. 이 시의 문면대로 본다면 과거의 태도와 미래의 태도가 암시되어 있다.

　첫째, 과거의 태도는 3, 4행에 나타나 있다. 잎새에 이는 바람에도 괴로와했다는 것은 물론 순수에의 원망이 그 만큼 철저했음과 동시에 지극한 결벽을 말하고 있는 것이지만 주목되는 것은 그 원망을 향한 주체의 향외적 동력이 전혀 거세되어 있다는 점이다. '바람에도 괴로와했다'는 것은 다만 '바람'으로부터 순수성을 지키기 위해 소극적, 수동적, 내폐적, 수세적인 자세를 견지했다는 뜻이다. 그것은 '바람'을 극복하고 지양하여 무엇인가를 이룩해 나간다는 것이 아니고 이미 존재하는 어떤 세계를 지키고자 혹은 안주하고자 하는 자세다.

　여기서 또 하나 주목되는 점은 불모성, 무상성, 갈등 등의 함의를 지닌 '바람'에 대립되는 '잎새'가 화자와 상상적 문맥 속에서 동일시되고 있다는 점이다. 이 경우 '잎새'는 물론 가장 청순하고 자연스러운 생명현상을 의미한다. 바람에 부대끼는 잎새의 괴로움을 화자의 감정이입에 의하여 교묘히 화자 자신의 생명현상으로 전이시키고 있다. 앞서 말한 내폐적, 수세적 자세와 함께 잎새의 더없이 순수한 식물적 삶의 의미는 화자가 순수에의 지향에 있어서 과거에 어떤 태도를 지니고 있었던가를 단적으로 드러내고 있다. 바꾸어 말하면 화자는 갈등의 극복을 통하여 순수에 도달하고자 한 것이 아니라 자족적인 세계 속에서 순수성을 구했던 것이다. 이미 앞에서 윤동주가 자족적인 세계에의 강한 경사를 보이고 있음을 살펴본 바 있는데 여기에 보다 더 직설적인 그 자신의 언급이 있어 주목된다.

　　나는 처음 그를 퍽 불행한 존재로 가소롭게 여겼다. 그의 앞에 설 때

슬퍼지고 측은한 마음이 앞을 가리곤 했다. 마는 돌이켜 생각컨대 나무처럼 행복한 생물은 다시 없을 듯하다. -(중략)- 나무는 행동의 방향이란 거추장스런 과제에 봉착하지 않고, 인위적으로든 우연으로든 탄생시켜 준 자리를 지켜 무궁무진한 영양소를 흡취하고 영롱한 햇빛을 받아들여 손쉽게 생활을 영위하고 오로지 하늘만 바라고 뻗어질 수 있는 것이 무엇보다 행복스럽지 않으냐.

-「별똥 떨어진 데」(1948.12)

나무는 행동의 선택이 필요 없는 자족적 삶을 스스로 이루고 있다. 윤동주가 실존적 행동의 결단을 앞에 두고 얼마나 망설이며 고뇌했는지를 쉽게 알 수 있는 대목이다.

둘째, 순수에 도달하기 위한 미래의 태도는 5, 6행에 나타나 있다. 이것을 한마디로 줄여 말한다면 모든 것을 사랑한다는 기독교적 박애주의라고 할 수 있다. 원수에 대한 사랑까지 포괄하는 박애는 지극히 초월적이다. 내재적 도덕의식으로서의 인仁의 실천이 주체를 긍정하고 사랑의 대상에 대한 개별성을 인정하면서 역사를 통해서 완성되어지는 것이라고 한다면, 박애의 실천은 너무나 완전하고 초월적이어서 주체를 부정함과 동시에 추상적 보편성을 전제해야만 하는 구원사관 위에서 성립되는 것이라고 볼 수 있을 것이다. 역시 박애는 실천적 가치라기보다 하나의 이상적 가치다.

윤동주의 결벽성과 극단적인 이상주의적 경향은 이와 같이 자족적인 세계와 초월적인 세계의 양 극단을 왕래하면서 좀처럼 바른 방향을 잡지 못하고 있다. 그러나 7, 8행의 자기 확인과 결의의 표명에 의해서 5, 6행에 표현된 이상적 가치는 놀랍게도 마지막 행이 암시하고 있는 역사적 지평과 극적으로 이어지게 된다. 마지막 행은 현재의 상황에 대한 자각을 나타내고 있는데 '별'로 표상되는 이상적 · 초월적 가치는 '바람'이라는 역사적 시련과 나란히 지양적 합일을 이루고 있는 것이다. 이제 '별'은 하늘 위에 있는 것이 아니라 '바람' 속에 있다. 여기서 윤동주의 시적 도정은 윤리적 행동을 향하여 다시 한 번 정면으로 마주서게 되는 계기를 이룬다.

이해를 돕기 위하여 다음과 같이 시적 의미의 구조를 정리해 보자.

1, 2행 : 도덕적 원망 3, 4행 : 순수에의 결벽	}	자족적 순수 : 과거
5, 6행 : 기독교적 박애 7, 8행 : 소명의식과 결의	}	초월적 순수 : 미래
9행 : 이상과 현실의 지양	}	내재적 순수 : 현재

여기서 초월적 순수를 나타내는 미래는 '그리고 나한테 주어진 길'이라는 표현 때문에, 그리고 현재의 내재적 순수로 지양된다는 의미에서 정확하게는 현재적 미래라고 할 수도 있을 것이다.

「서시」에서 비로소 정면으로 마주서게 된 행동에의 의지는 그러나 다시 한 번 두려움으로 움츠리게 되는데 「무서운 시간」에서 그러한 사정이 잘 드러나 있다.

거 나를 부르는 것이 누구요,

가랑잎 이파리 푸르러 나오는 그늘인데
나 아직 여기 호흡이 남아 있소.

-(중략)-

나를 부르지 마오.

－「무서운 시간」(1941.2)

밖에서 부르는 소리는 윤리적 결단을 촉구하는 시대적 상황의 급박함을 의미한다. 그러나 화자는 '이파리의 그늘'이라는 예의 자족적 세계 속에 무의식적으로 아직도 안주하려고 한다. 그러나 상황은 그런 안주를 더 이상 허용할 수 없을 정도로 급박하다. 그 급박함은 '가랑잎 이파리'가 나타내고 있듯이 자족적인 세계의 안주가 이제 철늦은 것임을 자각하는 데에서, 그리고 '아직 여기 호흡이 남아 있소'에 표현된 대로 거기에 안주하려는 최후의 안간힘 속에서 아주 극명히 표현되고 있다. 마지막 행의 '나를 부르지 마오'는 화자가 밖으로 나가지 않겠다는 의지의 표현이라기보다 외부의 부름이 숙명적인 것이며 미구에 자신이 밖으로 나갈 수밖에 없다는 것에 대한 절실한 깨달음의 반어적 표현에 불과하다.

윤동주는 그러나 외계의 상황을 확인한 다음, 자아와 외계의 극복할 수 없는 거리를, 그리고 현실과 도덕적 이상과의 평행적 거리를 깨닫고 절망하게 된다.

세상으로부터 돌아오듯이 이제 내 좁은 방에 돌아와 불을 끄옵니다. 불을 켜 두는 것은 너무나 피로롭은 일이옵니다. 그것은 낮의 연장이옵기에

이제 창을 열어 공기를 바꾸어 들여야 할 텐데 밖을 가만히 내다보아야 방안과 같이 어두워 꼭 세상 같은데 비를 맞고 오던 길이 그대로 비 속에 젖어 있사옵니다.

하루의 울분을 씻을 바 없어 가만히 눈을 감으면 마음 속으로 흐르

는 소리, 이제 사상이 능금처럼 저절로 익어 가옵니다.

　　　　　　　　　　　　　　　　　　　ー「돌아와 보는 밤」(1941.6)

　'방'이라는 내면적 공간이 외계의 어둠과 같이 어둡다는 인식은 시대적 어둠에 대한 자아의 절망을 아주 구체적으로 표현한 것이다. 그런데 여기서 주목되는 것은 그러한 절망 속에서 사상이 익어가는 소리를 듣는다는 사실이다. 키어케고어의 어법으로 바꾸어 말한다면 절망은 죽음에 이르는 병이면서 죽음에 이르는 병이 아니라는 역설의 표현에 다름 아니다. 그러한 역설은 윤리적 실존이 겪게 되는 필연적인 과정으로서 이상과 현실의 평행적 거리에서 발생한다. 윤리적이 되려고 애쓰면 애쓸수록, 양심적으로 노력하면 노력할수록, 도덕적 생활을 하려고 힘쓰면 힘쓸수록, 또 우리가 바라보는 도덕적 이상이 높으면 높을수록 우리는 현실적 자아가 너무나 추악하고 불순하고 무력한 존재임을 통절히 깨닫게 된다.

　절대적 순결과 사랑과 희생은 우리의 현실적 능력이 미치지 못하는 피안의 세계다. 윤리적 실존은 이와 같은 준엄한 도덕률 앞에서 자신의 무력과 유한성을 자각하면서 깊이 절망하게 된다. 그러나 현실과 이상 사이의 합치될 수 없는 모순적 거리를 자각한 절망 속에서만 그 모순을 통합하려는 실존적 기투企投 혹은 윤리적 실존의 변증법적 대응방식이 생겨 나온다. 이 시의 절망적 어둠과 그 어둠 속에서 익어가는 사상의 의미는 바로 그와 같은 역설적 논리의 표현이다. 이런 의미에서 이 작품은 윤동주 시의 전개과정에 하나의 중요한 지표가 되어 주고 있다. 그러나 아직 그 사상은 익어가고 있는 중이며, 더구나 '마음 속에 흐르는 소리'이므로 가시적으로 실감할 수 있기까지는, 그리고 구체적인 행동으로 실현되기까지는 더 많은 시간이 필요함을 암시하고 있다.

4. 「또 다른 고향」, 「길」, 「별 헤는 밤」

능금처럼 익어가는 사상이라는 비유가 암시하고 있듯이 그 사상이 구체적인 실존적 행동으로 결실하기까지는 기후에 해당하는 시련으로서 좌절, 회의, 퇴행과 재생에의 꿈 등을 겪기 마련이다. 윤동주의 작품 중 가장 심각한 자아분열 현상과 함께 좌절감, 냉소적 자기학대, 도피적 증상 등을 복합적으로 표출하고 있는 다음의 작품도 그와 같은 필연적인 과정의 소산이라고 볼 수 있다.

고향에 돌아온 날 밤에
내 백골이 따라와 한 방에 누웠다.

어둔 방은 우주로 통하고
하늘에선가 소리처럼 바람이 불어온다.

어둠 속에서 곱게 풍화작용하는
백골을 들여다보며
눈물짓는 것이 내가 우는 것이냐.
백골이 우는 것이냐.
아름다운 혼이 우는 것이냐.

지조 높은 개는
밤을 새워 어둠을 짖는다.

어둠을 짖는 개는
나를 쫓는 것일 게다.

가자 가자
　　　쫓기우는 사람처럼 가자.
　　　백골 몰래
　　　아름다운 또 다른 고향에 가자

—「또 다른 고향」(1941.9)

　　이 시는 화자가 고향에 돌아와서 현실적 자아와 본래적 자아의 회복될
수 없을 듯한 괴리와 시대의 어둠을 새삼 확인하면서 자기 모멸감에 젖
어 있는 절망적 정조를 형상화하고 있다. 그런데 고향에 돌아온 날 백골
이 따라와 누웠다는 것, 그리고 그 백골 몰래 또 다른 고향으로 가자는 것
등의 표현으로 볼 때 이 글의 모두에 밝힌 바와 같이 윤동주의 특이한 생
애에 비추어 본다면 그 고향의 의미가 참다운 영혼의 그것이 아니라 시
대의 어둠 속에서 탄생한 육신의 고향에 불과하다는 것을 알 수 있다.[13]
그러므로 여기에 나타난 어둠은 원초적인 것이라고 할 수 있는데,「돌아
와 보는 밤」에서 방과 외계의 어둠이 한 가지라고 느꼈던 인식이 여기에
와서 '어둔 방은 우주로 통'한다는 인식으로 바뀌어진 것과 같이 그것은
우주적 어둠으로 더욱 심화되어 있다고 할 수 있다. 그리하여「무서운 시
간」에서 '나를 부르지 마오'라고 외쳤던, 즉 윤리적 결단을 촉구하던 외
계의 '부름의 소리'도 '하늘에선가' 들려오는 바람 소리로 심화 확대되어
있다. 그러나 청각 작용만 겨우 지탱할 수 있는 그 절망적인 어둠 때문에
그 '부름의 소리'는 이제 화자를 불러내기보다는 오히려 쫓겨 가게 하고,
그 '쫓김'과 '부름의 당위적 호응' 사이에서 자아의 극단적 분열을 만드

---

13) 이와 같은 백골, 즉 현실의 유한적인 자아의 고향과 어둠에 대하여 윤동주는 「별똥 떨
　　어진 데」에서 다음과 같이 쓰고 있다. "나는 이 어둠에서 배태되고, 이 어둠에서 생장하
　　여서 아직도 이 어둠 속에 그대로 생존하나 보다. 이제 내가 갈 곳이 어딘지 몰라 허우
　　적거리는 것이다. 하기는 나는 세기(世紀)의 초점인 듯 초췌하다."

는 역기능으로 작용한다.

여기서 '나 · 백골 · 아름다운 혼' 등을 도식적으로 심리학의 용어를 빌려 설명한다면 '백골'은 탈(persona), '나'는 자아(ego), '아름다운 혼'은 영혼(anima) 등으로 볼 수도 있을 것이다. 그러나 문맥적 의미로 본다면 '백골'은 지상적 · 육신적 · 현실적 · 유한적인 자아를 의미하고, '아름다운 혼'은 초월적인 이상적 자아를, '나'는 반성적 자아를 가리키고 있다고 보아야 한다.14) 이 시의 해석에서 가장 문제가 되는 부분은 4, 5연이다. 이 부분의 해석도 전체적인 시적 의미의 구조와 맥락에서 살펴보아야만 오독을 면할 수 있다. 3연까지에서 화자가 어둠의 '부름의 소리'에 위축되면서도 한편으로 '부름에의 당위적 호응' 즉 어둠을 짖는 행위에 대한 배반 때문에 자아분열이 일어났음을 우선 전제해야 한다. 자아분열 때문에, 통일된 의지의 향방을 상실한 상황에서, 개 짖는 소리가 하나의 반성적 충격으로 작용하게 된 것이다. 환언하면 '지조 높은' 행위, 즉 어둠을 짖는 당위적 호응을 마땅히 자신이 스스로 실천해야 함에도 불구하고 오히려 한낱 '개'만이 '어둠을 짖는다'고 느낄 때 화자는 상상적 문맥 속에서 자기 비하적 · 자학적인 굴절을 통하여 '지조 높은 개'라는 역설적 형용을 만들어 내게 된다. 결국 어둠을 짖는 자신의 모습이 상상적 문맥 속에서 냉소적으로 개에게 투사된 것이라고 볼 수 있다. 이렇게 되면 제 기능을 상실한 반성적 자아로서는 설 자리를 잃고 쫓겨날 수밖에 없다. 그런데 여기서부터 매우 교묘한 '모순적 의미복합'이 발생하게 된다.15) 마

---

14) 김흥규의 앞의 글, 148~149쪽에서도 이와 같은 관점으로 해석하면서 다음과 같이 말하고 있다. "백골은 어떤 초월적 세계의 추구를 제약하는 지상적 · 현실적 연쇄에 속한 존재임을 알 수 있다. '나'는 이 둘이 결합된 실존적 인간이며, 또한 이 둘의 갈등을 의식하는 자아이다."

15) '모순적 의미 복합'이란 용어는 흔히 시적 사고 속에서 발생하는 합리적이면서도 불합리한, 즉 두 개의 심상의 기능이 일부는 합치되고 일부는 합치되지 않는 의미의 복합적 현상을 지칭하기 위해서 필자가 만든 용어이다.

지막 연의 쫓기우는 사람의 의미는 물론 표면적으로는 개에게 쫓긴다는 의미이지만, 그러나 반성적 자아가 '백골' 즉 현실적 자아를 버리고 몰래 아름다운 이상적 자아의 고향으로 도피하고자 하는 강한 소원을 나타낸 것이기도 하기 때문에 그 쫓김은 불합리하게도 '나' 즉 반성적 자아가 개에게만 쫓겨가는 것이 아니라 기실은 현실적 자아로부터도 쫓겨간다는 의미를 암암리에 드러내게 된다. 이렇게 되면 육신을 지닌 현실적 자아와 개는 교묘한 동가적 표상이 되면서 모순적인 의미복합을 형성하는 것이다. 어떻게 해서 이러한 현상이 발생하는가. 지상적 어둠에서 배태된 자아가 없다면 반성적 자아의 고통스러운 도덕적 당위는 발생하지 않는다. 그러기 때문에 가중되는 도덕적 당위의 고통을 더 이상 감내할 수 없을 때 반성적 자아는 그 고통의 연원인 현실적 자아를 떠나고 싶다는 소원을 갖게 된다. 그런데 결국 도덕적 패배를 의미하게 되는 이러한 소원은 심리적인 자기방어적 왜곡 혹은 반동형성에 의하여 사실과는 반대로 현실적 자아로부터 쫓기는 행위로 도치되고 마는 것이다. 바로 이 지점에서 개의 함축적 의미 속에 현실적 자아가 복합된다. 다시 말하면 개나 육신을 지닌 현실적 자아는 모두 지상적 차원을 벗어날 수 없는 동물성·유한성의 표상이라는 점, 또 반성적 자아를 쫓는 시적 기능을 발휘한다는 점 등에 의해서 그 둘은 동가적인 표상이 된다. 그러므로 5연의 '어둠을 짖는 개는 / 나를 쫓는 것'이란 의미는 '어둠 속에서 배태된 현실적 자아는 반성적 자아를 쫓는 것'이라는 의미를 동시에 지닌다. 반성적 자아가 냉소적으로 투사된 '지조 높은 개'와 어둠을 짖을 수 없는 현실적 자아는 분명히 다르지만 그러한 합리적 논리의 차원을 뛰어 넘어서 그 둘은 시적 진실을 개명하는 모순적 의미복합을 이루게 되는 것이다.

이와 같이 볼 때 마지막 연에서 4번이나 거듭되는 '가자'라는 청유의 언사는 기실 그 표면적인 숨 가쁨과 단호함에도 불구하고 메아리 없는 외침과 같이 공허하고 맥이 없다. 왜냐하면 현실적 자아를 버리고 몰래 떠난다는 것은 오직 죽음을 의미할 뿐 실제적으로는 불가능하기 때문이다. 그것은 한갓 좌절한 자의 독백에 불과하다.

「또 다른 고향」의 직후의 작품으로 추정되는 「길」에서 윤동주는 그 깊은 좌절감으로부터 벗어나 또 다시 윤리적 결단을 위한 힘겨운 탐색의 모습을 보여준다.

> 잃어 버렸습니다.
> 무얼 어디다 잃었는지 몰라
> 두 손이 주머니를 더듬어
> 길에 나아갑니다.
>
> 돌과 돌과 돌이 끝없이 연달아
> 길은 돌담을 끼고 갑니다.
> —(중략)—
> 돌담을 더듬어 눈물짓다
> 쳐다보면 하늘은 부끄럽게 푸릅니다.
>
> 풀 한 포기 없는 이 길을 걷는 것은
> 담 저쪽에 내가 있는 까닭이고
>
> 내가 사는 것은, 다만,
> 잃은 것을 찾는 까닭입니다.
>
> —「길」(1941.9)

이 시는 화자가 '담 저 쪽에' 남아 있는 본래적 자아와 합치될 수 없는 현실의 슬픔을 '—갑니다' '—입니다' 등의 경어적 종지어미의 반복을 통하여 억제하면서 차분히 주어진 상황을 확인해 나가고 있다. 이 작품은 주제로 미루어 볼 때 윤동주가 본의아니게 히라누마平沼로 창씨개명을 한 이후에 지어진 것으로 추정되는데 그러한 현실과는 달리 시적 전개는 매우 이성적 결구를 유지하면서 감정의 앙분을 억제하고 있음이 주목된다.

'돌과 돌과 돌이' 끝없이 이어진 돌담은 자아분열을 각성시키는 내면의식의 표상이라 할 수 있는데 돌이 지닌 무거움, 캄캄한 불투명성, 죽음 등의 내포적 의미는 화자의 내면공간이 절망적인 어둠 속에 잠겨 있음을 선명히 드러내 주고 있다. 그리고 무겁고 불투명한 돌담이 자아의 통합은 커녕 현실적 자아의 상황을 희미하게나마 비추어 줄 수도 없는 표상임에 비하여 푸르고 투명한 '하늘'이라는 표상은 자아의 이상적인 반조反照를 통해 '돌담을 더듬어 눈물 짓'게 하면서 그것과 강렬한 대조를 이루고 있다.

이 작품이 절망적인 정조를 짙게 풍기면서도 만만치 않은 탐색의 동선動線이 '길'을 통하여 실존적 현실로 나아가고 있음을 보여 주는 까닭은 바로 부끄러움의 정서를 환기하는 '하늘'의 심상 기능에 있다. 윤동주의 시 중에 이와 같이 대조적인 내면 표상이 긴밀한 결합구조를 보임과 동시에 통일된 방향을 통하여 일치된다는 점에서 이 작품은 특히 주목된다. 그러나 이와 같은 향외적 탐색의 동선은 「별을 헤는 밤」에서 다시 한번 퇴행적인 자족의 세계로 굴절하는 우회를 겪게 된다. 여기서 퇴행적이라고 하는 까닭은 「서시」의 '바람' 속의 별이 여기서는 '계절이 지나가는' 자연의 순환원리로서의 하늘, 즉 주체의 행위를 초월한 객체로서의 하늘 위에 존재하면서 과거의 추억과 관련된 사물들과 회고적인 정감 속에서 결합되고 있기 때문이다. 더구나 다음과 같은 구절은 그러한 퇴행적 의미를 확고하게 명시해 주고 있다.

나는 무엇인지 그리워
이 많은 별빛이 내린 언덕 위에
내 이름자를 써 보고,
흙으로 덮어 버리었습니다.

−(중략)−

그러나 겨울이 지나고 나의 별에도 봄이 오면
무덤 위에 파란 잔디가 피어나듯이
내 이름자 묻힌 언덕 위에도
자랑처럼 풀이 무성할 거외다.

　여기서 별은 두 말할 것 없이 현실적 자아를 반조케 하는 순수한 이상
적 가치로서 내면의식의 한 표상이다. 그런데 이러한 별이 내린 언덕 위
에 이름자를 묻고 그 무덤에서 봄이 오면 자랑처럼 풀이 무성하길 바란
다는 것은 이상의 세계를 향한 부활의식 혹은 재생의식에 다름 아니다.
재생의식은 추억에 대한 그리움의 정서와 함께 확고한 퇴행공간을 성립
시키고 있다.

　특히 윤동주가 보인 지금까지의 내면적 고뇌와 투쟁을 전제할 때 이
퇴행공간의 출현은 현실적 고통과 절망이 얼마나 극대화되었는가 하는
것을 증언하는 것이라고 볼 수 있다. 윤동주의 『하늘과 바람과 별과 시』
에서 이와 같이 퇴행의식을 분명히 보여주고 있는 작품은 이「별 헤는 밤」
한 편뿐이다. 19편이 묶여진 그 자선시집은 극대화된 절망 속에서 퇴행
의식으로 숨통을 틀 수밖에 없었음을 보여주는 이「별 헤는 밤」을 마지
막 작품으로 끝맺게 된다. 이 자선시집으로 마감되는 전기前期의 시적 전
개는 결국 한마디로 말한다면 외계와 자아의 갈등 속에서 자아분열을 심
화시키면서 절망의 극한에까지 이르게 되는 내면의식의 참담한 투쟁과

정을 보여주는 것이었다고 할 수 있다.

「돌아와 보는 밤」에서 능금처럼 익어가던 사상을 통하여 가능성을 보여 준 그 절망적 어둠의 역설은 「별 헤는 밤」의 퇴행의식이 내포하는 극한적인 절망에 이르러 비로소 그 역설적 가치를 오히려 실현하게 되는 전기를 맞이하게 된다.

5. 「간」, 「참회록」, 「쉽게 쓰여진 시」

윤동주의 최후의 작품인 「쉽게 쓰여진 시」를 포함하여 이 세 편의 시는 그의 몇 편 안되는 가장 후기의 것들이다.

바닷가 햇빛 바른 바위 위에
습한 간(肝)을 펴서 말리우자

코카사스 산중에서 도망해 온 토끼처럼
둘러리를 빙빙 돌며 간을 지키자

내가 오래 기르던 여윈 독수리야!
와서 뜯어 먹어라, 시름없이.

너는 살찌고
나는 여위어야지. 그러나,

거북이야!
다시는 용궁의 유혹에 안 떨어진다.

프로메테우스 불쌍한 프로메테우스
불 도적한 죄로 목에 멧돌을 달고
끝없이 침전하는 프로메테우스.

―「간」(1941.11)

이 시는 지금까지 윤동주의 시에 주조음을 이루고 있던 조용하고 내성적인 어조와는 달리 호격 조사, 명령형 어미, 결의를 다짐하는 의지 미래형 어미 등이 거듭 사용되면서 남성적이고 동적인 느낌을 자아내고 있다. 이 작품은 생명과 지조의 의미를 함축하고 있는 '간'을 중심으로 프로메테우스 신화와 귀토설화의 서사적 구조가 결합되고 있는데 토끼로 나오는 화자의 상징성이 이 시의 해석의 열쇠라 하겠다. 여기에 대해서는 한 우화소설 연구자가 토끼의 의미를 해석한 것을 인용하면서 아주 적절하게 해설한 예가 있다.

> 인간적인 의미의 차원에서 볼 때, 토끼는 '현실의 고난 때문에 환상에 잠기는 인간성의 전형'이다. 그는 자기가 처한 현실의 억압과 괴로움으로부터 벗어나서 '가상하던 이상적인 삶을 누리기 위해 용궁을 찾아갔으나 오히려 삶의 포기를 요구'받는다. 결국 그의 꿈은 한낱 환상이었음을 깨닫고, 토끼는 자신의 설 곳이 갈등의 현실(地上)뿐임을 확인하게 된다. 이런 점에서 토끼는 허약한 존재에서 삶의 현실을 깨달은 '보다 강한 자신으로 발전하는 발전적 인물이다.'[16]

이와 같은 해설을 전제할 때, 이 시의 '용궁'은 양극에 해당하는 자족적 세계와 초월적 세계를 가리키는 것이고, '다시는 용궁에 안 떨어진다'라는 결의는 자아의 역사적 삶을 향한 강한 다짐이라 볼 수 있다. 그런데 여

---

16) 김흥규, 앞의 책, 153~154쪽. 인용문 속에 있는 인용문은 정학성의 「우화소설 연구」 (국문학연구회, 1972)에서 인용된 것.

기서 놓쳐서는 안 될 점은 반성적 내면의식의 표상으로 강력한 의지의 비상과 전투성을 상징하는 '독수리'가 출현했다는 사실이다. 전기의 작품들 속에서는 내면의식이 주로 정적인 이미지와 관련되어 나타났는데 이와 같이 동적인 의지의 표상이 나타났음은 무엇을 의미하는 것일까. 이것은 앞서도 말한 바와 같이 극한적인 절망 속에서 역설적인 가치가 실현되고 있음을 보이는 징조에 다름 아니다. 즉 절망 속에서 역사적 지평을 향하는 윤리적 실존이 새롭게 태동하고 있음을 암시하는 것이다. 그러나 아직도 구체적인 움직임의 방향은 보이지 않는다. 다만 역사적 삶에 대한 강한 인식을 보이고 있을 뿐, '끝없이 침전하는 프로메테우스'의 절망감과 '와서 뜯어 먹어라'와 같은 자학적인 감정에 의해서 구체적인 정향定向이 없이 확충되는 의지의 동량動量만 드러나 있기 때문이다. 이러한 현상은 「참회록」에서 좀 더 구체적으로 발전하면서 방향을 잡게 된다.

파란 녹이 낀 구리 거울 속에
내 얼굴이 남아 있는 것은
어느 왕조의 유물이기에
이다지도 욕될까.

나는 나의 참회의 글을 한 줄에 줄이자
―만 이십 사년 일개월을 무슨 기쁨을 바라 살아왔던가.

내일이나 모레나 그 어느 즐거운 날에
나는 또 한 줄의 참회록을 써야 한다.
―그때 그 젊은 나이에
왜 그런 부끄런 고백을 했던가.

밤이면 밤마다 나의 거울을
손바닥으로 발바닥으로 닦아 보자.

그러면 어느 운석 밑으로 홀로 걸어가는
슬픈 사람의 뒷모양이
거울 속에 나타나온다.

—「참회록」(1942.1.24)

　「참회록」의 시적 자아는 개아個我가 보다 큰 사회적 공간과 역사적 시간에 뿌리박고 있음을 자각하고 과거의 삶의 방식과 내면적 방황을 참회한다. 종교적인 의미로도 그렇지만 참회란 새로운 탄생을 의미하는 것이다. 이 역사적 삶의 새로운 탄생을 위하여 그는 혼신의 힘으로, 즉 '손바닥으로 발바닥으로' 거울을 닦는다. 여기서 주의할 것은 거울이 '녹이 낀 구리 거울'이라는 점이다. 이 거울은 시의 문면에 나타난 대로 개아적 의식공간이 아니라 사회적 · 역사적 의식공간이다. 또한 그것은 부드러운 '물'처럼 한없이 무의식의 깊이로 침잠케 하는 것도 아니고, 투명한 '하늘'처럼 초월적 순수를 향하여 상승케만 하는 것도 아니며, 그렇다고 해서 어두운 '방'처럼 자아분열로 인하여 폐쇄적으로 고뇌하게만 하는 것도 아니다.

　'구리'라는 딱딱한 금속은 아무리 닦아도 '물'과 같은 부드러움과 투명성을 드러내지 않는다. 유리나 금속의 인공적 거울은 자연적 산물이 아닐 뿐만 아니라 자아로 하여금 꿈꾸도록 허용하지 않는다. 그것은 다만 기하학적인 딱딱함으로 냉정한 현실인식을 반사해 줄 뿐이다. 그러므로 이 시의 마지막 연에서 화자가 보는 것은 참회의 대상으로서 과거로 사라지는 현실적 자아의 모습일 뿐이다. 다시 말하면 거울에 반사되는 현실적 자아의 모습을 거울의 전면前面으로 현재화되는 모습을 통해서가 아니라, 현재의 자아와 단절되어 과거의 배면背面으로 사라지는 '뒷모습'을 통해서 보여주고 있다. 시대의 배면으로 사라지는, 즉 현재를 등지고 사라지는 뒷모습은 '별'로서의 초월적 가치를 상실한 '운석' 밑으로 '홀로 걸어가는' 과거의 자족적·초월적인 자아의 분신이다. '뒷모습'이 배면으로 사라지고 남은 거울의 전면에는 새롭게 탄생한 현재의 역사적 자아가 다만 고도한 시적 표현의 생략을 통하여 차갑게 암시되고 있다.

윤동주가 그의 개아적 내면공간에서 부단한 내면적 고뇌와 투쟁을 겪으면서 참으로 어렵게 쟁취한 이 '구리 거울'은 그것대로 그의 시적 전개가 도달한 기념비적인 성취가 되겠지만 그러나 아직도 그것은 내면의식의 한 차원일 뿐이다.

이러한 내면의식의 차원이 현실공간의 차원으로 바뀌어지고, 고뇌의 내폐성이 현실의 실감으로 충전되면서 윤리적 실존의 행동이 시적 표현과 구조를 갖추어 나타나게 되는 것은 그의 최후의 작품「쉽게 쓰여진 시」에 이르러서다.

> 육첩방(六疊房)은 남의 나라
> 창 밖의 밤비가 속살거리는데,
>
> 등불을 밝혀 어둠을 조금 내몰고,
> 시대처럼 올 아침을 기다리는 최후의 나,
>
> 나는 나에게 작은 손을 내밀어
> 눈물과 위안으로 잡는 최초의 악수
> ─「쉽게 쓰여진 시」8·9·10 연(1942.6)

남의 나라의 '육첩방'은 내면의식과 현실공간이 튼튼히 통합되어 있음을 보여 준다. 그것은 '남의 나라', '육첩' 등의 구체적인 현실의 세부가 증명하고 있다. 이제 자아의 내면의식은 현실의 세부에 의하여 생생하게 살아나게 되고, 자아와 통합구조로 존재하는 생세계生世界를 통찰하는 인식의 눈은 '등불을 밝혀 어둠을' 내모는 힘을 지니게 되었다.

윤동주의 시 중에서 이 작품과 같이 현실의 세부가 시적 상상력을 지탱하고 있어 개인의 내적 체험이 보편적 공감으로 확산되었던 예는 일찍이 없었다.[17)]

자아의 분열과 파행을 초래하는 왜곡된 시대적 현실이 축약되어 남의 나라 '육첩방'이라는 응축된 시적 인식을 낳고, 그 시적 인식은 현실비판 의식으로, 그리고 자아의 구체적인 파행의 확인으로 심화되는데 다음과 같은 구절은 아직 미숙한 단계를 벗어나지 못한 것이지만 바로 그러한 진경의 예를 이룬 것으로 이해된다.

> 땀내와 사랑내 포근히 품긴
> 보내 주신 학비 봉투를 받아
>
> 대학 노우트를 끼고
> 늙은 교수의 강의를 들으러 간다.

여기에는 왜곡된 현실에 대한 통찰과 자아의 대응방식에 대한 자조적인, 그러나 성숙한 인식이 평이한 서술 속에 자연스럽게 희석되어 있다. 현실인식이 담담한 서술 속에 자연스러운 희석을 이루고 있음은 그만큼

---

17) 윤동주의 작품 중에서 이 작품이 가장 현실의 세부가 구체적으로 시적 의장을 통해 형상화되었다는 점에서 획기적인 것이라고 할 수 있는데, 그런 점에 비추어 볼 때 이 작품이 그의 시 중 가장 긴, 전 10연으로 구성되었다는 것은 매우 의미 있는 시사를 던지는 것으로 생각된다.

시인의 눈이 사물의 전체와 세부를 동시에 깊이 바라볼 수 있음을 의미하는 것이다. 그렇기 때문에 '남의 나라'에서 '한 줄 시를 적어 볼까'한다거나 '늙은 교수의 강의를 들으러 간다' 하는 표현 등이 지닌 얼마간의 자조적인 어조도 결코 현실대응의 동력을 상실한 소극적 자학으로 떨어지지 않고 있다. 다시 말하면 자조적인 인식은 '시인이란 슬픈 천명'이라는 천명의식, 그리고 마지막 연에 표현된 현실적 자아와 반성적 자아의 최초의 악수 등과 함께 내적인 결합을 이루고 있다는 말이다.

마지막 연에 표현된 '눈물과 위안으로 잡는 최초의 악수'야말로 윤동주의 길고 긴 내면의식의 고통스러운 탐색이 최후에 도달한 자각의 지점이다. 눈물과 위안으로 현실적 자아를 자기동일성 안에 껴안는다고 하는 것은 절대적이고 초월적인 도덕적 순수성에 의하여 타락한 현실을 전면 거부하는 행위도 아니고, 현실의 왜곡과 자아의 파행을 전면적으로 수용하는 태도도 아니다.

'눈물과 위안'으로 껴안는 행위는 자아와 세계가 서로를 구속하는 역동적 생성의 통합체임을 자각하는 태도이고, 타락한 삶과 세계의 갱신이란 오직 그 훼손된 삶의 세계 속에서 구체적인 부분과 부분의 지속적인 해결에 의하여 이루어지는 실천적 가능성임을 뼈아프게 깨닫는 행위인 것이다. 부분과 부분의 지속적 해결이란 우리의 삶을 구성하는 많은 일들이 구체성을 띠고 있음을 뜻한다. 구체적인 것은 필연적으로 부분적인 것들의 살아 있는 관계를 의미하는 것이며, 역동적이고 생성적인 삶의 세계에 있어서 막연한 전체성이란 자칫 추상적인 범위를 크게 벗어날 수 없는 것이기 때문이다. 그러므로 구체적인 부분의 해결은 사회적·역사적·시민적인 자아로서 성실히 의무를 떠맡는 행위와 궁극적으로 일치한다. 역사적 자아로서 구체적인 의무와 책임을 떠맡을 때, '시대처럼 올 아침을 기다리는' 신념이 확립되고 생세계의 추상적 전체성과 초월적인 도덕적 순수성은 윤리적 실존의 지도적 원리로서 숭고한 의미와 가치를 지닐 수 있게 된다.

윤동주가 어두운 내면공간의 부단한 투쟁 끝에 '눈물과 위안으로 잡은 최초의 악수'는 비로소 그가 윤리적 실존으로 역사 속에 서 있음을, 또한 윤리적 행동의 첫걸음을 내딛고 있음을 웅변하는 것이다.

6. 정리와 해석

지금까지 윤리적 행동을 향하여 내면의식이 어떠한 궤적을 그리고 있는지 그 비극적인 동선動線의 거리를 확인하면서 윤동주의 대표적인 작품 10편을 창작 연대순으로 분석해 보았다. 이제 분석한 각 편의 작품 속에서 내면공간의 핵심적 표상들과 자아가 드러내는 여러 현상들을 요약적으로 추출하여 비교하고 질서화하기 위해서 다음과 같이 정리해 본다.

	작품명	제작 시기	내면 표상	결합 구조	공간 이동	표출 정서	자아의 태도	의지의 방향
1	자화상	1939.9	우물	} a	외부	그리움(a)	멈칫거림	O
2	서시	1941.2	하늘		외부	부끄러움(a)	결의와 다짐	↑
3	무서운 시간	1941.2	이파리 그늘	a·b	외부	두려움	움추림	↓
4	돌아와 보는 밤	1941.6	방	} b	내부	울분	가다듬음	↑
5	또 다른 고향	1941.9	방		내부	좌절	도피	↓

6	길	1941.9	돌담길	c	외부	절망	탐색	↑
7	별 헤는 밤	1941.11	별	a	외부	그리움(b)	돌아봄	↓
8	간	1941.11	독수리	a · c	외부	역설적 절망	자학	O
9	참회록	1942.1	구리거울	b · c	내부	부끄러움 (b · c)	안간힘	↑
10	쉽게 쓰여진 시	1942.6	육첩방(창)	a · b · c	외부 내부	쓸쓸함	새출발	→

* 기호의 의미

a : 천상적 수직성   O : 방향 없음
b : 지상적 수직성   ↑ : 향외적 상승
c : 지상적 수평성   ↓ : 향내적 하강
→ : 향외적 전진

위의 도표가 나타내고 있는 시적 의미를 해석하기 위해서는 이 글의 목적을 향한 제한된 관점을 미리 선택해 두는 것이 요청된다. 이 글의 목적은 윤동주의 시가 어떠한 경로를 밟아서 내면화되며, 그 내면화된 자의식의 공간에서 어떠한 궤적을 그리며 윤리적 행동으로 나아가게 되는가 하는 것을 자세히 살펴보는 것이었다. 그러므로 우리는 여기서 위의 도표가 보여주는 여러 지표들을 해석하는 데 있어서 의식의 움직임이 외계 혹은 현실적 · 역사적 · 사회적인 실존의 공간으로 어떻게 나아가고 있는가 하는 점에 관심을 집중해야 한다. 행동은 내면공간에서 이루어지는 것이 아니라 역사적인 실존의 공간에서 이루어지기 때문이다.

우선 여러 내면표상과 그 결합구조를 살펴보자. a는 자아의 의식과 상상력의 움직임이 주로 절대적인 순수 · 친화의 세계, 즉 초월적인 이상적 세계나 자족적인 세계를 지향하면서 천상적 상승의 깊이를 지니고 있음을 뜻한다. b는 의식과 상상력이 수직적인 깊이를 갖되 언제나 지상적인

갈등과 모순에 관련되어 자아분열을 일으키면서 내면 깊숙이 하강하는 깊이를 지니고 있음을 뜻한다. c는 비교적 수직적인 상상의 꿈이 축소되고 현실적 지평의 공간이 드러나고 있음을 뜻한다. 그러나 이와 같은 도식적 작업은 언제나 지나친 단순화, 획일화의 결함이 따르고 있음을 잊지 말아야 한다. 그러므로 이러한 비교는 어디까지나 큰 흐름을 개략적으로 파악하려는 목적의 범위를 크게 벗어나서는 안 될 것이다.

다양한 내면 표상들 중 특이하게도 생명현상을 지닌 것이 두 가지가 나타난다. '이파리 그늘'과 '독수리'가 그것인데, 생명현상을 동적인 것이라 파악할 때, 이 동적인 이미지가 중심이 된 작품이 가장 극적인 움직임과 긴장구조를 보이고 있음이 주목된다. 「무서운 시간」에서는 외부로부터 자아를 불러내는 소리와 '나를 부르지 마오'의 외향적 행동을 예비한 반어적 표현이 극적 긴장을 유지하고 있고, 「간」에서는 둘러리를 빙빙 돌며 간을 지키는 움직임, 독수리에게 간을 뜯어 먹히는 행위, 프로메테우스의 침전 등등이 서사적 골격 속에서 긴장구조를 만들고 있다. 그리고 이 동적인 내면표상이 축이 되어 천상적 수직성의 움직임으로부터 행동을 위한 지상적 수직성과 수평성으로 전환되고 있음을 볼 수 있다. 즉 '이파리 그늘'에서 먼저(a · b)로 통합되어 b로 전환되고, 다시 '독수리'에서 (a · c)로 통합되어 (b · c)의 통합으로 나아간다. 전자는 '이파리 그늘'이 암시하는 자족적 세계가 a로, 외부의 부름에 의하여 자아분열을 일으키면서 내면으로 후퇴하는 움직임이 b로 나타나고, 후자는 '다시는 용궁에 가지 않겠다'는 표면적 지향이 현실적 공간의 인식이라는 점에서 c로, 그러나 그 표면적 지향은 이면에 흐르는 용궁에의 인력을 부정하는 데에서 성립되고 있으므로 그 이면적 흐름은 a로 나타난다고 볼 수 있다.

'우물'은 '하늘'이 펼쳐진 맑은 물로서 각기 절대적 순수와 친화세계의 지향을 보이므로 a가 되고, '방'은 모두 지상적 갈등과 모순에 의하여 자아분열을 심화시키면서 어두운 내면의 깊이로 하강하고 있으므로 b가 되고, '돌담길'은 자아의 탐색에 의해서 수평적인 현실지평이 구체화되고 있으므로 c가 된다. '구리 거울'은 그 딱딱한 표면이 수직적인 움직임, 즉 꿈의 깊이를 거부하면서 현실공간을 입체적으로 반사하여 처음으로 역사의식을 구체화시키고 있으므로 (b · c)가 된다. 그리고 맨 마지막의 '육첩방'은 현실공간의 세부와 함께 내면공간이 통합되어 있고, '창'을 통한 상승의 움직임이 암시되고 있을 뿐만 아니라 작품의 5 · 6연에 나타난 추억과 내면의 깊이에 의하여 a의 움직임을 내장하고 있으므로 (a · b · c)로 나타난다.

전체적으로 보면 a → b → c의 흐름을 보이면서 (a · b), (a · c), (b · c), (a · b · c)와 같은 복합적 양상으로 심화되고 있다. a는 순수한 꿈에 가깝고, b는 심화된 내면의식이며, c는 객관적인 현실지평만이 주로 강조되고 있으므로 이것들의 각각만으로는 구체적인 실존적 행동이 창조될 수 없다. 이것들이 점차 복합적으로 통합되면서, 즉 a의 이념적 지도 아래 b의 반성적 실존이 c라는 현실공간과 통합될 때 정당한 의미의 행동이 성립되는 것이다. 이렇게 볼 때 윤동주의 시는 시간의 진행에 따라 매우 더디고 우회적이지만 부단히 행동을 향하여 전진하고 있었다고 볼 수 있다.

그리고 a만 나타난 작품들은 맑고 순수한 동경의 세계가 아름답게 시적으로 형상화되어 있고 미묘한 상상력의 문맥이 투명하게 직조되어 있음을 볼 수 있다. 시가 인간에게 꿈을 준다는 일차적인 의미에서 이러한 시들이 많이 애송되고 있음은 매우 상식적인 확인이 될 것이다. 그리고 7에서 다시 한 번 a가 주동으로 나타나고 있음은 움직임의 동선이 (a · c), (b · c), (a · b · c)로 도약하기 위하여 역설적인 퇴행이 이루어지는 곡절을 보이고 있다고 할 수 있다.

b만이 나타난 것은 모순과 갈등으로 내면적 고뇌가 심화되고 있어 매우 어둡고 비극적인 느낌을 자아내는 것들이다.

또 하나 주목되는 것은 '우물', '하늘', '이파리 그늘' 등의 자연적 표상들로부터 시작하여 '방', '돌담길'과 같은 인공적 표상들이 나타나다가, 그 두 가지 표상의 교호적인 출현 끝에 인공적 표상으로 정착되고 있는 점이다. 현실적 행동이 자연적 환경보다는 인위적 환경에 더욱 밀접하게 관련된다면 이것도 하나의 의미 있는 표징으로 간주할 수 있을 것이다.

1941년은 윤동주의 생애에 있어 가장 어려웠던 때로서 많은 우여곡절을 겪었던 시기이다. 이 해 5월에 정병욱과 함께 학교 기숙사를 나와 하숙생활을 시작했고, 9월에는 일인 형사들의 주목을 피하여 정병욱과 함께 북아현동으로 하숙을 옮겼으며, 자선시집의 출간이 좌절되고, 도일 유학의 수속을 위해서 고향집에서 한 것이지만 2월부터 강요되던 창씨개명이 히라누마平沼로 이루어졌던 것도 모두 이 해였다. 이렇게 곡절이 많던 1941년에 가장 많은 시작이 이루어졌음과 그러한 곡절의 반영이라고 볼 수 있는 시적 현상들이 이때에 집중적으로 나타나고 있음은 매우 시사적이다. 즉 이 시기에 b의 움직임이 나타나기 시작하여 c로 발전하고, (a · b), (a · c)의 통합이 나타나고, a의 퇴행적 굴절이 나타나는 등 우여곡절을 겪어 이듬해의 (b · c), (a · b · c)의 통합을 준비하고 있음을 볼 수 있다. 또 자연적 표상과 인위적 표상이 교호적으로 출현하는 현상도 이 시기에 해당한다.

그 다음 내면표상이 위치하는 공간의 이동도 매우 시사적이다. 외부로부터 시작하여 내부가 나오고, 그 둘이 교차되다가 종국에 통합되고 있다. 10에서 외부와 내부가 통합되어 있다고 보는 것은 이미 작품분석에서 충분히 설명한 바이지만 처음으로 나타난 현실의 세부가 내면공간과 긴밀한 결합구조를 보이고 있기 때문이다. 이 공간이동의 발전은 일견 유아기의 단순한 감각적 외부지향 혹은 집착으로부터 내면적 자아의 인식으로 발전하고 거기에서 다시 양자가 통합되는 일반적인 인식의 발전경로와 흡사하다.

표출정서도 현실과 이상을 변증법적으로 수용했을 때 성숙한 인간이 느낄 수 있는 '쓸쓸함'에 이르기까지 정연한 발전적 진로를 보이고 있다. 같은 정서라 할지라도 a가 반영된 '그리움'에서 b가 반영된 것으로, a에 의해서 반조된 '부끄러움'은 b와 c의 인식이 낳는 '부끄러움'으로 발전하고 있다. 자아의 태도도 '멈칫거림'으로부터 일진일퇴를 거듭하면서 의미 있는 진전을 보이고 있다.

의지의 방향은 1, 8에서는 뚜렷이 나타나지 않고 있다. 그러나 전체적으로 볼 때 향외적 상승(↑)과 향내적 하강(↓)이 규칙적으로 나타나다가, 종국에 가서는 통합되어 구체적인 윤리적 행동으로 전진하고 있음을 볼 수 있다.

다소 도식적으로 단순화시킨 흠과 의도한 논리를 향하여 어느 정도 방법적인 첨삭이 따를 수밖에 없었다는 결함을 수긍한다고 하더라도, 그것이 위와 같은 분석 · 종합에 의해서 도출된 결론의 방향을 크게 바꾸어 놓으리라고는 생각할 수 없다. 다만 여기서 우리가 파악하고자 하는 것은 내면의식이 윤리적 행동으로 발전하는 하나의 커다란 흐름을 보고자 할 뿐인 것이다. 설사 그 흐름이 지류에 있어서는 위에서 분석한 바와 같이 정연한 질서와 규칙성을 지니고 있지 않다 하더라도, 그 사실의 엄밀성이 개연적 근사치마저 부정하는 것이 아니라면 흔들릴 수 없는 큰 흐름은 물론이거니와 그와 같은 근사치마저도 매우 의미 있는 지표로 수용될 수 있으리라고 본다.

결론적으로 위의 결과를 종합한다면 윤동주의 내면의식은 개아적 폐쇄성만을 드러내는 것이 아니라 역사적 · 윤리적 행동을 향하여 부단히 움직여 나간 자취를 역력히 보여 주고 있으며, 마침내 그 행동을 껴안을 수 있는 지점에까지 이르렀다고 볼 수 있다. 윤동주가 보여준 길고 긴 내면적 투쟁의 경로는 어둡고 가난한 시대의 한 내면적 인간이 유지해 나갈 수 있었던 삶의 반경에 대한 하나의 비극적 상징으로 기록될 수 있을 것이다.

부록

연보

1902(1세) 음력 8월 6일 새벽에 평안북도 구성군 서산면 왕인동의
외가에서 아버지 김성도와 어머니 장경숙 사이에서 장
자로 출생. 백일 후 평북 정주군 곽산면 남단동(일명 남
산동) 569번지의 본가로 돌아옴.

1904(2세) 아버지가 처가로 가던 중 정주와 곽산 사이 철도를 부설
하던 일본인 인부들에게 폭행을 당했다. 그 후유증으로
아버지가 정신이상 증세를 일으켜 조부 김상주의 훈도
아래 성장하면서 한문을 배움.

1905(3세) 둘째 숙모 계희영에게서 『심청전』, 『장화홍련전』, 『춘향
전』, 『옥루몽』, 『삼국지』 등의 이야기 듣기를 좋아했으
며 이것들을 다시 구술하는 데 재간을 보였다 함.

1907(5세) 조부가 사랑에 독서당을 개설하고 훈장을 초빙하여 한
문을 가르침.

1909(7세) 평북 정주군 곽산면 남단동의 사립 남산보통학교 2학년
에 편입.

1913(11세) 남산동에 퍼진 장질부사로 학교를 못가고 4개월간 앓음.

1915(13세) 4년제 남산보통학교를 졸업하고 그 해 4월 오산학교 중
학부에 입학. 이때 그의 스승 김억을 만나 지도를 받으
면서 시를 쓰기 시작함.

1916(14세) 3세 연상의 홍단실과 결혼.

1918(16세) 정주읍 주산대회에서 우승.

1919(17세) 3·1운동으로 오산학교가 문을 닫게 되어 졸업 예정자
로 졸업장을 받다. 장녀 귀생 출생.

1920(18세) 3월 ≪창조≫ 통권 5호에 「낭인의 봄」 등 5편의 시를 소
월이라는 필명으로 발표.

1922(20세) 배재고보 5학년에 편입. 차녀 귀원 출생. ≪개벽≫ 25호
에 「진달래꽃」을 발표.

1923(21세) 3월에 배재고보 7회 졸업. 도일하여 일본 동경상대 예과
에 입학. 가산이 기운데다 관동대진재로 인해 10월경 급
거 귀국. 장남 준호 출생.

1924(22세) 김동인, 김찬영, 임장화 등과 <영대> 동인이 됨.

1926(24세) 차남 은호 출생. 이즈음 구성군 남시에서 ≪동아일보≫
지국을 개설.

1927(25세) ≪동아일보≫ 지국 폐쇄. 인생에 대한 회의와 실의로 자
주 술을 들며 통음하게 됨.

1929(27세) 저속한 가요의 가사를 혁신하기 위해 조직된 <조선시
가협회> 회원으로 가입. 회원은 이광수, 주요한, 변영
로, 김억, 박영희, 김소월 등 10인.

1932(30세) 3남 정호 출생. 부인과 함께 구성 남시 시장터를 술을 마
시고 돌아다녔다 함. 이 무렵 소월은 얼마 있는 현금으
로 대금업을 하였으며 「돈타령」이라는 시를 쓴 것이
이때라고 김억은 ≪여성≫ 39호에서 술회하고 있음.

1934(32세) 6월 4남 낙호 출생. 12월 23일 평북 구성군 남시의 장에
서 구해 온 아편을 술에 타 마시고 음독 자살함.

작품서지*

1) 차례는 가나다 순.
2) 발표연대는 최초의 것만 밝힘.
3) 발표지지가 없는 것은 시집『진달래꽃』(매문사, 1925) 수록작품. 이하『시집』
   이라 표기함.

1. 창작시편

「가는 길」, ≪개벽≫, 1923.10.

「가는 봄 3월」, ≪개벽≫, 1938.1.

「가막덤불」, ≪동아일보≫, 1925.1.4.

「가시나무」, ≪여성≫, 1939.9.

「가을」, ≪개벽≫, 1922.8.

「가을 아침에」, 『시집』, 1925.12.16.

「가을 저녁에」, 『시집』.

「강촌」, ≪개벽≫, 1922.7.

「개미」, ≪개벽≫, 1922.1.

「개여울」, ≪개벽≫, 1922.7.

「개여울의 노래」, 『시집』.

「걸은 풀어 허틀어진 모래동으로」, ≪학생계≫, 1920.7.

「건강한 잠」, ≪삼천리≫, 1934.11.

「고독」, ≪신여성≫, 1931.2.

「고락」, ≪삼천리≫, 1934.11.

---

* 하동호, 「소월의 작품서지」, 『김소월 연구』(새문사, 1982)에 의함.

「고만두풀 노래를 가려 월탄에게 드립니다」, 『시집』.

「고적한 날」, ≪개벽≫, 1922.7.

「고향」, ≪삼천리≫, 1934.11.

「공원의 밤」, ≪개벽≫, 1922.6.

「꽃촛불 켜는 밤」, ≪영대≫, 1925.1.

「구름」, ≪신천지≫, 1923.8.

「구면」, ≪동아일보≫, 1921.6.8.

「꿈 1」, ≪동아일보≫, 1921.6.8.

「꿈 2」, ≪개벽≫, 1922.1.

「꿈꾼 그 옛날」, ≪개벽≫, 1922.2.

「꿈길」, 『시집』.

「꿈으로 오는 한 사람」, 『시집』.

「꿈자리」, ≪개벽≫, 1922.11.

「뀌뚜라미」, 『시집』.

「그를 꿈꾼 밤」, 『시집』.

「그리워」, ≪창조≫, 1920.3.

「그 사람에게」, ≪조선문단≫, 1925.7.

「그 산 위에」, ≪동아일보≫, 1921.4.9.

「금잔디」, ≪개벽≫, 1922.1.

「기분전환」, ≪삼천리≫, 1934.11.

「기억 1」, 『시집』.

「기억 2」, ≪여성≫, 1939.7.

「기원」, ≪삼천리≫, 1934.11.

「기회」, ≪삼천리≫, 1934.11.

「길」, ≪문명≫, 1925.12.

「길손」, ≪배재≫, 1923.3.

「길차부」, ≪문예공론≫, 1929.5.

「깊고 깊은 언약」, ≪배재≫, 1923.3.

「깊은 구멍」, ≪개벽≫, 1922.11.

「깊이 믿던 심성」, ≪동아일보≫, 1921.6.8.

「나는 세상 모르고 살았노라」, 『시집』.

「나무리벌 노래」, ≪동아일보≫, 1924.11.24.

「나의 집」, ≪개벽≫, 1922.2.

「낙천」, ≪신천지≫, 1923.8.

「남의 나라 땅」, ≪동아일보≫, 1925.1.1.

「낭인의 봄」, ≪창조≫, 1920.3.

「널」, 『시집』.

「넝쿨타령」, 『소월민요집』, 1948.1.

「눈」, ≪문명≫, 1925.12.

「눈물이 쉬루르 흘러납니다」, ≪개벽≫, 1923.5

「눈 오는 저녁」, 『시집』.

「님과 벗」, ≪개벽≫, 1922.8.

「님에게」, 『시집』.

「님의 노래」, ≪개벽≫, 1923.2.

「님의 말씀」, 『시집』.

「단장 1」, ≪문예공론≫, 1929.6.

「단장 2」, ≪문예공론≫, 1929.7.

「달맞이」, ≪개벽≫, 1922.1.

「달밤」, ≪배재≫, 1923.3.

「닭소리」, 『시집』.

「닭은 꼬꾸요」, ≪개벽≫, 1922.2.

「담배」, 『시집』.

「대수풀 노래」, ≪여성≫, 1939.8.

「돈과 밥과 맘과 들」, ≪동아일보≫, 1926.1.1.

「돈타령」, ≪삼천리≫, 1933.8.

「두 사람」, 『시집』.

「둥근 해 1」, ≪동아일보≫, 1921.6.8.

「둥근 해 2」, ≪조선문단≫, 1926.6.

「드리는 노래」, ≪신여성≫, 1931.2.

「들놀이」, 『시집』.

「등불과 마주 앉았으려면」, ≪개벽≫, 1922.4.

「마른 강두덕에서」, 『시집』.

「만나려는 심사」, ≪학생계≫, 1921.1.

「만리성」, ≪동아일보≫, 1925.1.1.

「맘에 속의 사람」, ≪개벽≫, 1922.6.

「맘에 있는 말이라고 다 할까 보냐」, 『시집』.

「맘 켱기는 날」, 『시집』.

「먼 후일」, ≪학생계≫, 1920.7.

「몹쓸 꿈」, 『시집』.

「못 잊도록 생각하겠지요」, ≪개벽≫, 1923.5.

「못잊어」, 『시집』.

「무덤」, 『시집』.

「무신」, ≪영대≫, 1925.1.

「무심」, ≪신동아≫, 1935.2.

「묵념」, 『시집』.

「문견폐」, ≪동아일보≫, 1921.4.27.

「물결이(바다가) 변하여 뽕나무밭이 된다고」, ≪개벽≫, 1922.4.

「물마름」, ≪조선문단≫, 1925.4.

「바다」, ≪동아일보≫, 1921.6.14.

「바닷가의 밤」, ≪조선문단≫, 1926.6.

「바라건대는 우리에게 우리의 보섭 대일 땅이 있었더면」, 『시집』.

「바람의 봄」, ≪동아일보≫, 1921.4.9.

「바리운 몸」, 『시집』.

「박넝쿨 타령」, ≪여성≫, 1939.6.

「반달」, 『시집』.

「밤」, ≪개벽≫, 1920.2.

「밭고랑 위에서」, ≪영대≫, 1924.10.

「배」, ≪동아일보≫, 1925.1.1.

「벗마을」, ≪동아일보≫, 1925.2.2.

「봄못」, ≪조선문단≫, 1926.6.

「봄바람」, ≪배재≫, 1923.3.

「봄밤」, ≪동아일보≫, 1921.4 9.

「봄비」, 『시집』.

「부귀공명」, 『시집』.

「부모」, 『시집』.

「부부」, 『시집』.

「부헝새」, ≪개벽≫, 1922.1.

「분얼굴」, 『시집』.

「불운에 우는 그대여」, 『시집』.

「불칭추칭」, ≪영대≫, 1924.12.

「불탄 자리」, ≪조선문단≫, 1925.10.

「붉은 호수」, ≪동아일보≫, 1921.4.9.

「비난수하는 맘」, 『시집』.

「비단 안개」, ≪배재≫, 1923.3.

「비소리」, ≪조선문단≫, 1925.10.

「빛」, ≪여성≫, 1939.7.

「사계월」, ≪동아일보≫, 1921.4.27.

「사노라면 사람은 죽는 것을」, 『시집』.

「삭주구성」, ≪개벽≫, 1923.10.

「산」, ≪개벽≫, 1923.10.

「산새」, ≪삼천리≫, 1930.5.

「산유화」, 『시집』.

「상쾌한 아침」, ≪삼천리≫, 1934.11.

「새벽」, ≪개벽≫, 1922.2.

「생과 돈과 사」, ≪삼천리≫, 1933.8.

「생과 사」, ≪영대≫, 1924.10.

「서로 믿음」, ≪동아일보≫, 1925.7.21.

「서울밤」, 『시집』.

「설음의 덩이」, 『시집』.

「성색」, ≪여성≫, 1939.10.

「세모감」, ≪여성≫, 1939.12.

「속요」, ≪동아일보≫, 1921.4.9.

「수아」, ≪개벽≫, 1922.1.

「술」, ≪여성≫, 1939.7.

「술과 밥」, ≪여성≫, 1939.11.

「신앙」, ≪개벽≫, 1925.1.

「실제 1」, ≪조선문단≫, 1925.4.

「실제 2」, 『시집』.

「아내 몸」, 『시집』.

「애모」, 『시집』.

「야의 우적」, ≪창조≫, 1920.3.

「어려 듣고 자라 배워 내가 안 것은」, ≪신천지≫, 1923.8.

「어버이」, 『시집』.

「어인」, ≪영대≫, 1924.10.

「엄마야 누나야」, ≪개벽≫, 1922.1.

「엄숙」, 『시집』.

「여름의 달밤」, 『시집』.

「여수 1」, 『시집』.

「여수 2」, 『시집』.

「여자의 냄새」, 『시집』.

「열락」, ≪개벽≫, 1922.6.

「예전엔 미처 몰랐어요」, ≪개벽≫, 1923.5.

「옛낯」, ≪개벽≫, 1922.8.

「옛이야기」, ≪개벽≫, 1923.2.

「옛임을 따라가다가 꿈깨어 탄식함이라」, ≪영대≫, 1925.1.

「오과의 읍」, ≪창조≫, 1920.3.

「오는 봄」, ≪개벽≫, 1922.6.

「오시는 눈」, ≪배재≫, 1923.3.

「오월 밤 산보」, ≪조선문단≫, 1925.10.

「옷」, ≪동아일보≫, 1925.1.1.

「옷과 밥과 자유」, ≪동아일보≫, 1925.1.1.

「왕십리」, ≪신천지≫, 1923.8.

「우리집」, 『시집』.

「원앙침」, 『시집』.

「월색」, 『시집』.

「은촛대」, ≪동아일보≫, 1921.4.27.

「의와 정의심」, ≪삼천리≫, 1934.11.

「이요」, ≪동아일보≫, 1924.11.24.

「이 한밤」, ≪학생계≫, 1921.1.

「일야우」, ≪동아일보≫, 1921.4.27.

「잊었던 맘」, ≪개벽≫, 1922.8.

「자나 깨나 앉으나 서나」, ≪개벽≫, 1923.5.

「자전거」, ≪동아일보≫, 1925.4.13.

「자주 구름」, 『시집』.

「잠」, ≪조선문단≫, 1926.6.

「장별리」, ≪개벽≫, 1922.7.

「저급생활」, ≪문예공론≫, 1926.5.

「저녁」, ≪조선문단≫, 1926.6.

「저녁 때」, ≪개벽≫, 1925.1.

「전망」, 『시집』.

「절제」, ≪여성≫, 1939.7.

「접동새」, ≪배재≫, 1923.3.

「제비 1」, ≪개벽≫, 1922.1.

「제비 2」, ≪개벽≫, 1922.7.

「제이 · 엠 · 에쓰」, ≪삼천리≫, 1933.8.

「죽으면?」, ≪학생계≫, 1920.7.

「지연」, ≪문명≫, 1925.12.

「진달래꽃」, ≪개벽≫, 1922.7.

「집 생각」, 『시집』.

「차안서선생 삼수갑산운」, ≪신동아≫, 1935.2.

「차와 선」, ≪동아일보≫, 1924.11.24.

「찬 저녁」, 『시집』.

「천리만리」, ≪동아일보≫, 1925.1.1.

「첫눈」, ≪조선문단≫, 1926.6.

「첫치마」, ≪개벽≫, 1922.1.

「초혼」, 『시집』.

「추회」, 『시집』.

「춘강」, ≪창조≫, 1920.3.

「춘채사」, ≪동아일보≫, 1921.4.27.

「춘향과 이도령」, 『시집』.

「팔베개 노래조」, ≪가면≫, 1926.1.

「풀 따기」, ≪동아일보≫, 1921.4.9.

「하늘」, ≪동아일보≫, 1921.6.8.

「하늘 끝」, 『시집』.

「하다 못해 죽어달래가 옳나」, 『시집』.

「함구」, ≪동아일보≫, 1921.4.27.

「합장」, 『시집』.

「항전애창 명주딸기」, ≪영대≫, 1924.12.

「해가 산마루에 저물어도」, ≪개벽≫, 1923.5.

「해 넘어가기 전 한참은」, 『시집』.

「황촛불」, ≪동아일보≫, 1921.4.9.
「후살이」, 『시집』.
「홋길」, 『시집』.
「흘러가는 물이라 맘이 물이면」, ≪조선문단≫, 1926.6.
「희망」, 『시집』.

2. 번역시편

「나공곡」, ≪삼천리≫, 1933.8.
「밤가마귀」, ≪조선문단≫, 1926.3.
「소소소 무덤」, ≪동아일보≫, 1926.1.1.
「봄」, ≪동아일보≫, 1926.1.1.
「위성조우」, ≪삼천리≫, 1933.8.
「이주가 1」, ≪삼천리≫, 1933.8
「이주가 2」(꾀꼬리), ≪삼천리≫, 1933.8.
「장간행 1」, ≪삼천리≫, 1933.8.
「장간행 2」, ≪삼천리≫, 1933.8.
「진회에 배를 대고」, ≪동아일보≫, 1926.1.1.
「한식」, ≪동아일보≫, 1925.2.2.

연보

1917(1세) 12월 30일 만주 북간도 화룡현 명동촌에서 파평 윤씨 윤
영석과, 독립운동가 · 교육자인 규암 김약연 선생의 누
이 김용 사이의 장남으로 태어남. 아명은 해환, 본명은
동주東柱, 필명으로 동주童舟, 동주東柱가 있음. 누이 혜
원과 동생 일주, 광주를 둠.

1925(9세) 4월 간도 화룡현 명동 소학교에 입학. 재학시절 송몽규,
문익환, 김정우 등과 사귐.

1929(13세) 명동 소학교 급우들과 ≪새명동≫이라는 회람판 문예지
를 등사본으로 간행하며 여기에 처음으로 동요, 동시를
발표. 이 무렵 외숙 규암으로부터 한학을 배우기도 함.

1931(15세) 3월 25일 명동 소학교 졸업. 고향 부근 도시 대랍자의
중국인 소학교 6년에 편입하여 계속 수학함.

1932(16세) 4월 용정 은진 중학교 입학. 문예지를 발간하고 축구 선
수로 활동하기도 하고 교내 웅변대회에서 1등상을 차
지하는 등 다채로운 활동을 하다. 이 해 일가족이 용정
으로 이사함.

1934(18세) 12월 24일 「내일은 없다」, 「삶과 죽음」, 「초 한 대」 등
시작품을 쓰기 시작하고 이후부터 시작품에 시작 날짜
를 기록하고 있음.

1935(19세)   봄부터 용정 중앙 교회 주일 학교에서 유년부 학생 지
             도. 9월에 평양 숭실 중학교 3학년에 편입하여 수학하
             며 작품 쓰기에 몰두함.

1936(20세)   신사 참배 거부로 숭실 중학교가 폐교되자 용정으로 돌
             아와 광명 학원 중학부 4년에 전학. 간도 연길에서 나오
             는 천주교 기관지 ≪카톨릭 소년≫ 잡지에 동시를 발
             표하는 한편 용정 중앙 교회 주일 학교의 아동 지도를
             계속함.

1938(22세)   2월 17일 광명 중학교 졸업. 4월 9일 서울 연희 전문 학
             교 문과에 진학. 기숙사 생활을 하면서 시작에 정진함.

1939(23세)   ≪조선일보≫에 산문 ≪달을 쏘다≫, ≪소년≫ 잡지에
             동요 <산울림> 발표함.

1941(25세)   연희 전문 문과 발행의 ≪문우≫지에 「자화상」, 「새로
             운 길」 발표. 12월 27일 연희 전문 문과 졸업. 졸업 기
             념으로 자선 시집『하늘과 바람과 별과 시』를 출간하
             려 했으나 뜻을 이루지 못함. 일제의 강제에 의하여 히
             라누마平沼로 개명함.

1942(26세)   일본에 건너가 토오쿄오 릿쿄오 대학 영문과에 입학. 여
             름 방학 때 간도 용정의 고향 집에 있다가 가을에 다시
             도일하여 쿄오토오의 도오시샤 대학 영문과에 편입함.

1943(27세)   7월, 여름 방학을 맞아 귀국하기 직전에 쿄오토오 대학
             에 재학 중인 고종 송몽규와 함께 일본 경찰에 사상범
             혐의로 피검되어 카모카와 경찰서에 구금됨.

1944(28세)   경찰서 유치장에 억류되어 있으면서 6월에 재판을 받게

된 결과 2년의 실형을 언도 받고 큐우슈우의 후쿠오카 형무소에 수감됨.

1945(29세) 2월 16일, 후쿠오카 감옥에서 순절. 시체를 인수하러 부친 윤영석과 그의 동생 윤영춘이 일본에 도착하여 우선 송몽규를 면회하니, 여월 대로 여윈 송몽규가 매일 같이 이름 모를 주사를 맞는다며 윤동주도 그 주사를 맞아 왔다고 전함. 송몽규도 윤동주 사후 23일 만에 옥사함. 일설에 의하면 두 사람 모두 생체 실험을 위한 주사를 맞고 죽은 것으로 추정됨. 단오절 무렵 윤동주의 묘소에 <시인 윤동주지묘>라는 묘비를 가족들이 세움.

1948 1월 유고 31편을 모아 정지용의 서문과 함께 시집『하늘과 바람과 별과 시』를 정음사에서 간행함.

1955 2월 윤동주 10주기 기념으로 흩어진 유고를 보완, 88편의 시와 5편의 산문을 묶어 다시『하늘과 바람과 별과 시』를 정음사에서 간행함.

작품연보*

1934 「삶과 죽음」(12.24), 「초 한 대」(12.24), 「내일은 없다」(12.24.
≪문학사상≫, 1973, 3월호).

1935 「거리에서」(1.18), 「남쪽 하늘」(10), 「창공」(10.20), 「조개껍질」
(12), 「공상」.

1936 「참새」(1.2), 「고향집」(1.6. ≪문학사상≫, 1973, 3월호), 「병아리」
(1.6. ≪카톨릭 소년≫, 11월호), 「황혼」(2.25), 「아침, 빨래, 종달
새」(3), 「비둘기」(3.10), 「식권」(3.20. ≪크리스찬 문학≫, 1973,
5집), 「이별」(3.20), 모란봉에서(3.24. ≪크리스찬 문학≫, 1973,
5집), 「가슴 1」(3.25), 「산상」(5), 「오후의 구장」(5. ≪크리스찬
문학≫, 1973, 5집), 「닭」(봄), 「양지쪽」(6), 「이런 날」(6.10), 「산
림」(6.26), 「가슴 2」(7.24), 「꿈은 깨어지고」(7.27), 「곡간」(여름.
≪문학사상≫, 1973, 3월호), 「개」(≪문학사상≫, 1973, 3월호),
「햇비」(9.9), 「빗자루」(9.9. ≪카톨릭 소년≫, 12월호), 「오줌싸개
지도」(≪카톨릭 소년≫, 1937, 1월호), 「비행기」(10월 초. ≪문
학사상≫, 1973, 3월호), 「봄」(10), 무얼 먹고 사나(10. ≪카톨릭
소년≫, 1937, 3월호), 「호주머니」(≪문학사상≫, 1973, 3월호),
「가을밤」(10.23), 「굴뚝」(가을), 「눈」(12), 「버선본」(12), 「사과」,
「나무」, 「눈」, 「닭」, 「편지」, 「기왓장 내외」, 「겨울」.

1937 「황혼이 바다가 되어」(1. ≪백민≫, 1948, 16호), 「밤」(3), 「할아버
지」(3.10), 「달밤」(4.15), 「풍경」(5.29), 「장」(봄), 「한란계」(7.1),
「그 여자」(7.26), 「소낙비」(8.9), 「비애」(8.18. ≪문학사상≫, 1973,

---

* 이건청 편, 『나의 별에도 봄이 오면』(문학사계사, 1981)에 의함.

236 시의 의식현상

3월호), 「명상」(8.20), 「바다」(9), 「비로봉」(9), 「산협의 오후」(9), 「창」(10), 「유언」(10.24. ≪조선일보≫, 1939.1.23), 「거짓부리」(≪카톨릭 소년≫, 10월호), 「둘 다」, 「만돌이」, 「반딧불」.

1938 「산울림」(5. ≪소년≫, 1939), 「새로운 길」(5.10. ≪문우≫, 1941), 「비 오는 밤」(6.11), 「이적」(6.15), 「사랑의 전당」(6.19. ≪사상계≫, 1954, 4월호), 「슬픈 족속」(9. ≪백민≫, 1948, 13호), 「코스모스」(9. 20), 「아우의 인상화」(9.15), 「달을 쏘다」(10. ≪조선일보≫, 1939.1, ≪학풍≫, 1949, 7 · 8월호), 「고추밭」(10.26), 「귀뚜라미와 나와」, 「해바라기 얼굴」, 「애기의 새벽」, 「햇빛 · 바람」.

1939 「산골물」(9), 「소년, 달같이」(9), 「자화상」(9. ≪문우≫, 1941), 「장미 병들어」(9. ≪문학사상≫, 1973, 3월호), 「투르게네프의 언덕」(9).

1940 「병원」(12), 「팔복」(12.3), 「위로」(12.3).

1941 「무서운 시간」(2.7), 「눈오는 지도」(3.12), 「간판 없는 거리」, 「태초의 아침」, 「또 태초의 아침」(5.31), 「새벽이 올 때까지」(5), 「십자가」(5.31), 「눈 감고 간다」(5.31), 「돌아와 보는 밤」(6), 「바람이 불어」(6.2), 「또 다른 고향」(9), 「길」(9.31), 「별 헤는 밤」(11.5), 「서시」(11.20), 「간」(11.29), 「못 자는 밤」.

1942 「참회록」(1.24), 「흰 그림자」(4.14), 「흐르는 거리」(5.11), 「사랑스런 추억」(5.13), 「쉽게 씌어진 시」(6.3. ≪경향신문≫, 1946), 「봄」.

연대 미상 작품 「별똥 떨어진 데」(≪민성≫, 1948.12), 「종시」(≪신천지≫, 1948.11 · 12월 합병호), 「화원에 꽃이 핀다」.

시의 의식현상

－김소월 · 윤동주의 시

초판 1쇄 인쇄일	| 2014년 4월 2일
초판 1쇄 발행일	| 2014년 4월 3일

지은이	| 김영석
펴낸이	| 정구형
책임편집	| 신수빈
편집/디자인	| 심소영 윤지영 이가람
마케팅	| 정찬용 권준기
영업관리	| 김소연 차용원
컨텐츠 사업팀	| 진병도 박성훈
인쇄처	| 월드문화사
펴낸곳	**| 국학자료원**

등록일 2006 11 02 제2007-12호
서울시 강동구 성내동 447-11 현영빌딩 2층
Tel 442-4623 Fax 442-4625
www.kookhak.co.kr
kookhak2001@hanmail.net

ISBN	| 978-89-279-0827-2 *93800
가격	| 16,000원